沐心 文丛

一年景

李冬君 著

希望出版社

策划人语

水木合一，“沐”有清华之象。

水之清幽，花木之美丽，用汉字的形意想象，就会造出一个流水润润、草木萋萋的“沐”字，美妙无比。

初民常用这“山水花木”，沐饰身心。

木驻足于水边，水牵手于木，这两个自然意象的组合，被古人顶在了头上，盥洗长发。这个“沐”字好。

“沐发”，在过去是重要的修身仪式。身之发肤，受之父母，因此，头发要以“沐”涤之。头发就像身体之木长出的花草，是思想的延伸，沐之，思绪才能轻扬而不会下坠。

《韩诗外传》卷三、《史记·鲁周公世家》都讲了一个同样的故事。周武王的弟弟周公旦“一沐三握发”。是说他“沐发”时，三次握着湿漉漉的长发，跑出来听取贤才的意见。那时，思想者有福啊。

涤荡污垢是“沐”的原生意义，而润泽人心则是它引申出的仁厚造化。世间万象，唯以水木之二元，洗涤精神，润泽心灵，人生才干干净净。

看来，人需要水木，缺水少木，就会不舒服。从“沐发”到“沐心”，是个脱却俗尘的过程。

以饱蘸水木的文字，辑成带有书香的花洒，去浇灌精神的种芽，铺植心灵的绿茵，这便是“沐心”丛书的由来。

“沐心”与“启蒙”不同。“启蒙”是个居高临下的词汇，有一人对一群的优越感。“沐”，自有它的精神高处，但那高处却在每一位个体的日日洒扫应对中，就像一位勤恳的园艺人，精心侍弄他的花草。如果那花草是一朵心灵的话，那么每一片花瓣，都会成为支撑每一个个体的精神基石。

“沐心”，沐的不是“天地之心”“宇宙之心”，而是“自我之心”，是在文化上自觉的个体性。因此，“沐心”丛书，就是每位作者自我意识的结晶。他们的文字也许不是高高在上的精神领袖，却是作者各自独立的“绝活儿”。

刘刚《思想的款式》，乃思想脱离既定体系回到思想本身的“反求诸己”，逃离体系，却非裸奔，他有了自己的“款式”。

这是一本语录体之书，它的姿态短小精悍，但风格睿智，直击文明的本质，展示文化的样式，接诊历史的病态。

刘刚对汉语的自觉，带来一种文字的洁癖，在这本书里，他不仅仅以文字，更是以思想之重，力透纸背。

刘刚的思想带着一种强烈的自我意志，放射着阳光般的提升力量，向上提撕人的灵魂，无论你愿意与否，也无论你是否懂他，他都会紧紧地抓住你，绝不松手，直至你无法下沉。

他的思想高而阔，而他的叙述却行文如诗。他曾以诗人的脚步走近孔子，倾听孔子命运的耳语：

我疲惫了，
真想躺下来，
可腿却不听使唤，
仍要不停奔走。
是命运给腿，
上紧了发条？
是腿有了意志，
与思想分道扬镳？

这是他在《中国史诗·天命、革命及其他》中的一段。

更多的时候，刘刚是个思想者，诗人的气质却总在思想里游弋。诗言志，在他是为宣泄满腹的历史情怀，史诗则是他表达对自由渴望的最佳形式。因此，以诗言史，他从未停下来。当他的理性与诗情遭遇庄子时，他想起了“自由的寓言”，他认为，中国历史上对自由的追求，曾经寄居在寓言里，这便是他的《中国史诗》第二部。

刘刚对学术有抱负，他以大历史观的角度进行价值重建，他像建筑设计师一样，描绘了一座“文化的江山”的历史样式。美的江山要有美的抒写，虽然美的存在是有时间性的，但文化的江山之美，则早已穿透时间化为美的理念而永恒了。这便是刘刚、李冬君夫妇二人的第一部合著《文化的江山——重读中国史》。

《通往立宪之路——告别晚清的近代史》，是他们夫妇二人合作的第二部著作，这是一场硬碰硬的思想抒写，面对“救亡图存”的主题，一切诗情画意都被冰冻，像冰凌高高挂在喜马拉雅山上。而思想则冲破反帝反封建的界限，超越“师夷长技以制夷”的边界，站在世界史的格局上。一旦把中国近代史当做世界史来看，把晚清史与近代史区分开来，就会看到作者笔下的每一位个体甚至小人物，在通往立宪之路上的惊人之举。即便那些在清朝体制内进行各种有利于近代化行动的人，都是一种同专制集权的博弈，自觉或不自觉地都在通往立宪之路上。

周泽雄的《文心不雕龙》，“雕”什么？“雕”自我，那是一个“毋过度”的自我，向我们展示了“有分寸的自由写作”。

一个真正的自由写作者，文心本该不雕龙，如果这只龙指的是高高在上的“文学艺术为政治服务”之龙。“文心”在周泽雄的艺评文字里，总能呈现一个独立、自由的个体写作者的纯粹姿态，那姿态优雅，分寸得当，让你不得不信文字一定与教养有关。一个常常在逻辑、常识里厮混的精神贵族，的确与“龙”没什么关系。

说到一个真正的自由写作者，周泽雄恐怕是最早脱离体制、以文字谋生的人。自由写作的分寸，他拿捏得恰到好处，是因为他对文艺批评始终怀有学术的敬意和职业的操守。但他的行文绝不端着学术的架子，文字严谨在机智里灵动，思想犀利在幽默里游刃；铺陈起来，曲径通幽转而柳暗花明，一路留下明人小品间或英式随笔的散淡余香。给阅读提供的享受，是化淤通筋脉，除了会心一笑，还经常会因想念他的某一句话而重新开始对他的阅读。

《说文解气》《当代眉批》《望文号脉》《青梅煮酒》《耳朵的立场》以及与张远山合作的《齐人物论》，在中国文艺批评界，都是响当当的重锤。

特别是《性格卡片》，作者以其一贯的文风，竟然雕刻出人性的八十个棱面而无一重叠。读之，忍不住要对对号。

李冬君的《一年景》将自我的方方面面，集约化为一年之计的美学光景，使之融于历史与文化，放置在审美的当下。

当人有了四季的经验，思想之翼常常会嫌季候太长，于是浓缩了自然的轨迹，将春生夏长秋获冬藏的功德，塞进一本书里，流于文字的格调，竟然成就了文章的四季，这便是她《一年景》的由来。

在四季流转中，女人也许会更为感性地追逐色彩的变幻而趋于浪漫。李冬君的随笔散文，把“一年景”作为人生的背景，从她的文字里，总能嗅到四季的芬芳。春天思念茶香；夏日竹席上，有纸扇摇来的暗香；秋月，捧着古玉，遥想着千年的神秘幽香；冬雪，阴郁的历史里也能嗅到无妄的冷香。

她的文字，也许会在冬天簪一朵春花、戴一枚秋叶，但决不会在夏天穿棉袄。

她的散文充满四季的味道，常常在思想的花园里随意漫步，写作的欲望追随瞬间的感悟，从不预设专业“自留地”，她的兴趣有时真像章鱼，触手在水里四处漫游。

《落花一瞬——日本人的精神底色》，是她对日本茶道、花道以及武士道等道文化兴之所至的随笔，一不留神，竟有人把这本书与《菊与刀》相并，还有日本老教授称，日本人要了解日本文化，应读此书。

《孽海自由花——一代名妓赛金花“出走”以后》，是写1900年的两个女人的故事：一个女人顶着国母的桂冠，率一干王朝人马西逃；一个沦落于社会最低层的女人，在北京总想从八国联军手中救人。

《儒脉斜阳——曾国藩在官场和战场》《孔子圣化与儒者革命》等，也都包含独特的历史文化见解。

她常因某种触动而获得意外的收获，诸如翻译《国权与民权的变奏——日本明治精神结构》以及《叶隐闻书》。

好了，就到这儿吧。

这三位作者，是能够占据我心灵的精神朋友。我想，我很想，为“沐心”开一个书吧，能让作者、书者、读者，坐在一座小草庵里，泡茶聊天，心灵在茶汤里碰撞，沐浴茶香。

自　序

春生、夏长、秋获、冬藏，是人类文明赋予自然的一个生命流程。四季在每一个华丽的转身之际，给宋人一个阳光灿烂的启示：一年都是好景致。但，春夏揖别，秋去冬来，叹一声四季在时间的秩序里却无缘聚首，怎么办？宋人聪明，他们把四季的花样叠拼起来，让每一个好景致定格在一个瞬间里长相厮守，这便是宋代流行的“一年景”。

南宋诗人陆游在《老学庵笔记》里，对宋代民间节序风俗有一段描述，让我们看到了“一年景”的好景象。北宋靖康初年（1126 年），京师妇女喜爱用四季景致为首饰衣裳纹样，从丝绸绢锦到首饰、鞋袜，“皆备四时”。京城人把这种从头到脚展示一年四季景物的穿戴，称为“一年景”。诸如，应季的节物有：立春日树梢和簪上吊挂的丝绢剪成的“春幡”纹样、元宵节之“灯毬”纹样、端午“竞渡”纹样、避邪之“艾虎”纹样、“云月”爱秋景纹样；四时的花儿，则有春桃、夏荷、秋菊、冬梅等更多的四季花朵图案。“皆并为一景，谓之一年景。”

常州武进南宋墓葬，出土了三件朱漆戗金奁，棱脊圆柱形，戗金工艺精美，花叶舒展，花筋细如游丝，富丽堂皇，是宋代戗金漆器艺术的巅峰。镜匣盖面上是一幅仕女庭院消夏图，匣身中腰一圈为戗刻的四季花卉。干枝梅连着春花牡丹，相接夏荷萱草，又与秋芙蓉紧邻，最后止于冬春之交的茶花。花枝摇曳出四季的味道，一圈拓展开来，正好是“一年景”。其他两件也同样戗刻花卉，表达对“一年景”的追慕。

福州南宋黄升墓，出土了非常精美的丝绣品。有两件绣花绶带，刺绣纹样几乎囊尽了一年景里的所有花卉，荷花、山茶、杜鹃、桃花、菊花、蔷薇、芙蓉、石榴、秋葵、海棠、牡丹等。还有用各种花朵拼合为“一年景”的被面。江西德安南宋周氏墓出土的“一年景”罗织品，四季花卉纹样精美。

宋代名画《宋仁宗后坐像》，侍立左右的两个宫女，头戴花冠，簪嵌了近百朵花儿，缤纷斑斓的头饰，展示了“一年景”的花样年华。黄升墓墓主和德安周氏墓墓主，都戴有高贵的头饰。梳高髻，插金钗银簪，罩金丝彩冠。依据宋人对“一年景”的热情追捧，彩冠上应该插满了四季的鲜花，不过除了金银珠宝，鲜花已随墓主入土了，想必正合墓主心愿。这便是鲜花的可爱处，不留恋，不永恒。

看来陆游在《老学庵笔记》中只是纪实，“一年景”在出土实物和宋画里更加风雅多彩。沈括在《梦溪笔谈》卷十七中，引用了张彦远《画评》说：“王维画物，多不问四时，画花往往以桃、杏、芙蓉、莲花同画一景。”其实，王维已经将生命里的“一年景”入画了，一个诗、佛、画家，把四季叠拼在他的诗情画意里，宣泄着他对自然的拥有，对生命的期待。

“一年景”的花样年华，还是在宋代成长起来的。两宋时，宫廷盛行簪花宴，御苑常备应节的鲜花，作赏赐、宴会簪戴之用。宋太宗在宴会上，曾赐千叶牡丹给寇准簪戴。宋真宗则常常赐花给大臣簪戴，以示恩宠。《宋史·舆服志》卷五载：宋制，新进士赴闻喜宴时，要由皇帝赐给花戴。司马光中进士时，在闻喜宴上，同榜进士皆受赐簪花，偏他不动，旁边的人劝他“君赐不可违也”，他才勉强把花戴上。

宋室风雅，民间风行。欧阳修在《洛阳牡丹记·风俗记》里写道：春时城中无贵贱皆插花，虽挑担走街穿巷者亦然。京城有俗谚：“三春戴荠花，桃李羞繁华。”据《武林旧事》记载，从端午节到六月六，都城临安的女子皆戴茉莉花，一时茉莉花香城内外，花朵则游弋在街陌里巷。“妇人簪戴，多至七插，所直数十券，不过供一饷之娱耳。”

冬天来临，第一次降雪是“花飞雪”，落叶、花瓣儿谢了绿红，是太匆匆。聪明的女人想出了好办法，把应季的鲜花夹在书册中间，留作冬天簪髻插花之用，宋人称之为“花腊”。不过，干花易碎，亦不够鲜美，于是，女儿家们又想出了好办法，那就做假花吧。可她们不忍称这种仿生花叫“假花”，而是称作“像生花”。美好的向往产生美好的称谓，“像生花”暗喻了一种努力对自然生命状态的模仿，就像日本人将插花称“生花”一样。语言是心灵的窗口，一种让花重生的感动油然而生。

鲜花昂贵，且有季节的局限，那就簪戴“像生花”吧。“像生花”可以做出一年四季的各色花朵，如果喜欢，就把一年四季的花朵都簪戴起来。时尚就是这样造出来的，“一年景”花冠开始被热宠。然而，“像生花”也有贵贱之分，南熏殿旧藏《历代帝后图》中所描绘的皇后服饰、仕女花冠，恐怕是最昂贵的“一年景”了。花冠上的“像生花”是用罗绢、金玉、玳瑁等珠宝制成的，普通民女恐怕只能自选力所能及的花料了。然而，无论高低贵贱，向往自然的美丽，那是每个人的生命底色，自然的起点是平等的，有何戴不起呐？“一年景”开始风靡，直到南宋末年，元代已经没有这份风雅了。

走过花之流年，穿花如生命之花盛开，也许一瞬间便了无痕迹，如飞花吹雪，美丽迁徙；如落樱缤纷，灿烂散尽。生命的行色，也许刚刚褪去春之嫩绿，还未及夏、秋、冬的转载，便烟消云散了。赶紧穿上一年的景色，让生命的每一个瞬间绚烂着四季的缤纷，哪怕落花一瞬。

"一年景"，是宋人的审美之眼对自然的独特把握，那是来自细腻而又敏感的心灵对四季的体贴，在刻骨铭心处生长出来的一种对待生命的态度。既然人生如四季流转，美好的生命就不能成为被时间拉长的影子，亦不能任由时间分割。每一天都有一生的丰满，每一天都是一个人生四季的追求，而不是一个季节的单调。一个瞬间便享受了四季的奢华，她们有这种承载的厚度和能力。

因为，宋人在词里早已做好了精神格调的铺垫，伤春、苦夏、哀秋、恨冬，那是人的情感在自然的感发中，谦逊而婉约的另一种审美表达，自有一份青衣的庄重托底，依旧是一首人生四季的流水高腔。

将四季堆砌于一身，一步一摇的花团锦簇，是宋人对自然美丽的别裁，"一年景"就是一曲人生的欢乐颂。

一千年以后，四季不再分明，花儿失去了季候，心灵在暖房里开始麻木冰冷，一个人类努力营造的城市文明，与自然渐行渐远。某一天醒来，有一种回归的渴望。当一朵山菊让你怦然心动时，心灵的文字一定会带着生命的质感，滑过四季斑斓的底蕴，然后再流向内心。

细细地品味四季的花香，漫漫地观赏一年景的色彩，在文化中国的四季流转中，发现美的惊喜，撷芳采华，铺就心灵的锦绣之路，就像戏剧里的青衣，身段谦谨，水袖拂肩，唱腔委婉，莲步迟幽在这条路上，一个成熟的意象，成全了自我的精神四季，生命顿然优雅起来，人的一生便完成了。

这，便是本书书名的由来。

2012年8月

目　录

一、迎春——跟着春天吃茶去

二、留夏——品味乡愁的词语

三、送秋——考古的美学与意味

四、入冬——留住文化的根

一、迎 春

——跟着春天吃茶去

1. 收藏春天的风雅

喝茶是件风雅之事，但那一定是春天的绿茶，充满生机的明前和雨前，偶尔幸运还能拥着一小罐“雪前”。三月孟春，采茶抢先。清晨，鼻息嗅嗅，凉意甚凛，一睁眼雪花飘过窗外，与性子悠悠的雪花抢点时间吧。可见，“雪前”来得比明前、雨前更珍贵了。

海拔600到900米，山要长得有形有势，茶树倚势偎形，这里一块，那里一片，一两行，两三排，层叠如梯，左右参差，紧靠在山体上。偶尔因一巨石隔而为邻，间或被村口的风水树分而为园。节奏错落，眼感舒坦。

是茶农一锄一锄刨出来的，边界随意，与邻家隔三差五，散漫着山野的朴风。其实，茶园并不一定满山铺张，追求工业化生产效率的“宏大叙事”，会伤了茶性。

春来了，茶芽沁着冰雪的余味儿，朦胧在醒春的寒意里，享受着云雾缭绕的抚慰，芽头蓄势勃勃，只待春雷惊蛰。万物复苏之际，草木之属第一醒来的是茶芽。茶农们相信，造物主心里有数，是它的安排。

晨曦浸染天青，草木还在憨睡，茶农们已经摆齐了锣鼓，润好了喉咙。嗵，一槌子下来，霎时，锣鼓喧天，喊声动地。“我家茶，快发芽！我的茶，快发芽！

……”茶农们呼天喊地，与自然一齐造化，这应该是最感人的天人合一场景了。擂鼓催春，在催促雷声中模仿雷声催醒茶芽，是造物主赐给茶农的聪慧，在宋代称作“喊山”。生命呼唤生命，生命唤醒生命，是春茶回荡在山野里的原始风雅，无言的造化，感天动地。

一声声亘古嘹亮，一槌槌激荡山崖。震碎了雾花，清凉凉地洒落在被吵醒了的芽头上，于是一个个娇娇嫩嫩舒展开了身段，玉露滴翠了一片新绿。

手指在茶芽上雀跃，像音符交响，却穿不透寒雾的冷浸。摘头芽极为辛苦，即便云开雾散，春寒依旧在阳光下料峭，与茶芽一样娇嫩的手指若能博得一丝日照的青睐，已是采茶的好日子啦。

哎，满眼绿肥，一定要“红消瘦”的风雅来陪衬的。一时起兴的诗意，栖居在采茶女儿的苦乐中，并非斜睨一瞥的阳春白雪，而是在感动中提升了采茶的审美意境，吟出了形而上的茶园风雅，苦乐消融在民本主义式的苦涩美感中，春茶有了诗意的风雅。

想起盏边儿常有的雅谈，二八女儿秀口采茶芽，恐怕是诗意的成分居多，茶芽再嫩也寒凛得紧，少女柔唇是难以承受的，不过是诗眼眺望出来的风雅。从少女的齿间留春到春留诗人的锦绣齿间，回甘在风流倜傥的舌苔上撩拨一曲“点绛唇”，茶香袅袅里便虚实隐约着水墨丹朱般的少女式的审美意象，给春茶一个清白的出身。

一门闺秀，一枚茶芽，飘飘摇摇落入江南昆曲的园子里，不落梅边落柳边。牡丹亭外茶汤秀口，带有生命之春的吻痕，温存着才子们舌尖上的雅兴；牡丹亭里旦花与巾生则寥寥恨、低低吟，正踌躇着今世往生的缘定。杜丽娘就像一枚醒春的茶芽，伸展了自由的身段，哀婉着恋爱的吟唱，一个青春完美的生命，在“悲哉秋之为泣”的季节里落花一瞬。然而死去活来，杜丽娘在柳生梦里的生的呼唤中，在又一个春雷惊蛰时发芽重生，留下一枚茶芽上的昆曲风雅。

无独有偶，晚明性灵茶痴张岱在满人入关后，便躲进他的《陶庵梦忆》里风雅。他说，余尝见一出好戏，恨不得法锦包裹，传之不朽。尝比之天上一夜好月，与得火候一杯好茶，可供一刻受用。真是“性相近”呐。

茶之风雅还会让人想起京都的月夜，奈良的雨天，和服下的木屐叮叮咚咚，细碎地敲击着石筑的小路苔藓凉，细雨摇晃在油纸伞上，就是无法贴近美人的面庞。是赴茶会吧，推开修葺过的柴扉，经过湿漉漉的露地，驻足在一口沧桑感十足的石井前净手，然后躬身进入草庵茶室，一个盛满了寂茶风雅的精神空间，时间凝眸，忙里走个神儿，瞬间感受生命不动，欲望便闲寂下来，人生无常、珍惜聚缘的那份儿醒悟，便煮出一壶春茶，泡出一个吴越同舟的世界。

妙玉在庵里洁身自好，似与茶性最近，连黛玉和宝钗都不敢造次。她用沉养了五年的雪水烹茶，那雪还是寺里的梅花上的未及落地时辛苦收来的。这份精致的风雅不仅令黛玉宝钗啧啧，还让书外人生羡不已。不过，她对自己蠲的隔年雨水的评价，反倒给这份风雅打了折扣。一句“如何吃得”，显明分别心太重，还要争个先，这倒契合大观园里的女儿兵法，且带几分矫情。

每一位称得上的茶人，都是禅中人，茶之风雅亦是禅之风雅，茶禅一味，便是禅者在茶里修为的风雅。青灯黄卷古佛，一盏茶汤烟袅，幽玄枯寂，是出世之人修行出来的禅堂古奥之美，但这只是茶禅风雅的初境。佛一入禅便大不同了，其实是入了文人家门。喝茶在禅宗不仅是为枯坐时提神，更是从茶之清苦里品味自我安顿，茶是自由修为的舞台，独立思想的道场。

沩仰宗祖慧寂老禅立下的宗规，颇与茶之精神相吻：“滔滔不持戒，兀兀不坐禅。酽茶两三碗，意在镢头边。”四句里两件形式主义的事儿不要做，要做的就是喝茶锄地。于是慧寂在自己的茶园里，泡出了仰山禅茶，并原创了在山坡上种水稻的梯田。他的训诫是：一日不做，一日不食。直透生命的本质，朴白、简单、精进、淡定，是山里禅茶之风雅。曾经在网上沸扬了好一阵子的那座“叫春的城市”，其实正是慧寂开宗立派的地方。禅宗一花开五叶，三叶在宜春，因此，宜春还是“一座叫禅的山城”。据说，仰山脚下有一家叫“五叶禅茶”的公司，正在开发仰山禅茶。

禅茶之风雅是个性的，也是普世的。禅如白开水，淡是万味缘，茶性俭而微涩，在白开水里宽容了人生的苦辣酸甜咸。张岱说：香朴烈，味甚浑厚，此春茶也。春寒孕育了春茶清凛的个性，大山则给了春茶不动如山的定性以及宽厚的心胸。一芽一世界，一叶醒人心，享受禅茶之风雅的人，多半是高高山顶立、深深海底行的孤高之人。这是禅茶给茶人的底色。

就像无法收藏生命一样，我们也无法收藏时间。春雷第一醒的茶芽在“一年之计在于春”的时间流逝中枯萎，令人心疼不已。它没有红茶、普洱裹着时间的沧桑，在苔藓味里浸泡着一年老似一年的圆融与温情。它与四季周旋，在每一季留下春的味道，生命在四季里实习，在下一个春天来临之际，它必须涅槃。这是它遵循自然大道的高贵，看透死亡的豁达。它在生命的一瞬中留下的风雅无边，弥补了“有限”的缺憾。犹如日本大茶人冈仓天心的肺腑体验，春茶是一种对“残美”的崇拜，是对不可能完美的生命进行尽可能完美表白的一种温柔的尝试。春茶之风雅是对内在生命的雕塑过程。

风雅是个性的，相对于富贵的龙井、安逸娇小的碧螺春，山里的春茶似乎更具有一份儿古风凛冽的感动，更具备一种生命体验的挑战。仰山、井冈山、黄山、峨眉山，在大山里泡茶，真乃四时为之插花，山川为之挂画。这是关于春茶之风雅的品位问题，有关品位，决不妥协。就像玻璃杯会让茶汤失了背景的依赖，而瓷碗却给茶汤一个清白的底色。没有这份风雅，你如何面对春茶？

春茶在消失之际，把风雅卖了个高价。

山水画虚构山居的理念，春茶之风雅虚构的是精神家园——吾倦矣，吃茶去，在精神修为的世界里收藏春天的风雅吧。

2. 文人眼中的江南

文人看江南，一定要秀笔墨的，悠悠绵绵的文字，蚕丝般地吐出江南韵致。

江南这方水土，远离了中原，从帝王将相的天下，转到才子佳人的世界，真是别开生面。自成一文泽笃厚、雅气流连、盈盈如秋波、造化钟“文秀”的家园，江南会用好山好水，来拥抱诗人和青春。

如今提起江南，泉涌如涓的吟调，必是山水绕桑榆之乡韵，小桥观冷月碧落洒青石的悠思，还有日落黄昏不如归去之牧笛奏出的幽幽心韵，它们缠缠绵绵地唱和在一起，将自然的景致和文明的景观都溶入感发的生命里。那墨瓦白墙的斑驳，映出沧桑的丝丝苦涩；晚暮青烟中，缭绕出乡居的淡淡哀愁。

油菜花遭遇三月雨，美在泛滥却很朦胧，细雨湿润的流发紧贴着思想的脑门，明前茶在紫砂壶里泡诗，茶与诗的清香掠过一丛丛疏竹，飘向微雨初湿的文人情怀，更有美人一瞥，与江南水色共氤氲。就这样，文人如雨溶入江南，江南入文则如秀色可餐。

文人踱步水边，美目盼兮在江南，相视一笑，多少流风遗韵喋喋在历史的记忆里，才子依然，美人犹在，升华为“心远地自偏”的自由灿烂。如今我们已无法走出这文人眼中的江南，“水是眼波横，山是眉峰聚。欲问行人去哪边？眉眼盈盈处”。

文人眼中的江南，如笔下的二八女儿，眉眼之间，乡愁“盈盈”，山水才是传统文人自由的唯一出口，才是他们的精神憩息之所。只有在这里，他们可以不再“货于帝王家”，过心灵的生活。当他们发现普世的人居生活，竟要在人与人编织的社会结构里打发一生时，就已经想出了一个很好的解决办法：把山水搬到自己的园子里。既可以完成“吾心即是宇宙”的哲学追求，把“吾心”转化为物质文明的形式，用园林来表达；又解脱了把心灵暂时寄宿在山水客栈里的纠结以及精神实践的苦闷，修身齐家和治国平天下两全了。

思想和精神是无形的，但可以在一座园林的形式中展现出来。“吾心即是宇宙”，不要以为这只是汉语的夸张、精神的膨胀，心灵在园林里，那感觉早已“上下与天地同流”了。园林有边际，宇宙则无限，但园林里有一条从有限通往无边的路。曲径通幽，一径蜿蜒，入田野，连山川，还有山水尽头那条天际线，是亭榭间的眼际，阁窗后的眺望，是心灵的尺度。身边，则莺歌燕舞，鸢飞鱼跃，水长山远，天造地设，尽入一园。人居园中，远望，一园有吞吐万里之势；近瞧，有花鸟鱼趣，顿生“万物皆备于我”的自得，索性在这样的精神园林里自足一生。

浮生沧浪亭

沈三白就这样，在沧浪亭里浮生。

北宋庆历年间，一位诗人郁闷，便备足了精神疗养的资费，挥金于锦绣江南，在江枫渔火处，购得一园。苏子美的诗在北宋与梅尧臣齐名，诗人临水筑亭，心似沧浪，便给园子取名“沧浪亭”，自号“沧浪翁”。沧浪翁是谪臣，因参与范仲淹的庆历新政而被罢免，他此时的心境唯有“沧浪”二字才能言喻得明白。

典出司马迁《史记·屈原列传》，屈原在流放中遇到渔父，说：举世皆浊我独清，众人皆醉我独醒，我宁可葬身江鱼腹中，而不愿以“皓皓之白”蒙世俗之尘。渔父笑，歌劝：“沧浪之水清兮，可以濯吾缨；沧浪之水浊兮，可以濯吾足。”“沧浪”很诗意，给出了士人要活下去、还要活得干净的支撑。“遇治则仕，遇乱则隐”，“穷则独善其身，达则兼善天下”，是中国士大夫熟稔于心的实践理性。苏子美诗句“时有幽花一树明”，“梦觉流莺时一声”，皆有对“达则兼善天下”，“遇治则仕”的期待。“达”与“治”是他的“时”，他审时度势，机会到来他会“一树明”或“时一声”，这便是中国士大夫自认的“圣之时者”了。于是，在他遇窘之际，就只有在苏州修筑自家的园子，闲吟起了“沧浪”之歌。

梅尧臣说苏子美：“勇为江海行，风波曾不惧。但欲寻名山，扁舟无定处。”的确，苏子美内心充满了治世的理想，一旦有机会他便出任湖州长史了，不久故于任上，寥无浮生踪迹了，这便也是士人痴于天下的一份儿担待吧。

此后，光阴似箭，穿越了两三个王朝，沧浪亭里又来了一介布衣书生，姓沈，名三白，身旁还有一位女子，亭亭玉立，秋波盈盈，落在潮湿的苔藓、古树皮的褶皱中，如惊鸿一瞥，那便是芸娘了。

沈三白，略晚于曹雪芹，两人身世性情相似，都能诗会画，一个写了《浮生六记》，一个作了《红楼梦》，都有凄美的爱情故事滋生在情感的原始湿地里，如不竭之泉汩汩地流入苍凉的心田。一个在大观园里抒怀“兼善天下”，一个在沧浪亭里独善其身。

三白更幸运些，尽管幸福的时光短暂，但他与芸娘还有过一段在“沧浪亭”里浮生的美丽往事，一颦一笑，一书一画，随那一泓清水绕园。

人弃我取，三白的审美遗世独立，他的居所名曰“我取轩”。轩前，一株老树，几丛疏竹，炎日下，有浓阴覆轩。

俊男美女，轻罗小扇，并坐于水窗前，清风徐来，暑气顿解，品花赏月，其乐何之！三白说自己喜欢《战国策》和《庄子》，实则心仪纵横术和逍遥游；芸娘则自称，学“杜诗之森严，不如学李诗之活泼”，表明芸娘的浪漫意趣。

中秋日，三白携芸娘攀亭赏月，石桥拱波，曲径逶迤，叠石成山，林木葱翠，亭翼似鸟展翅滑翔于瘦石之巅，炊烟缭绕之际，二人极目眺望，山水连天，一片疏阔。三白汲水，芸娘烹茶，月到波心，莲荷摇曳，风生袖底，神清气爽，俗虑尘怀皆释然。这样的山水、亭榭与人的精神关系，方显沧浪亭的本色。

如今，沧浪亭任你极目远眺，却难见姑苏城外那隐隐约约连绵而至的群山，那不舍昼夜悄悄远逝的流水。在周围平地起高楼的窠臼里就地徘徊，只能另悟：“沧浪”深意，唯在“心远”而已。

于是，漫步游心于半池荷塘、水边石丛、窗含幽竹，截取每一个片段，都有往昔的记忆之痕寥寥，淡淡的浮生踪影依旧在园子里缥缈。三白和芸娘，那充满古意的意蕴，心灵的精致，还有那纯美的爱情，留下多少审美的悬念？至今令人欷歔不已。

“沧浪”意味，唯三白与芸娘体会最深，居浊世而以清水“濯缨”。三白慨呼：幸居沧浪亭，乃天之厚我！而芸娘则叹：自别沧浪亭，梦魂常绕。那时三白困窘，芸娘相伴不弃，和美如初，却奈何红颜抱病，独自西去。

惜哉芸娘，一别之后，兰心蕙质谁伴三白？朴素之美谁在沧浪亭里摇曳？三白恋之不能已，芸娘的音容笑貌便在他的笔底相伴不弃，于是有沈三白的《浮生六记》。

林语堂读罢《浮生六记》叹曰：芸娘之美不可及。曹聚仁云游到沧浪亭，方才明白：在那精致的曲榭中，住着沈三白这样的画家，配着陈芸这样的美人，是一幅很好的仕女图，只有在工笔画里才能见到。

沈园里的“一怀愁绪”

陆游放翁老的一段情殇往事，在文人眼中的江南，字字凄美。

会稽沧桑，而沈园翠绿依旧。葫芦池上，斜雨飘飘，细碎了水面的涟漪，低吟着扫过石板桥的凹凸，溅起了一曲哀婉的“忆江南”。

“梦断香消四十年，沈园柳老不吹绵。”陆游老年到沈园凭吊唐婉的悲凉，流淌出一种美人迟暮、英雄末路的命运诗调。唐婉为情抑郁而终，而陆游空有抗金怀抱付流水。曾经沧海，此时他宁作会稽土，只为唐婉“一泫然”。

美人如花，还未灿烂，便已凋零。“世情薄，人情恶，雨送黄昏花易落。晓风干，泪痕残，欲笺心事，独语斜栏。难！难！难！人成各，今非昨，病魂常似秋千索。角声寒，夜阑珊，怕人寻问，咽泪装欢。瞒，瞒，瞒！”唐婉如泣如诉、哭诉幽思成疾的美词，吟得秋风瑟瑟，若秋虫的最后一声，于万籁俱寂中冷对孤星，灵魂最终走向虚无。

美女唐婉，至今还未有人称她为诗人，可她这首词的悲怆，却沁骨入髓。相比之下，陆游的“红酥手，黄縢酒，满城春色宫墙柳”，多少还有点闲情中的遗恨；“一怀愁绪，几年离索”的思念，怪在前缘的“错！错！错”！

这“愁绪”，缘于一段不幸的婚姻。陆游二十岁与表妹唐婉成婚。唐婉率真，婚后，夫妇诗词唱和，情意缠绵，引起陆母不满。在孝与爱之间，陆游无奈，“执手相看泪眼”，休书一纸，休弃了爱妻。

唐婉改嫁赵士程，陆游也另娶了妻子。一年，春色撩人，陆游前往沈园踏春，意外邂逅唐婉。唐婉遣人送陆游一杯酒，陆游伤感无限，便在墙上题了这首《钗头凤》词，唐婉情深，以血泪和之。

此后，一对情侣各自沦落天涯。陆游在“锦书难托”的无奈中，北上抗金；而唐婉却在“病魂常似秋千索”的悲怆里悒郁而终。

陆游抗金游宦，梦想着吹角连营、铁马冰河的军旅生涯，现实里终归换来的是白发老翁，他重归绍兴。

昔日爱情尚在，可“沈园柳老”，向谁“吹绵”？故地重游，园主三易，叹美人已逝，眼前花影浮动，勾起“伤心桥下春波绿，曾是惊鸿照影来”的不堪回首。

《钗头凤》已是半壁残破，放翁以衰年重读旧词，剥落了“一怀愁绪”的往日轻浮，沉郁了苍凉的天命意味。临死之前，他心里放不下的，一是北国，“王师北定中原日，家祭无忘告乃翁”；二是沈园，“也信美人终作土，不堪幽梦太匆匆”！他对唐婉的“不堪”之情，地老天荒，有沈园的媒证。

诗和琴和玲珑山

文人眼中的江南，除了诗情画意，还是诗情画意。苏东坡任杭州知州时，也曾有过“诗和琴和玲珑山”的浪漫之遇。

山不在高，有仙则灵。玲珑山，名副其实，小巧玲珑，就像临安古城的后花园。

都说苏士子的词，必是铜将军打铁竹板，高唱大江东去；柳永的词则须于秦淮河边，浅斟低唱：杨柳岸，晓风残月。不过，看东坡学士在玲珑山的题词，却情思婉约，缠绵悱恻。所谓：山玲珑，水玲珑，山水玲珑；钟悠远，鼓悠远，钟鼓悠远。

这一叹三咏、回味绵长的词句，却牵出谶语的命意，在这玲珑的山水中，有一段才子佳人了却尘世情缘的往事。

苏轼与杭州绝代歌伎琴操一见钟情，歌伎与东坡学士的对应唱答颇具才气，于是学士怜琴操兰心蕙质，劝其及早从良。琴操即和学士，信口歌唱：“谢学士，醒黄粱，门前冷落稀车马，世事升沉梦一场。”

琴操以为，从良也不过是苦俗一世，便决定听命东坡学士，“从今念佛往西方”，到玲珑山削发为尼，青灯古佛，只留得襟袖上空有余香。无奈红颜薄命，琴操带着“此去何时再见也”的遗憾，禅寂于玲珑山上，与清风为伴，与山水为邻。

才子郁达夫，感其事，怜其身，专为凭吊琴操的香冢，登玲珑山，并找来《临安县志》，坐在墓前翻寻，可惜全书只有一行字“玲珑虽小，苏轼曾登”，没有琴操的任何香踪遗影。才子颇为不平，面对“一捧荒土，一块粗碑”，即刻赋诗一首：“山即玲珑水亦清，东坡曾此访云英。如何八卷临安志，不记琴操一段情。”

也许东坡学士愧于琴操的高悟而登玲珑山寻禅，县志仅记此条。

苏轼性情率真，与王安石政见不合，游宦仕途，几经浮沉。虽才高八斗，却不谙政途谋事，徘徊两难。醉酒留诗，倚石而眠，消遣郁闷。但人醉心不醉，诗云：“何年僵立两苍龙，瘦脊盘盘尚倚空。”玲珑山也有苍劲险峭之容，激发了学士的豪放诗情，才有“脚力尽时山更好，莫将有限趁无穷”的生命感发。

诗人用想象造山

诗人用想象造山，李白在想象中驾御西北气势来到了江南，“梦游天姥吟留别”。

天姥山的美，来自李白的诗，诗里有一座洒脱而自由的山。

“天姥连天向天横，势拔五岳掩赤城。天台四万八千丈，对此欲倒东南倾。”诗里的气势，恐怕更多的是与诗人的心境契合，诗人豪情万丈，山也就跟着气势磅礴。想象无限，而天地造化有限，在有限的造化中，天姥山不能“势拔五岳”，也难掩天台山的高大。

想象是诗人的权力，在诗歌的王国里，诗人就是王者，制订王者的法则。诗人用想象造山，那是在大地上篆刻一枚精神的印章。不能用地壳运动的观点去理解诗人的创造，更不要用眼见为实来理解诗。理解了这一点，读诗者便可以跟着诗人的想象，前往浙东新昌眼攀天姥山了。

天姥山并非雄奇，然而石山拥翠，亦自有其独到的别致。当然，这样的石山拥翠，江南无数，而得此诗者，却独此一山。山因诗而有灵秀之美，诗因山而释放了诗人的造山想象。

初入山径，放眼看山，以为诗人别有怀抱，不过是借山抒怀，以梦为游，豪放夸张皆不足怪。

然而，驱身入山坳，方悟山中天地别有一番自由的气象，方才，真是俗眼看山了。选一个细雨朦胧、雾霭沉郁、云气欲滴的春日进山，就为那“云青青兮欲雨，水澹澹兮生烟”的诗句，去感受谪仙人世虚缈的心叹，在山的别致中，领略诗的内蕴。在云水翻腾、雾气缠绵时游山，另有一种谪仙莅临、人世缥缈的感怀。大山岂是朝廷利禄所能动？人生在这里只有审美，而不受价值取舍之累。

有雨的日子，雾矮云低看天姥，似与天接；而山峰连绵“向天横”，目之所及，也并非全是诗人夸张。人在自然面前的谦卑审美，尽可能把赞美的诗句甩向自然，那是来自生命深处的震撼和真诚。当然，诗句称颂天姥有拔五岳、掩赤城、倾天台之气派，也是伟男儿一展怀抱，抒写胸中丘壑的抱负。

山上有一座天姥石，像一位雍容老妇，双手优雅地抱在胸前，静穆地面东而立，远眺而思。淡然中，独立之精神沉郁其内，自由之思想豪放其外，无意争雄，而得大自在。在自由与大山结合的乌托邦里，山不在高低大小，都有它高耸挺拔的尊严。

自由，是天姥的山性，是山的灵魂，沉郁其内，豪放其外，无意争雄，而得大自在。山林是自由的庇护所，而诗歌更是自由的王国，在诗歌与山林结合的乌托邦里，自由的天姥，就是要“势拔五岳”，诗人讴歌的山林，就是要高于王权敕封的五岳，天台再高也得低头，向自由低头。

有山的地方就一定要有水，水是山的血液，山是水的骨骼。“万马渡”在山谷下，远望谷底，乱石纷纷，叠垒横卧，色彩斑斓，金黄、红棕、青白，绵延数百米不见终端，犹如彩石瀑，水漫石流，水拥石，石抵水，熊咆龙吟，水石大战，犹万马奔腾。这是天姥山的热情，诗人“脚着谢公屐，身登青云梯。半壁见海日，空中闻天鸡”。自由真美！

青天丽日来看山，或许会使想象迟疑，但发思古之幽情的余地，还是有的。那种怀古的情调，可以轻松地在古驿道上流连。驿道有一个很好听的名字，叫斑竹古驿道，由会稽蜿蜒而来，经嵊州黄泥桥入新昌，沧桑的鹅卵石路面，撒满了历史的记忆，诗人谢灵运开凿的那段，人们依旧会称它为“谢公道”。

闲情偶寄中的市井气

江南除了山水氤氲的水墨天外，还有一种市井气里的闲淡之美。文人闲情偶寄市井，反倒有一种脱俗的个性之凛，文人的市井气，充满了自由生存的砥砺。

写下这个题目，就要提到两位诗人。一位是唐朝诗人戴叔伦，他在一首诗中写道：“兰溪三日桃花雨，半夜鲤鱼来上滩。”将弯月下本来很幽静的兰溪，写得生动活泼，美丽有趣。还有一位诗人，是本地人，《闲情偶寄》的作者李渔，生在明末时，更像一位落花诗人，不如唐诗灿烂，却有闲淡之美。

李渔，号笠翁，兰溪伊山头村人，游埠溪从村里流过，舟行数里，就到了游埠镇码头。码头，唐初就建了，戴叔伦放棹兰溪，沐浴桃花雨，观赏月照溪水滩，看那活蹦乱跳的鱼，很可能就在这里。

李渔从码头乘船往衢州，水路约百里，他常去看戏。当时，各路戏曲纷纷入衢，班社、名伶川流不息。他先到游埠镇，歇脚于江边客栈，望滔滔流水，于落英缤纷里，体会唐诗“桃花雨”之花飞雪的意境。

戴叔伦是匆匆过客，来了又去，留下诗意。唐末时，这镇上还出过一位诗僧，号贯休，俗姓姜，年幼就在镇上和安寺受戒出家。后来，吴越国王钱镠居杭州，他持诗往贺。诗中有句“一剑霜寒十四州”，惹钱镠不满，命其改诗，欲将“十四州”改成“四十州”。休公笑道：“州亦难添，诗亦难改。孤云野鹤，何天不能飞也?”遂去也!

这份野性与傲气，年复一年流淌在兰溪里，南宋杨万里宿兰溪，有诗云：“一眉画天月，万粟种江星。”“一瓶一钵垂垂老，万水千山得得来”的理趣，这些养在兰溪里的精神，美化了兰溪水，陶冶了兰溪诗魂，此魂被李渔打捞得来。

当时，游埠镇上百业兴旺，俗称码头有“三缸”：酱缸、酒缸、染缸；“五坊”：糖坊、油坊、炒坊、磨坊、豆腐坊；“六行”：米、猪、药、茧、竹木、运；“十匠”：铁、锡、铜、银……四方商贾云集。

诗文气和市井气在兰溪汇聚，很自然地融为一体。李渔玩味其间，深得水中三昧，而忘情于戏曲。他一生漂泊不定，游来游去，疲惫的身心总要落脚在兰溪，在水边溪岸，将苦难变成美的戏曲。

身上有了市井气，他不仅写诗、写戏，还自带戏班子、自演戏，被人以“俳优”视之。可他并不在乎，依然我行我素。也有人欣赏他，称他“桃园啸傲，别存天地”，这“天地”，很可能就是江南兰溪边自由游走的市井气。

独立于山水之巅的文人

文人眼中的江南，有栖居山水间的心悟，有在书房里舒展笔墨纸砚之悟，还有攀越征服大自然的生命之悟。

徐霞客，此生有山缘，不应举，不入仕，但问名山秀水，一生仆仆于奇山异水之间，乐此不疲，何其悠然！二十一岁，他辞别母亲和新婚妻子，执一杖，携二仆，行如奔鹿，敏捷似猿，过了天台山，行至雁荡山麓，寻湖雁荡山。

据说，那山顶上静栖一湖，芦苇茂密，相拥为荡，南来之雁，皆宿于此，名曰雁荡。

雁荡山，峰险水秀，云谲石奇，峙浙东之地，东晋诗人谢灵运曾经乘兴而来，兴尽而归。然而，真正触摸雁荡之灵，与其难舍难分的，还要数明代的徐霞客，以奇人探奇山。

山巅之湖，美的极致。在云天之际，让他牵挂不已。那儿有春花烂漫的山歌，芦花飞雪的秋韵，静如处子的一池神秘，更有大雁怡然，白云自得，蓝天护持，这天籁的纯美。

山之峰，如怒笋；山之柱，如卓笔，摩天辟地。有大水自崖上轰然而下，深潭凸岩，峭削直立，水无着落，腾空飘泼。山中道士告诉他，这就是龙湫之瀑，飞流直下，其水源于山顶之湖。

清晨出发，主仆三人持杖登山，一步一喘，终至一巅。环望群峰，绿意朵朵，白云弥漫，若云海玉环，几可俯拾。待微风扯走片云，俯视脚下石壁直立，石笋森森，但闻水声潺潺，莫辨水源何自。道士做向导，遥指前方云绕之山说：再过三座山峰，就是雁荡湖了。说罢，便循旧路返归山下，他们主仆继续前行。

再翻越两座山峰，人迹绝。踏山脊如行刀背，每过一脊，皆于刀剑锋刃中攀缘。登至高处，竟无容趾之地，怎能容湖？四周石如刀劈，也难容足，以身贴崖而行，一时踌躇不能动。

见一青藤悬崖垂空，主仆先后顺藤而下，不料，藤索中崖而止，下不着地，只好将身体贴崖壁暂息，却仅容一人立足。藤下悬崖百丈，缘藤返上，藤亦上不着山顶，便以布绳衔接，循布绳上攀，布绳被凸出的剑石割断，幸而贴住石壁，再接布绳，奋力腾挽，最终脱险。寻路而归，主仆衣履俱敝，狼狈不堪。

回到龙湫瀑，雨后怒涛倾注，飞珠扬雪，徒见水荡，不见雁荡，寻湖之兴一时索然。

读《徐霞客游记》，如钱谦益赞：“世间真文字，大文字，奇文字。”更知在明代，中国还有这样一位充满自然野性的自由文人。

青藤书屋里的“凡·高”

江南的天高，江南的路远，江南的丘陵将山水分隔成多元的、相对独立的小空间。气候宜人，物产富庶，又为文人提供了精神独立的物质支撑。他们各自经营着心灵的自由江山，形成了独特的江南文人文化。江南文人有奇人，也有狂人。

徐渭是一狂生，就像一颗文曲星降落在青藤书屋。那时叫榴花书屋，院中有一棵石榴树。徐渭六岁时，便在这里读书。十岁在书房南窗下，手植青藤一株，书香岁月，青藤叶茂，嫩芽丝丝缕缕，摇曳在窗前廊下，在天井的恬适中，有着江南秀气的惊喜，读书的枯淡里，悄然着自由的伸展。于是，徐渭稍长，便将它改为青藤书屋。

这一年，徐渭还小试身手。坊间流传，他到乡下扫墓时，碰到县令吃摊派，酒酣耳热，贪官一高兴，不禁吟道：“红白相兼，醉客不知南北。”徐渭听后愤然，随口讥道：“青黄不接，小民哪有东西！”几个回合后，县令失态，忍不住骂起来：“童子才五人，无如尔狡！”徐渭则道：“知县仅七品，谁比公贪。”

神童的自由意志初露锋芒，但不一定适合八股文章。徐渭在青藤书屋读书，直到二十岁才考中秀才。之后乡试八次，屡屡落第，便自作主张不再科第，转入闽浙总督胡宗宪幕府，帮他出谋划策，东南抗倭，屡建奇功，从此，声名大振。

但狂人命运不爽，时运不济，胡宗宪因严嵩党事发下狱，徐渭受牵连，佯狂自杀未遂，却误杀己妻。妻亡下狱，幡然省悟。在艺术的自由星空下，徐渭的狂生本性、布衣本色，催发他的才华，就像那漫舞的老藤，曲直有致，刚健淳厚，漫溢于谈画论道中，被袁弘道誉为“光芒夜半惊鬼神”。

他自称“几间东倒西歪屋，一个南腔北调人”，以示不拘俗世；手书青藤书屋牌匾“一尘不到”，寓意清雅不媚；“自在岩”则是他的自比，安卧在青藤书屋门前。

中国画的泼墨画法，源自于徐渭，源自于他的生命本性的自由流露。他把墨泼到宣纸上，一任水墨自然流淌，在水墨浸润宣纸的变化中，宣泄着感情的激荡和个性的激扬，大概是位东方的凡·高吧。

有一幅《葡萄》，他在画上题诗道：“半生落魄已成翁，独立书斋啸晚风。笔底明珠无处卖，闲抛闲扔野藤中。”画上的署名是“青藤”。“青藤”与徐渭似乎有着说不清的缘分，它象征了江南文人的自由伸展的力量。

安澜园残忆

乾隆下江南，除却稳定满清权力的需求外，恐怕是更钟情于滋养江南文人的江南审美精神。当年，乾隆皇帝下榻安澜园，引发江南文人对汉人抗清劫后余生的另一番猜想和解读。

时光流逝，是对造物的瘦身。剥落了昔日的丰满，便是风蚀过后的坚实，于是留下格外引人注目的历史残美。安澜园也不例外，仅存的一方荷池和一处曲桥，坐落在新绿欲滴的菜畦里，泛滥着思古之幽情。

清代大才子袁枚有《安澜席上诗》多首，低吟中，可依稀故园弦歌朗笑的往事。

百亩池塘十亩花，擎天老树绿槎枒。

调羹梅也如松古，想见三朝宰相家。

可见安澜园的权势，海宁陈家的煊赫。金庸在《书剑恩仇录》中，极尽演义乾隆下江南，四次下榻安澜园的故事，附庸的是民间传说。雍正为皇子时，与海宁陈氏友善，时两家同年同月同日生子，雍正大喜，命人抱来，待再送归陈家时，已是易男为女，故纷云乾隆为陈家子，汉人便暗度陈仓，终于夺回了天下。

乾隆下榻陈家，升堂垂询家世，更为市井增添了许多谈资。不过乾隆自己说：“海宁往何为？欲观海塘形。”御驾海宁，是为安海修河抵御水患。安澜园也是乾隆御赐，意在“安澜”。此前称“隅园”，乾隆有诗云：“隅园城角边，新额与重悬。意在安江海，心非耽石泉。”陈家趁机大兴土木，修园扩建，一时与苏州狮子园、杭州小有天园并称为江南三大名园。

金庸在小说里安排大才子袁枚随侍乾隆左右，恐怕有歪曲袁枚之嫌。袁枚所著《随园诗话》，其中品诗论词，个性凛凛，不苟流俗，倒不像个逢迎的奴才。袁枚在《三家诗话》中，借汉武帝讥刺乾隆，如此看来，《安澜园席上诗》，讽在言外之意。所谓：

鸟歌花笑有余欢，新得君王驻跸看。

分付窗前万竿竹，年年替海报平安。

对于名胜向以人弃我取的沈三白，却也钟情于人气火旺的安澜园，以为第一园，而狮子园却没有“山林之气”。乾隆偏爱安澜园，便让它落脚于圆明园中了，图纸犹存故宫。

文人钟情于江南，而这位颇有文人名士习性的皇帝，对江南也自有脱俗的品味吧。

如今听说盐官镇正在招商，欲重现安澜园昔日的灿烂。也许晚暮夕照下的斑驳凄迷，就要烟消云散了。

富春江的水边往事

富春江在文人眼中，总有一种难以穿透的文学乡愁，在江南烟雨中漫染着诗性的眷恋。

富春江的水边往事，如诗如画，多半眷着文人生花的墨香，散落成两岸的倾诉，流连为江水的游吟。这里也有郁达夫的“屐痕”，踏着岸上的花草，傍着江水的清婉，依恋着水乡人家。

郁达夫是有福的，当他在杭州遭遇家庭挫折时，

“乡愁一动”，便回到故乡富阳，闲情偶寄。

乡居的倦怠，曳出了他的游兴，于是富春江便在《钓台的春昼》中，舒展开了郁达夫的水边幽思。

那是个细雨滋养诗情的天气，用郁达夫的话说：野景正妍，除白桃花、菜花、棋盘花外，田野里只一片嫩绿，浅浅尚带鹅黄。从富阳上溯至桐庐，正是富春江的水脉旺景，桐君山和严子陵钓台，散着仙风道骨的气韵、淡世旷达的胸襟，牵着郁达夫阑珊的情怀，急迫于夜色下的鱼梁渡码头，乘船赴登桐君山，暗夜观山，景趣别样。

“这江山之秀而且静，风景的整而不散。”若不问世事，倒是结庐读书的好地方。待这幻梦被残月晓风吹醒，已是灯影微茫之际了。买些酒菜鱼米，郁达夫挈着半澄静的心情，去访严子陵钓台了。

严子陵是后汉光武帝刘秀的同学。刘秀得了天下，想请老同学辅政，他却宁肯到富春江钓鱼。据说，刘秀遣使不成，便亲自上门，两人畅叙友情后，同榻而卧，严子陵梦中抬脚压在刘秀腹上，刘秀不以为然。第二天一大早，太史便急急上奏：“客星犯帝座。”刘秀则满不在乎，也就实话实说。一夜间，严子陵钓得大名，其实也不过是于水边浪得虚名。钓台古意荒凉，废垣残瓦，壁上的题铭残陋不堪，在郁达夫看来，亦俗不可耐。偶有本郡同邑的一位守旧贤达乡绅题款，风骨铮铮，方入他的法眼。来此游者，恐怕多半是据钓台而一睹江阔的气派，唯留历史在江水面前空叹。

1937年底，富阳沦陷。诗人七十多岁的老母坚决不肯离开自己的家园，躲在住屋与鹳山的夹弄中冻饿致死。闻知噩耗，诗人欲星夜驰归，收拾老母残骸，然而因战事所阻，终未如愿。

古往今来，这是富春江水边往事最凄美的一段。

江南里的天堂

江南里的天堂，恐怕第一数杭州的西子湖畔了。

流丽湖光与苍茫山色相映，帝王风流气象和人文渊薮雅集，舍杭州其谁也？

1955年夏秋之际，毛泽东莅临杭州，住在西湖边上，他没去湖中“柳浪闻莺”，而是远足到灵隐寺后的北高峰。在海拔350米的峰顶上，他登临送目，俯瞰全局，天地之间，有种一览无余之快感。

群山如屏，湖水如镜，渔舟如凫，渐行渐远，愈远愈微渺，最终没入天际。他喜欢这种“空”的感觉，去年，他在秦皇岛观海，就两眼苍茫一片，看“空”了世界：“秦皇岛外打鱼船，一片汪洋都不见，知向谁边？”

秦始皇“略输文采”，不入诗人法眼，他思越千载，想起了魏武帝“东临碣石，以观沧海”。

那是一个劲敌，无论用兵还是写诗，都不可小觑。不过，在革命家的雄才大略里，所谓帝业却不值一提，虽有“遗篇”却“换了人间”，同样面对“萧瑟秋风”，而意境却有古今不同。

过了一年，他从海边来到湖畔，从海天茫茫的沉思里出来，面对繁花似锦的文明景观，可他却依然“视而不见”，犹如古寺里禅悦的老僧，信手拈来一段公案，何谓“老和尚打伞，无法无天”？

“无法”，是看“空”了文明；“无天”，是看“空”了自然。“色即是空”乃诗人法眼：“三上北高峰，杭州一望空。飞凤亭边树，桃花岭上风。热来寻扇子，冷去对佳人。一片飘飖下，欢迎有晚鹰。”

他为什么要一而再地登临北高峰？是否真如古人所言，此峰凤舞龙盘，真有王气蓬勃？所谓“王气”，是指“人王”之气——“王朝”，还是指“法王”之气——“佛法”？这里的“人王”之气——王朝早已被他看“空”，小朝廷能繁华一时，可终究熬不出头，一任“花自飘零水自流”，到头来难免“王比黄花瘦”，一阵狂风骤雨袭来，便要“香销玉殒”了。

那“法王”呢？他不看，也早已“空”了。“法王”以“空”立教，可彼“空”非此“空”。彼“空”归于涅槃，而此“空”却要开端；彼“空”解脱生死轮回，而此“空”，却要走出历史怪圈。

毛泽东此“空”，不仅看“空”了小朝廷，而且看“空”了中国历史，他说：二十五史都是假的。帝王将相“俱往矣”！才子佳人“俱往矣”！真正的历史要从头开始，“数风流人物，还看今朝”。

北高峰上，康熙来过，乾隆来过，康乾盛世，难道沾了这里的“王气”？还真说不准。此山虽不高，可地势却为东南之“纲”。居江海之间，握太湖之利，不仅为人文之渊薮，且为财赋之重地。“纲举目张”，则吞吐江海，而有河运、海运之利，吴越交接利通中央，而得王者之地气。

诗的后边，列举了一些景点，如飞凤亭、桃花岭、扇子岭、佳人峰等，皆为应景之笔。真正提神的是后面两句：“一片飘飖下，欢迎有晚鹰。”景观突然中断，思想升到“空”中，化作雄鹰盘旋。

3. 魂兮归来哀江南

锦绣牢骚

美是历史之魂，诗意地栖居其中，为诗人剪彩。屈原一出场，不仅花草芬芳，还有日月放光，不仅风云际会，还有龙凤呈祥。

1973 年，长沙子弹库战国楚墓发现了一件《人物御龙帛画》。一位高贵的男子，薄纱高冠，宽衣大袍，腰配长剑，手挽缰绳御龙飞天。龙头高昂，两边有神鹤与鲤鱼引导，载着墓主人之魂，飘飘欲仙，颇似“离骚”之屈原，驾白龙而乘凤辇，飞向云天。

郭沫若以为，“仿佛三闾再世，企翘孤鹤相从，陆离长剑握拳中，切云之冠高耸”。与屈原《九章》中的诗句——“配长铗之陆离兮，冠切云之崔嵬”极为吻合。

长铗与切云之冠，是战国楚国男子的理想装束，在帛画中得到证实。据考证，这座楚墓属战国中晚期，墓主人身份难以确定，从陪葬品来看，能在白色丝帛上作画，决非等闲之辈。而画中人物，既能升天，又能入水，如神话中通天人之际的巫，又似仙话中无古今、超越生死的游仙人物。也许楚地多湖泊江河，灵魂升天要假龙舟以行，行至水天之际便袅然了。

也许楚人皆带有屈原式的浪漫诗气以及诗意的沉郁，这座楚墓里似乎总有屈原的气质回荡。对于屈原来说，水在脚下，纵身一跃，便归于水了。鲜花香草，黯然于烟波浩淼的寂寥；锦绣罗衣，失彩于水天一色之淡远。水葬是诗，不是死。水才是他的生命底色，灵魂已经不需要土冢安放了。

生前，诗人满腹锦绣牢骚，在被楚怀王、楚顷襄王父子流放的那些年里，他创造了充满浪漫格调的“楚辞”诗体。“楚辞”二字，最早见于《史记·张汤传》，本义为楚地歌辞。宋人黄伯思在《校定楚辞序》中说：“盖屈、宋诸骚，皆书楚语，作楚声，纪楚地，名楚物，故可谓之‘楚词’。”西汉末年，刘向辑录屈原、宋玉及汉人作品为《楚辞集》，已亡佚，东汉王逸《楚辞章句》是以它为底本的，这是迄今最早的楚辞。

诗人口吐珠玑，行吟水畔，在长江、汉水两岸，湘江、沅水之间。一路行去，山花漫漫，香草萋萋，清风徐徐，江水碧碧。那些忧国忧民的“牢骚”，便如江中旭日，从水里喷薄而出，化为屈原的“骚体”诗，美如水珠晶莹剔透。在诗人，牢骚都是锦绣的。

司马迁以为，“骚”就是“忧”，班固《离骚赞序》解释“离”为遭，合二人之说就是：诗人“遭遇大忧”了。《离骚》之诗，是屈原遭遇贬抑后，为“陈抒忧愁”而作，那就是牢骚了。用诗体发牢骚，当然华美锦绣了。美在屈原是一种普世的理想。

《诗经》之忧怨直指政教，是群体的感发之“国风”，是对当局的美刺。屈原之忧怨牢骚则不同，《离骚》纯然是个体之诗。一篇《离骚》，一会儿神话，一会儿历史，一会儿现实。可现实之君令他失望，他那不成器的“美人”之君楚怀王，竟然为了贪图一块不属于自己的土地，而被囚死于他乡。还有什么比这更荒唐？有啊，还有他的儿子顷襄王，竟然重蹈覆辙，比老子更荒唐！荒唐中的荒唐，是他们都放逐了他的理想。他的理想在江边流浪，和着江水低吟，伴着芬芳诵唱，在山野间“牢骚”。

当他看到郢都覆灭时，便拥美沉于江底，留下他那华美的牢骚乐章，让后人在端午吟诵，为诗人招魂：魂兮归来，归于水；魂兮归来，哀江南矣。

上下求索美的历程

车已停，而思想仍在飞奔，遥望天国，太阳已升起，阳光照耀大地。

《离骚》，纯然为个体之诗。如果说，在《天问》里，屈原的“我”还是隐性的，那么，到了《离骚》，屈原的“我”，就不仅显现出来了，而且上天下地，跑到神话和历史里。

他在神话世界里，乘凤辇，驾白龙，飞向天空，一早就出发，晚上才到达。那里是昆仑山顶，名叫悬圃，神灵们在此相会。他本想在此停留一下，好与神灵叙一叙话，可时间太紧了，他还要进发。于是，他命令驾着太阳之车飞奔的羲和停车，不要着急回家。

他要去的地方还很遥远，他以为，那里有美人期盼，所以，要去求索。

让白龙停下来，到咸池去喝一口水。那咸池啊，有太阳来洗浴。他把缰绳系在太阳出没的扶桑树上，折一枝若木遮一遮太阳，让白龙暂且休养。望舒驾着月神之车，在他前面引路，飞廉御风，在后面紧紧跟上。他们日夜兼程，紧赶慢赶，终于拴了马在高山上，可山上却没有美丽女郎。

他让云神丰隆驾起云车，去寻找伏羲女儿宓妃的门径，派人拿他贴身的信物去提亲，可宓妃态度暧昧，令人捉摸不定。她美丽而又风流成性，这样的女人要她作甚？他从天上回到大地，看见了美女简狄，便让鸠鸟去做媒。那家伙能说会道，又飞又叫，言语难免轻佻；他想亲自出马去下聘礼，又怕不合礼仪。就这样，他犹犹豫豫，而帝喾却毫不迟疑先登而去。可他并不气馁，依然饰花佩玉，奏《九歌》而舞《九韶》，上天下地，将美人寻觅。他载歌载舞，驾八龙而飞驰，云旗万里，五彩迤逦。

车已停，而思想仍在飞奔，遥望天国，太阳已升起，阳光照耀大地。忽然，眼下一瞥，看见了故土，仆人和马儿都停下脚步。他仰天长叹：算了吧！那个国家，还有人知道我吗？我又何必怀念它呢？美政无望了，我还是到彭咸那里去吧，他在等我啊！

一篇《离骚》，一会儿神话，一会儿历史，一会儿现实。这一切，统统围绕着他的自我意识——美人旋转起来。他是那么美好，既怀内美，又重以修能，不光大地之鲜花、香草为他佩饰，连天上日月星辰也跟随着他，云霞是他风采的一部分，山水为美而设，还有神，也都情愿被美驱使。

其美经天纬地，可美女另有欢喜，他无限风光而来，黯然离去。他从现实回到历史和神话，历史难以安身，神话又焉能立命？没有美政的现实，他待不下去；没有美德的历史，他不想去；没有美人的神话，他去了也没有知己。他不仅唯美，还求完美，因此，他只有“从彭咸之所居”。

彭咸何人？王逸《楚辞章句》说是殷贤大夫，“谏其君不听，自投水而死”。屈原在《楚辞》里多次提到彭咸，除了在《离骚》里面提了两次，还在《九章》的

《抽思》《思美人》与《悲回风》中提到彭咸。《抽思》曰："指彭咸以为仪。"《思美人》曰："独茕茕而南行兮，思彭咸之故也。"在《悲回风》里，他将自己托付于水，投奔彭咸而去。

彭咸在历史上无名，连"殷贤大夫"一说，也被人怀疑。可他对于屈原是如此重要，其重要性甚至超越了生死，唯有"美人"堪比。有人说，屈原以"美人"喻君主，大家都跟着这么说，从古说到今，将一个伟大的形而上学诗人，说到忠君的"美人、香草"里去了。

他的"美人"理想，并非后世所谓"致君尧舜上"。尧舜虽有美德，可那毕竟都是些传说，作为历史的尺度，多少还有些靠不住。例如，他在《天问》就问舜：年纪那么大了，为什么还不成家？又责问尧：为何不经人家同意，就将二女嫁过去，这样做岂非太冒失？他用"美人"的标准，一问再问，以层出不穷之问，把历史问得满目疮痍，套用一句现在流行的话语，那就是，他居然颠覆了历史。

诗人魂兮归于水

看来，那美人啊，不是现世君，亦非历史王，而是关于人的绝对理念和普世理想。

人之所有好的德行，皆统合于美，而为"美德"，能具"美德"者，即为"美人"，由"美人"发而为政，那就是"美政"了。而现世之"美人"呢？屈原看到自己的身影，仅此一人，历史上则有彭咸。

屈原的自我意识之花盛开于美的追求，这不光是关于人的绝对理念的感性显现，还是普世理想的个体形式。当他以这样美若鲜花的个体形式莅临神话时，那真是“万物皆备于我”。

众神皆为美人开路，可美感女神却不买账。理念美人与美感女神不一样，后者可以没有美德而风流乖张；前者要矗立在美德的基础上，后者则是私欲的君王。柏拉图的“理想国”驱逐了荷马史诗，那是因为史诗里，神有缺失，比人犹有过之。而屈原在神话里也发现，神也淫乱。

柏拉图的理想国，会因此而驱逐屈原么？不会。屈原之诗，虽然自我意识极强，但其道德自律同样庄严，他发现，在道德方面，神靠不住，因此，他从神话走向哲学，而彭咸就是他的先行者。

彭咸以一死捍卫了道德的纯洁，屈原的追随里，亦有哲学的理性之光，那是关于存在与本体、宇宙与始基以及与美的理念相关的诗化哲学。诗句泛着鲜花香草的芬芳，带着他的质疑问向神、人以及宇宙的本质意义。彭咸之死，那是道德，他择水而死，就蕴含了哲学。没有生死，只有“源于水而又复归于水”，这就是彭咸的原则。《离骚》是屈原的“为我”之诗，“我”从哪里来，往何处去？请看他骄傲的家世：“帝高阳之苗裔兮，朕皇考曰伯庸。”屈原出生时，太岁行于斗、牛之间，天象在北，而人居南国，天人有偏，此为其悲剧根源？他的父亲大人伯庸，估摸他要出生了，就给他起了一个美好的名字。

他天生美质，不饰金玉，而饰以花草，以人生配以花期。春夏之交，他去江边采江离，往幽处觅白芷，编织为披衣。秋季，兰花儿开了，他采集兰草为佩饰，使秋芬芳沉郁。

可美的存在是有时间性的，他能穿透时间，化为美的永恒理念吗？这正是他所思所念的，诗人叹曰：时光如水流走，我跟在它身后，它哪会等我呢？我怕自己年岁不够，方见草木零落，便觉美人迟暮了。他在诗里，将生与死合而为一体，化为神仙去“远游”了。

《远游》之思，与庄子《逍遥游》颇相似，皆为神游，能神游者，自然就是神仙了。但屈原是紧紧拥抱着“我”，庄子则对“我”无动于衷；屈原抒怀，“我”无量宣泄，庄子无我，与自然浑为一体。

屈原为“我”哲学的情怀，寄于生与死的，是“我”之形，而非“我”之神。生，为“我”之神所寄，寄于形也；死，为“我”之神所弃，乃遗弃形体。“我”之神，就是自我意识，一旦觉醒，便为灵魂。觉醒了的灵魂，自由驰骋，上天下地，述说不已，表白无尽。

他上访于天，说：我自幼就无比清白，至今行仁义未绝，心中充满了美德，可小人却不断指责，使我心头梗塞，如果上天都不了解我，我的愁苦向谁诉说？上帝没有接见这个自由的灵魂，而是召来巫阳女神，说：现在有人在下方受苦，他的灵魂离开了肉体跑来天上，你去替他招魂，让他的灵魂返回故乡，不要四面八方游荡，不要老在天上嚷嚷。巫阳答道：试试吧！我的本分是占梦，您说了，我就服从。

于是，巫阳用楚语，先是恐吓，告诉他，天上地下不能去，四面八方不要去；然后诱惑，广宅美女，酒色财气，恣肆而富丽。可这没用。

那就用死来恐吓他。他怕死吗？用食色来引诱他，他贪欲吗？他既不怕死，也不贪欲，却难免故国之思。极目千里，无限春江花月，天上不能去，地下不能去，何处去？唯有水！

这是屈原最喜欢的选择，满足他的"安能以皓皓之白之身，而蒙世俗之尘埃乎"，他"宁赴湘流，葬于江鱼之腹中"。

魂兮归来，归于水；魂兮归来，哀江南矣。

4. 我与我周旋

魏晋人尚清谈，行为则流于风雅。清谈随风掠过，人文为之一变，变出魏晋人特有的玄格。文人逸趣，雅士风流，曳起了一道老庄式的玄学风景线，确立了中国名士文化的美学典范，随着北方世家大族的南迁，风靡江南。

那是个什么时代？相对于先秦百家争鸣而言，可以称之为：这是个世说新语时代。时代中心，从中原转向江南，人文精神，从中原政治伦理化转向江南诗化山川。与先秦诸子竞相生产思想以谋政治不同，江南诸子则纷纷在回归自我中竞与山川相映发。

东晋时，安西将军桓温，雄才大略，功勋卓著，名士殷浩与之抗衡。他问殷浩：你怎么能和我比？殷浩回答说：我与我周旋久，宁作我！我为什么要和你比呐？先秦诸子追求"定于一"，而江南诸子追求的是"宁作我"。所谓"世说新语"时代，新就新在"宁作我"！

那个时代，一元破碎，多元复兴，美属于个体，而非王朝，自我一瞥王朝，阴暗丑陋！于是，美的理念弃王朝，而随自我走。

南朝，刘宋王朝宗室里，一股玄风吹来，吹出了一位"宁作我"的王侯，他就是临川王刘义庆。《宋书》

说他“性简素，寡嗜欲”，爱好文学。哈！像20世纪80年代的文学青年，动辄“爱好文学”。但说法相同，范围不一样，刘氏爱好的“文学”是广义的，泛指学术，不局限于后来所谓的“文艺作品”一类。

刘义庆大概厌倦了在朝廷里杀来杀去，厌倦了官场上磕头作揖，与其在官场作揖磕头，何如“越名教而任自然”，去山水中放歌，宁作我？他挥一挥手，将自我“流放”到荆州，挂了刺史头衔，就在那里蓄聚文士，招揽名流，收集东汉后期至魏、晋以及南朝晋、宋间的名士言行和哲人思辨，用《世说》名书，为思想者立此存照。后来，为了与汉代刘向所著《世说》区别开来，就改称《世说新语》了。

世说新语，流风遗韵到梁朝，刘孝标为《世说新语》作注，注出了一个个“宁作我”的鲜活人物。鲁迅《中国小说史略》称《世说新语》是“一部名士底教科书”，“记言则玄远冷隽，记行则高简瑰奇”。

在竹林七贤和陶渊明之间，有一位如天鹅般的高士，高蹈于世说新语时代，吟之，舞之，俯仰自得，他就是王羲之。

羲之来自琅琊王氏，他十四岁那年，琅琊王氏家族助晋南渡，建立东晋王朝，功臣王导是他伯父。羲之少从伯父，官至右军将军，人称王右军。王家护主功高，与陈郡谢家同为东晋望族。“朱雀桥边野草花，乌衣巷口夕阳斜。旧时王谢堂前燕，飞入寻常百姓家。”王谢两家，当年何等煊赫，晚唐时竟沉沦为桥边的几株野草花，清风摇曳，迷离在巷口的夕阳下。诗人天命无常，却没有为那个“宁作我”的时代风气感发。

遥想当年王羲之父子，“从山阴道上行，如在镜中游”。为什么会“如在镜中”呢？难道不是以山川为镜来确认自我吗？

山水是透明的，人以山水为镜，可以照见自我；内心没有阴云，人格也是透明的，感发于山水之间，山水因之而有灵性，这就是人与山川相映发了。小儿王献之，更是一往情深：从山阴道上行，山川自相映发，使人应接不暇，秋冬之际，尤难为怀！四季更换，美在色彩变幻中流转，正看满目苍翠，转眼就斑斓一片了。人生短暂，你应接不暇；怀抱太小，又怎能拥有万川？王羲之告诉儿子：“群籁虽参差，适我无非新。”短暂与永恒，有限与无限，个体与万物，这些都参差不齐，可关键在于“我”，“我”要在这些对立中确立主体性，便是“适我”，可“适我”有一个根本前提，那就是“宁作我”。

江山寥廓，居然有万里之势，人在其中，“俯仰自得，游心太玄”，这便是“适我”。“游心”山川，将自我放任到自然中去，很美；而使山川“适我”，则是给自然一个主体性灵的审美选择，就能“寓目理自陈”，看到自然的本质。所以，不要争鸣，清谈就够了。争鸣必带有霸气，百家争鸣，其实就是百家争霸，要摆出一副掌握绝对真理以及“定于一”的架势。

“定于一”，就不能“适我”，必须“无我”。清谈则不然，人皆炫智、逞辩，各有其话语权，各自有观点，都要“适我无非新”，都在“宁作我”中相映发，玄味一出，便相视而笑了。所以，有人这样说：“欲知东晋一代诗风，当自《兰亭诗集》中体味。”不仅其诗意沉浸在玄味中，书法也有一种玄味之美。

传说，白鹅是王羲之的书宠，鹅池是兰亭的心曲。他常常举杯邀兰竹，行草随鹅咏，诗意地栖居在绍兴兰渚山下。

一日，王羲之书“鹅池”二字，刚写完“鹅”字，忽闻圣旨到，遂搁笔迎之。儿子献之手痒，趁机提笔，补上“池”字，一碑二字，一肥腴，一瘦挺，父子合璧而成，相得而益“神”。

永和九年（公元353年）暮春，王羲之邀谢安、孙绰一班四十余人，雅集兰亭，按俗例，于三月三，在水滨举行“修禊”盛事，祓除不祥。兰亭外，崇山峻岭，天朗气清，惠风和畅；兰园内，茂林修竹，清流激湍。

群贤列坐于流杯亭，戏饮“流觞曲水”，一觞一咏，感慨人生之无常，成诗三十七首。然而，诗无序不成集，王羲之美酒养性，文趣大发，挥笔泼墨，临文嗟叹：人生俯仰一世，荣辱已然陈迹，而兰亭“暂得于己，快然自足”矣。于是，《兰亭集序》一挥而就，其文至妙，其墨更妙，文与字相映，一派“宁作我”的江南诸子风采。

其时，山风入怀，清凛出袖，字走鹅态，墨韵五彩，《兰亭集序》横空出世，遂成千古绝唱。此情此景，先秦诸子哪有这般玄味的境界。

据说唐太宗李世民酷爱书法，朝思暮想《兰亭集序》。齐鲁名士萧翼，文采飘逸，书道淳厚，犹善行草。萧翼为太宗朝科举状元，太宗爱其书法，揣摩间心生一计，命萧翼临摹《兰亭集序》，走访民间，诱真迹出世。

李世民答应萧翼，等《兰亭集序》找到了，立刻颁布他的状元名第，并许诺要封他为河东御史。萧翼果然不辱圣命，布衣遍访五年，终于在九华山一寺院里，寻到王羲之的手迹。和尚辩才，是王羲之七世孙智永的徒弟，智永临逝前，将《兰亭集序》托付辩才好生收藏。辩才虽书道高手，却不识萧翼骗术，引为知己同道，毫无戒备之心，丢失《兰亭集序》，气急喷血而亡。

李世民得之，爱不释手，临死，要带进昭陵墓里陪葬自己。帝王不仅要将政治的江山据为己有，还要将文化的江山据为己有，将天下据为己有，家天下是独裁的癖好。从此，再也没有一人一睹《兰亭集序》真迹，然而王羲之书法的风流遗韵却在兰亭的一石一草中熏香。

大概辩才不曾到过兰亭，不谙当年越王勾践植兰筑亭之深意，况韬光养晦亦非佛家旨意。

《兰亭集序》，在唐代有很多摹本，《唐摹兰亭》本上有唐中宗神龙年号小印，故称“神龙本”。此本摹写精妙，非他本所及。王羲之有七个儿子，皆擅书法，唯小儿王献之的书法有“我与我周旋久，宁作我”的魏晋风骨，自成一家。

魏晋风骨提升了江南气韵，才是文人眼中的江南格局。羲之之后，陶渊明问世，以“不如归去”而“适我”，将“俯仰自得”的玄味化为诗意，化到了极致，化在桑麻中，化入田园里，就变成“采菊东篱下，悠然见南山”了。“南山”即“我”，而“采菊”就是“宁作我”。一个人看到了自我，他该多么快活？

5. 文明的抗战

时来天地皆同力

世说新语时代，精神飘逸，思想飞扬，魏晋风度与江南烟雨共氤氲，湿透了一草一木、一砖一瓦、一什一器、一街一巷、一家一族、一兵一将，无不充满了时来天地皆同力的精气神。

看看那些走出家门享受阳光和空气的人，无论贵妇还是女侍，皆因自足而放飞了乐感，皆因和平自信而微笑如佛陀，他们出游的风姿，绰约如舞。南齐景帝墓葬里模印拼嵌砖画羽人戏虎，线条婉转流动，御风而行，那才是江南的虎气。还有那些小小的画像砖，白虎、青龙飞姿脱俗，连憨态可掬的玄武都飞扬起来了，那么自信而自由。不可一世的凤凰，振翅昂扬，似在宣谕“我就是太阳”。还有一队美的战士，穿喇叭裤，背箭，持盾，走在通往美的路上。更有骑兵牵甲马，高蹈幽默之步伐……

淝水之战

雷海宗有个观点，他说四千年中国历史，以淝水之战分界，分为两周。

第一周为“古典的中国”，历久已衰，按例，衰落以后，其历史便要终结，而中国，却以淝水之战获得了新生。第二周为“综合的中国”，血统和文化起了变化，“胡汉混合、梵华同化”，先是匈奴人改姓为刘，以汉朝自居，其后，更有鲜卑人汉化，历史重心，从黄河流域转到江南了。

淝水之战，是文明抗战，苻坚只看出晋朝风雨飘摇，却不知汉文明依然风流。

我文明的战士，是在世说新语时代成长起来的一代新人，有如古希腊之美少年。

这一战，都说是以少胜多、以弱胜强之战，从淝水一线来看确是如此。就整体而言，胡兵南下，被围在江淮之间，而南朝战力，大都来自民间，就连“八公山上”都“草木皆兵”了。正是民间起兵，各自为战，分散了胡兵战线，使之难以在淝水一线集中作战。

谢安是最伟大的清谈之士，当时破落王朝无法集权，难以统战，只好依靠士族。大敌当前，朝野不安，可谢安却不动如山，他要让民众自发抗战。此战，不仅关系到东晋王朝的生死、东南半壁的安危，而且关系到中国文明的盛衰。孔子曾叹管仲曰：如无管仲攘夷，我将披发左衽矣！

然谢安尤胜于管仲当年，他基于对一个伟大文明的信念，以文明决战。

那枕戈待旦的小儿，闻鸡起舞的战士，乃青春中国美少年，战无不胜。

这一战，没有计，只有美，胜利后，谢安只说了一句：小儿已破贼矣！

冉闵“杀胡令”

“五胡乱华”之际，北方真乱，胡人杀汉人，流遍了郊原血。

后赵为羯族石勒所建，第二代国主石虎，收河南汉人冉闵为养子。

冉闵是天生的战士，慑服五胡。石虎死后，冉闵夺权，改姓李，后复冉姓，建“魏”都邺，是十六国中的汉人政权，仅存两年。冉闵发“杀胡令”，一时胡人血染中原，开始北撤。

前燕灭冉魏，国主慕容儁曾嘲笑冉闵：你才智仅及奴仆，何敢妄自称天子？闵笑：尔曹狄兽犹称帝，况我中土英雄！冉闵死，臣民无一降者，相携逃往江南，东晋接应不及，为前燕途击，死亡殆尽，晋将自杀谢罪。

自此，居汉地，胡人开始汉化。英雄之悲剧奏响汉胡大合唱的序曲。

崔浩——留守汉文化

晋室南渡，有世家不迁，留守汉文化，如北方第一望族清河崔氏。

崔氏一族，自曹魏以来便封侯拜相，历十六国、北魏，上卿辈出。

崔浩貌如美妇人，文韬武略，自比张良。佐北魏依照汉王朝建帝制，辅弼北魏道武、明元、太武帝三朝。崔浩提出，鲜卑人应认祖汉朝李陵，以此遭灭门之祸。然胡汉融合，大势所趋，一件小小的累丝金龙佩饰，代表了北朝金饰工艺以及胡汉融合的趋势。金丝编织精细，双龙首为汉物象征，龙身坠戟、盾、钺，是骑马人的喜爱，汉胡在日常装饰之美上结合了。历史之美，有时呈现的是血色浪漫。

五胡汉化

公元 386 年，鲜卑族建立北魏王朝，结束五胡乱华，转向五胡汉化。

在北朝众多的墓冢壁画上，留下了庄园生活的图景，洋溢着农居生活的热情。

大同石家寨北魏司马金龙墓出土的北魏彩漆烈女画屏，描述了汉代刘向所作的《列女传》的故事，画风得东晋顾恺之笔意，线条悠缓自如；北齐出行图壁画，线条飞动，有南朝“秀骨清象”的人韵；三个北魏农夫带着耕作的节奏，生动地留在了石刻上；即便泥塑陶俑，如北魏文吏俑、北齐武士，虽有夸张，但线条仍不失为流畅；而那位北魏上流社会的夫人，亦步亦趋，以南朝为时尚；东魏莲花纹银碗，斟满酒后，因折光之效，有水波荡漾的陶醉之感，可见北朝的金银细工亦不输南朝。

两件步摇冠，虽有胡人气质，但戴在头上一步一摇的姿态，追求的可是汉人姿态；北齐校书图，反映了朝廷提倡汉文、组织才学之士校点书籍的实况；莫高窟296窟中的壁画，描绘了北周很好地保持了丝绸之路上的商旅往来；北魏甲马骑士，给骏马披上铠甲，并排而行，一排排连起来就是连环马，北魏纵横天下就靠连环马，金人入主中原也靠连环马，后来岳飞破了它，使它变成了“拐子马”。

诗人终结南北朝

公元581年，杨坚取代北周，结束了近三百年之久的南北对峙。

隋朝虽短暂，但它上承南北朝之底蕴，开启了唐宋王朝的艺术气质。

“春江花月夜”的诗眼，是隋炀帝杨广打开的。诗人的浪子性情多半天成。隋炀帝诗好，是浪子在“春江花月夜”里率性，而“饮马长城窟”的冲动，则来于他挥之不去的边塞成长记忆。以塞外狼性，谋了帝位；以浪子本性，在帝国里纵情。他诗性风发，畅游“春江”，饮马“长城”；穿“山川互出没”之“古隧”，至天山而定西域；又“千乘万旗动”，去征高丽，耀武扬威；他浩浩荡荡，漫步在高四层的龙舟里，牵手萧后的凤舟和美妾如云的丽舟，游运河，下江南，风花雪月；他活在诗里。天地不仁，以万物为刍狗，他的帝祚只有十几年，在留下科举与大运河的壮丽之后，像刍狗一样被缢而死。

杨广死在史里，因为史是唐人写的；活在诗里，诗是他自己写的。

《隋书》记杨广，乃万恶的帝王，实际上，他是终结了南北朝的君王。

6. 唐诗的江山

唐诗很“青春”。

公元618年，李渊建立唐朝。八年后，次子李世民发动玄武门之变，杀死兄长李建成和四弟李元吉，晋身太子，不久即皇位，为唐朝二百八十九年的历史埋下了血腥的阴魂、杀戮的命运。与此相反，这时代，还有一种诗意的能力，能为社会提供诗性的文化样式。这样式，化作春花秋月，长河落日，以天地同力，坐落在唐诗的江山里。

《全唐诗》录诗四万九千四百余首，作者二千八百七十余人，有这么多的诗和诗人，这样的民族，肯定很青春。青春是什么？对于熟悉的语词，思想往往偷懒，所以要问一问，比如“青春”，不妨问它一问。

答案有了：青春是春天里的青色，像青花瓷那样简洁。

春天在哪里？在东方。古人说：春位东方，其色青。时间“春”，空间“东方”，在美丽的青色引领下统一了。青春，是受谢，冬谢去，而青春受之。一谢一受，如友人揖别，就这样，时间，被伦理化了。冬位西方，青春，就是东方受谢于西方，空间被诗意化了。

春色青，冬色白，以“青春”对“白日”，便是唐人诗意。

三月，叫做青春受谢，或青春告谢，可人的心情往往提前。韦庄在“寒食城外醉”了，于春寒料峭之际，向着天空题诗：“满街杨柳绿丝烟，画出青春二月天。”就这样，青春从“雨雪霏霏”的冬天，受谢了“杨柳依依”的春天。时令，从青春开始，阳和之气远出，万物熙熙而启蒙之，青春是生之引领，诗意如青春生生不息。

《礼记·乡饮酒义》说：“东方者春，春之为言，蠢也。产万物者，圣也。”“蠢”，非愚也，乃春之声也。蠢动，就是生的启蒙，青春启蒙而生机动，蠢与圣相通。圣人耳特大，能闻春之声，春下之“虫”，乃微生物，其吟天籁，被青春启蒙。从青春启蒙到“发晖”青春，万物洋溢青春气息，不仅“石涧泠泠流碧水，桃花片片泛青春”，还有“青春鹦鹉，杨柳楼台”。花鸟如此，人呢？

杜甫诗云：“青春犹无私，白日亦偏照。”青春启蒙万物无私，白日照耀人世亦无私，因此，被青春启蒙的人，“发晖”青春，也要无私。于是白居易诗说：“朝廷有道青春好，门馆无私白日闲。”

“朝廷有道”对应“门馆无私”，“青春好”对“白日闲”。青春启蒙万物，万物启蒙诗人，青春至焉，时雨降焉，始于耕田，终于饭碗，此为民生。“青春终日雨”，年成是自然的诗，更是民生的诗，诗人“最怜滋陇麦”，为了心中那个好年成，诗人用青春启蒙政治，走向民生，政治有了青春气息。

唐朝的格律诗是体制化的诗。诗性如风，吹遍唐朝社会，政治被诗化了。不光以诗赋取士，连一代帝王的抱负也要诗来滋养。

科举，便是诗眼里开出的花朵。唐太宗被诗感染，他拉满了弓，眼见举子们鱼贯而入，他有一种把天下英雄都纳入射程的冲动。

一代王朝事业，以政治录用最为功利，能在最为功利的事业上，以诗为标准，使政治录用审美化，这样的王朝肯定很伟大。

《全唐诗》的第一篇，是唐太宗李世民的诗，他在诗里追求的是帝王抱负，而非诗人情感。他一出手，便将“帝宅”“皇居”安顿在诗里。经他一提倡，诗有帝王气象，开了唐诗运动新方向。

以格律诗咏物，盛于梁、陈，所咏者，多为女人物事，既无儿女情长，更令英雄沮丧。唐初就有人反感，魏征谈陈后主时，说：“古人有言，亡国之主，多有才艺，考之梁、陈、隋，信非虚论，然则不崇教义之本，偏尚淫丽之文，徒长浇伪之风，无救乱亡之祸矣。”宫体诗，本是君王诗，君臣上下不言志，不以先贤互勉，不以圣王自励，唯以艳情为娱，而以咏女人物事为能事，不为唐朝取士用。

唐朝诗人胡幽贞在《题西施浣纱石》中叹曰：“至今溪边花，不敢娇青春。”政治如是，魏征当头一棒，喝向君王。君王该怎样写诗？看唐太宗咏桃花，非咏“人面桃花相映红”之女人物事，而是咏“向日分千笑，迎风共一香”的无限风光，帝王气象在“日”和“一”中尽显风姿，所有桃花都沐浴着他的阳光，都在他的照耀下开放。

唐诗的江山，因科举制从宫体诗走出来并完成了格律化。格律化的诗属于个体，而科举制则要求普世，但它们是同构的，可以说格律化的诗人造就了科举制，反之，也可以说是科举制打造了格律化的诗人。总之，先要成为格律化的诗人。才能在科举制里立命。

诗人以江山为沙龙。

科举制要求诗人必须是被体制化的个体，李白之所以被科场抛弃，就因为作为被体制化的个体，他还是个麻烦的问题。他的个性，是格律拴不住的。“安能摧眉折腰事权贵，使我不得开心颜!”这样自由的个性，表现为诗，最宜于口语化，而非格律化。

他在诗里“遥看”自我，便夸大了自己的视觉效果，在“疑是银河落九天”的宇宙仰视中，放大了他的自我。于是，他的自我放在王朝里很窘迫，终于出走，到民间去，在民间书院还未发达的唐代，李白没有书院安身，只好游山玩水走江湖，以江山为沙龙了。

李白的治国抱负及其思想未能转化为理性的存在，但他可以在江山的沙龙里继续以诗的形式吟唱。那是唐诗的江山，是诗人共同体，诗人以江山为沙龙，自由吟唱，是民族精神的领唱。帝王也参与民族精神大合唱，但他不领唱。晚明画家陈洪绶不愿为历代帝王画像，辞官归乡，他画李白宴桃李图，自己也进入诗人的梦想。

同时代还有一位大诗圣杜甫，与诗仙李白是好朋友，但二人气质相反。钱锺书《宋诗选注》里提到，唐宋时期，诗人要入川，都要骑驴子。驴子是诗人的坐骑，所以，诗人骑着驴子入川，陆游诗曰：“此身合是诗人未？细雨骑驴入剑门。”杜甫的诗，是骑驴入川以后，才臻于佳境自成一体的。宋人认为，杜甫诗能登峰造极，是在入蜀以后。老杜自称“骑驴三十载”，那便是在炫耀他的诗龄了。作《绝句》时，他正身居蜀而“三年望东吴”。杜甫入蜀，在成都浣花溪边结草庐居，身心略略安稳，闲适的萤火虫，便在诗意中点点萦绕。张大千作“浣溪行吟图”，将杜甫千虑万忧、颠沛流离之后的稍息定格了。诗人以诗提示理想，却从未能找到制度的孵化器，境界虽然很高，却没能转化为历史实体。

一壶农家好酒，以及浸泡在酒里的诗，却将唐诗的江山点缀得生气盎然，民生在山水草木皆有诗趣的感发下真正醒过来，乐活在山里人家。一件小酒壶，古拙、山气，上有一首小诗：“小水通大河，山深鸟宿多。主人看客好，曲路亦相过。”山里人家的诗，适作土宜。

7. 唐宋之间的那段江南往事

《旧五代史》是北宋大臣薛居正奉宋太祖赵匡胤诏令编撰的官修史书，又称《梁唐晋汉周书》。沿着正统王朝史观的惯性，薛史以中原为正统，为梁唐晋汉周这五个王朝的兴替修史 ，成一部中原正统王朝史。

对此，欧阳修颇不以为然，《宋史·欧阳修传》说他遵《春秋》遗旨，自撰《新五代史》。所谓“自撰”，意在并非奉旨而作，乃私家所撰，为唐代设馆修史以后唯一的私修正史。

欧阳修突破中原正统王朝史观，将南方相继出现的十个小朝廷统称“十国”，编入世家体例，称“十国世家”。之后，南方“十国”才逐渐为史家接受，这是欧阳修《新五代史》的一个突破和贡献。

五代十国可以说基本是唐末藩镇割据的延续，军阀们怀揣着王朝的美梦，在大好河山之间，你方唱罢我登场，流遍了郊原血。除了血腥，他们给历史留下了什么？有多少人记得他们的王朝和谥号？

上善若水，老子说水是最锋利的刻刀；智者乐水，孔子说人之趋善如水之就下。一花一世界，滴水见江山，人生如水应当是最美的状态。择水而居，可得天德滋润；徜徉水畔，可养胸中浩然。柔中蕴坚韧之水性，养就了南国一方水土乡的根性与气质。

就这样，南国的湿气，滋润了五代十国即将枯竭的历史灵魂，血腥之外，还有吴越国钱镠世家竭力维护的西子湖，还有一江春水向东流，逝者如斯之际，让历史驻足回眸的瞬间，记住了十国中还有一个后主的诗意传说。

钱塘自古繁华地，那里有“三秋桂子，十里荷花”，还有“参差十万人家”。五代十国，天下纷扰，杀人如麻，独吴越人民安居乐业，百年不知兵，戈戟倒置。

吴越国第一代国主钱镠，为唐末镇海节度使，驻扎杭州。公元 907 年朱温灭唐，在开封称帝，建后梁王朝，封钱镠为吴越王。

钱家一门世居浙江，祖业渔田。得山海河之厚养，至钱镠，天秉之以文韬武略之聪，地赋之以审时度势之明，可谓圣之时者，如水之就下，因地制流，辖江南一隅，致一派升平景象。

无论是坐镇节度使，还是承封威胜将军，直到稳居为一方诸侯王，钱镠始终以百姓安居乐业为上，以建设家园为尚。平叛乱，果毅勇武，不手软；却无逞统一天下之野心，不妄念，不自乱。“善事中国，保境安民”，是钱镠，也是他的子孙们遵守的一贯国策。

筑堤钱塘，阻潮汐之海水侵袭；疏通西湖，掘井九十九，民饮之而甘；晒盐，制茶，养蚕缫丝，烧窑造瓷，发展了吴越国的经济。自秦至唐，中国的重心都在北方，即便五代之初，天下名城也无过于开封、洛阳，几十年大动荡之后，江南一枝独秀，吴越国成了中国的重心。苏州、杭州，户盈罗绮，市列珠玑，寺塔遍布，置身苏杭，如入天堂。

公元960年，赵匡胤于陈桥兵变，建立北宋王朝，公元978年，吴越国第五代国主钱弘俶，遵祖训“如遇真君主宜速归附”，纳土归宋，在朝代更替之际，西湖依旧是风月宜人的平安夜。为了消除宋太宗赵匡义的疑虑，钱弘俶率家人三千多口，移民开封，空留一座保俶塔，孤矗在西子湖北岸的宝石山上，向天祈福。

与吴越国钱家相邻的江南十国之一，是南唐李家。定都金陵，三十八年，“比年丰稔”，治绩不菲。最盛时，幅员囊括了江西全省、安徽、江苏、福建以及两湖的部分，还下海与契丹贸易，用江南的工艺品换取朔北马羊。

先主李昪、中主李璟以及后主李煜，这祖孙三代，把个金陵经营得风生水起，花团锦簇，最宜于人居。据说当时“北土士人闻风至者无虚日”，儒冠纷纷南下，儒风吹拂南唐，开出江南新气象。文泽笃厚，难以滋养帝王气象，却于帝王家滋养了一位性之自由、情之所钟的诗人。

后主李煜，不用看前缘来生，单看当世便知，他真是错生在帝王家了。他是天生的江南才子，即使生于帝王家，他那被美惊醒了的自我意识，也无法再重温王朝旧梦了，只能在忧郁的诗意中仰望故国明月。他更像文化江山里的一位诗人，一个打开了审美之眼的独立个体，可以不被北宋帝王呼来唤去，可以不为寄人篱下而活，就是不能没有诗。

当他在宫廷里写艳词时，美在词的节奏里自由奔放，追逐感发的生命，一旦捕捉到美的瞬间，优雅的诗句便从心灵中流淌出来。于是，美人款款，精致优雅，纷纷走进他的诗眼。

幸福的日子里，他常会登楼倚栏赏美，随口赞一首《玉楼春》：“晚妆初了明肌雪，春殿嫔娥鱼贯列。凤箫吹断水云闲，重按霓裳歌遍彻。临风谁更飘香屑，醉拍阑干情味切。归时休放烛花红，待踏马蹄清夜月。”

末了，他还不忘提醒归时的清雅，给万籁如水的清夜，留下一两声踩踏残月的清脆，之后，便是寂美从无边天地袭来，沁湿了生命。

人的存在除了以自然万物为参照外，还要与每一个个体的他面对面，关照中会引起不同的关注。后主的艳词，关照到每一个鲜活的个体，对以心相许的二八女儿，他在《长相思》中为她唱：“云一緺，玉一梭，澹澹衫儿薄薄罗，轻颦双黛螺。秋风多，雨相和，帘外芭蕉三两窠，夜长人奈何!”

小女儿的相思心曲就是这样唱出来的，清明透澈如一江秋水，赋雨和风，邀影弄月。

词如美人骨，后主如画工，在美人骨上淡施粉彩，于是一位亭亭玉立，蚕纱飘逸的美人，在一个与飞雪共舞的冬季，丝玉泛光，不起一尘，滑落一声叹息，像一颗玉珠在自由落体之际，一种坚毅的执著却绝地而起，在《清平乐》中凹凸。

别来春半，触目柔肠断。砌下落梅如雪乱，拂了一身还满。　　雁来音信无凭，路遥归梦难成。离恨恰如春草，更行更远还生。

当他的词还沉醉在深宫里，还在鲜花、香草、嘉木、蜂蝶、鱼藻、美人上任性香软时，无常来了。

国破家亡了，从金陵流放到汴京。后主没有了，可诗人还在。幽囚的日子，再也没有闲情在鲜花、香草、嘉木、蜂蝶、鱼藻、美人上落笔，但不能没有诗，那就在《破阵子》里抒怀吧：

四十年来家国，三千里地山河。凤阁龙楼连霄汉，玉树琼枝作烟萝。几曾识干戈。　　一旦归为臣虏，沉腰潘鬓消磨。最是仓皇辞庙日，教坊犹奏离别歌。垂泪对宫娥。

香艳味儿没了，家国山河的伤怀反倒提纯了词格。没有悔恨，没有励志，唯有在记忆中搜索时间对空间的任意置换，历史意志对王朝的更替，于我何干？命运对人世的无情，我不过多睨了几眼，其余留白。

留白的日子，诗人早已忘记了他曾经的帝王身份，起兴的诗草在内心蓬勃，回忆在历史中肆意铺陈。他借用了《虞美人》，也许他不该借，但他借了，因为他是一个个体诗人。

春花秋月何时了，往事知多少。小楼昨夜又东风，故国不堪回首月明中。　　雕栏玉砌应犹在，只是朱颜改。问君能有几多愁，恰似一江春水向东流。

轻轻地我来了，在我“不能承受生命之轻”之际，像一江春水一样永远流向了东方。诗人被宋太宗杀了，是因为那句“故国不堪回首月明中”，触动了王朝的敏感。要么诗人还残留了帝王家意识，要么诗人直白胸怀，宣泄乡愁。总之，诗人死在幸与不幸之间，死于诗，是诗人个体的归宿，死于帝王意识，还有那么一丝遗憾。

想当年，他猜忌能臣韩熙载，居然派画家顾闳中夜探韩宅。韩氏只好自污，养姬妾四十，将俸禄尽散群妾，自扮乞丐，日日乞讨于妻妾门下，夜夜莺歌燕舞。顾闳中将所见分作五个场景描绘下来，一幅《韩熙载夜宴图》，倒很像是对后主及南唐小朝廷的写真。南唐灰飞烟灭了，可《韩熙载夜宴图》还在；后主死了，可他的词还在。

对于后主来说，人是有色彩的，有诗意的，就足够了。他可以为美而死，为诗而死，他比同时代的那些雄才大略的君王都幸运。一个诗人死于诗，那是死得其所，死在自己的本质上了；一位亡国之君，死于对故国的怀念，义也如是。可他能一念成诗，就这一念，如一江春水流不断，使他进入永恒。他的词如晚暮夕照中的一抹丽影，在历史长河回眸的瞬间留下了惊鸿一瞥。

8. 厚生的文明样式

浮筏楠溪，疏朗、清澈、悠然。竹筏前行，两岸次第落后，有种时间穿越永恒之墙的自在美感，流水在“飞矢不动”的哲思中静止，让敏感精微的心灵获得一个瞬间的永恒，享受与自然同在的美妙。当思维的脚尖刚刚屹立于流水不动的浪峰之际，时间的秀发，随着思绪已经飞到落花的季节，在秋风掠过凭栏处，屈身拾起每一片秋意，把它们叠砌在精神体质里，上下与天地同流的生命流程，稍息便完成了。

“一篙一桨拼老命，一年到头不停休。”这是楠溪江上撑篙者唱的古老水谣。偶尔，他跳下竹筏，那份儿瞬间的永恒，奢华的宁静，如落花流水春去也，顿然无影无踪了。眼前，水浅没膝，鹅卵石在脚下拥趸，流水滑过鹅卵石，也绕过双腿。柔软的时间意境，立刻启示了另一个哲学冥想：人不能同时踏进同一条河流。那是时间赋予河流的形式感，这种宇宙给予时间的美学，如抽刀断水，却额外恩赐了一种人文的观照，那割不断的历史兴叹，转眼沉淀为河床下丰厚的变迁底蕴，依偎在它胸膛上的水面，才会平缓疏阔，淡定从容。

清风拂过，筏艄卷起的浪花淘尽了身后的俗尘，心灵干净，精神明晰，思想之翼载着史眼凌空，上下几千年，俯瞰逡巡。在历史之剑淬火的熨烫下，楠溪江的往事，就像一树沧桑的干枝梅，镌刻在永嘉大地上。从北面的括苍山发源，南下汇入瓯江流进大海，沿路分支水脉纷纷入股，如繁茂的古树滋生的桠杈，牢系着这一方古老的土地。

楠溪江的水脉，有点像鲁迅先生说的：一株是枣树，还有一株也是枣树。秋风起了，冬天来了，枯叶落尽，于是，露出树的本质和风骨。

有三十三座宗族自然村，错落于溪流河汉之间，在宋元明清的老宅里参差着古老的节奏，宣谕着中华文明传承的款式。晚暮夕照下的古村落群，袅袅炊烟舒展着古老的生命力，便是楠溪江的本质和风骨了。

有人说，在地理上，最能表达统一模式的，不是山脉，而是河流，流域所系，就是利益共同体。它像纽带一样，将生活在这条流域中的人们联成一体。楠溪江流域的三十三座古村落，大多为唐宋以来怀着隐逸理想的士大夫精英所建，却因河流而连成了一个统一的文明形态——建筑格局寄寓了山水情怀，耕读自治解决了农业文明的生活样式。

隐逸，要以富庶的山水托底。楠溪江的山水，遗世独立，山高水长，气候宜人，土地肥沃，又有舟楫之利，是个殷实的盆地，为这种高度的文化抱负和理想追求的农耕生活方式提供了厚生的基础。

宋代，芙蓉村赫赫，是三十三座村落之一，位于楠溪江中游，背靠芙蓉峰。青山连绵，恰到好处时，有三座石屏间或突兀，自然村落的人，把这三座峰看做三朵芙蓉花，在村中央挖出一方水池，让芙蓉峰倒影在水里，膜拜为村族的风水峰，木芙蓉便顺理成章成为村民的风水树了。村号“芙蓉”，而不以血缘姓氏命名，表明芙蓉村人自然理性中，沉郁着与大山以及风土的依恋关系。

芙蓉村的东门是正门，门头为重阁双檐，如闲云野鹤滑翔空中，庄严中总有几分老、庄襟带之风，正门两侧的八字墙，伸展出一个村子的豪迈。一条如意街从东门笔直西展，穿过村子向着芙蓉峰铺陈。芙蓉峰坐西朝东，护拥着它脚下一方水土的生民，暗示着与北方大平原或帝王家坐北朝南的政治风水学的不同。芙蓉村的南门，依旧保留着蛮石垒砌的寨门古意。只有在微雨朦胧中，苔藓的温柔会融化了蛮石的倔强，润滑晶莹是岁月留下的包浆，似看不见的时间手润，那是一代代芙蓉村人摩挲的生活印记。

正门东向，则宣谕着对自然风水的敬畏，日出日落、四季更替在民生的温暖中转换，沉潜着对“诗经”时代古意的眷恋。

古人说：春位东方，其色青。东方主春，把时间“春”与空间的“东方”在主生的伦理意识中统一了。“青”是春天的颜色，追随着时令，从东方泛起生命的绿意。

汉字“蠢”，并非愚也，而是春之下的小虫苏醒了。《礼记·乡饮酒义》就说：“东方者春，春之为言，蠢也。产万物者，圣也。”原来蠢动，是生的启蒙啊。

醒春的日子，生命呼唤生命，生命唤醒生命，万物复苏，青色漫染大地，传递生的消息。春，定格在一个日出的早晨。芙蓉村的东门内，炊烟缕缕，间或起伏，驱散了春寒裹着的睡意，在晨曦中隐退，村民掮着锄，牵着牛，缓步向东门。身后，鸡鸣犬吠，捣衣涤涮，一派暖意，为出耕的男人留下晚归的期待，支撑了一片生的苦乐滋味。

出东门，远山近水，田陌曲线有致，私的分明，一展乡人契约精神，为大地画下了优美的自治线条。当人与耕牛一同踏入清冷的水田，一锄一铲埋下生命的种子之际，春主生，这无言的造化，感天动地。

时雨降焉，始于耕田，终于饭碗，此为民生。在这座古村落的东门内外，天人合一的生命默契，给山野带来一种农业文明的样式。

东门对水，所以又称溪门。溪门作为一个村落的正门，几乎是楠溪江古村落厚生的共识。村落选址基本以靠山面水为主，依山傍水，顺势就形，暗示了山水与乡民生活的密切关系，决定了村子正门的方位。因此，楠溪江古村落的正门，大多叫“溪门”，表明了水与厚生的密不可分。不管东西南北，背靠大山，正门面水，基本为楠溪江移民建村寨时的首选。芙蓉村的正门向东，而苍坡村的溪门则在东南角，东皋村的溪门向东，岩头村的溪门在北侧，名仁道门，而岩头村的宅第门则一律向东，面向本村的丽水渠。

珍川村叶氏宗谱里有一段话，表达了农耕文明对自然山水的拳拳感激之情：“南有屿山，其外有大溪环之。中穿一渠，可以灌田。泉流涓涓，声与耳谋。地僻非僻，山贫不贫。有樵可采，有秫可种，有美可茹，有鲜可食。桑麻蔽野，禾稼连畦。”

厚生从水中流出，楠溪江人想到“去水无情”，便设计曲水流觞之水道、涵容深邃的蓄水池，让水慢慢流，且留步，将水的温情沉淀下来。他们还开渠筑堤，引山溪以备旱潦，以供饮用；打凿各种水井以及排水的沟渠。颇具楠溪江特色的瓠井，村村必备。设计极为自然、人性又极节约，踏着壶把形的台阶，可以走到瓠瓢形井底，汲水、养鱼都非常便利。

水环绕在民居的周边，村落在水一方，民居则一方在水，水将整个村落民居生活盘活了。

当然，对于芙蓉村人来说，东门，面向楠溪江，还面向大海大潮，是永嘉人通往自主命运的出口。海风吹着咸味的自由气息，涌入瓯江，沿江溯溪，沁入腹地，敞开了山民的胸襟，铸就了楠溪江两岸充满野性自由的精神体格。芙蓉峰是东门的后盾，括苍山则是楠溪江的精神墙体。溪水奔腾下山，在流经依山偎势的梯田时，一路孕育繁衍永嘉人的母性情怀，接天铺地连海，手把手牵着他们的希望和命运，把她的儿女送到出海口自由的天空下。东海一望无际，有享用不尽的人生财富。

芙蓉村陈氏大宗祠里有一副楹联：地枕三崖崖吐名花明昭万古；门临像水水生秀气荣因千秋。溪门里盛满了楠溪江人对山水的人文期待、厚生的期许。

9. 自治造就桃花源

有人说，山水是中国士人的圣经。一点不假，中国士人对山水有一种乡愁式的眷恋，乡愁是自然生命里的一份人文遗产，而那份潜藏在生命底色里的山水乡愁，才是士人精神的自由出口。老庄哲学在山水与人文之间开凿了一条走向自由的通道，在审美领域筑就了一道精神独立的风景线。

中国士人的精神生活可以在自然山水中徜徉，也只有在山水里，精神才可能自由高蹈。山水诗、山水画、高山流水之山水乐，将人的审美诉求寄情于山水，将人文的关怀隐逸在山水里。山水远离朝廷，是隐逸者的家园。他们在这里观山阅水，吐胸中块垒，笔墨底端，别开生面，自成一文泽笃厚的审美的文化江山。这样一座文化的江山，可耕田，能读书，采菊东篱，戴月荷锄，才是士人寻找的桃花源。

浙江永嘉优越的地理位置，楠溪江不俗的山水，是理想的桃源圣地。这块风水宝地，三面环山，一江入海，天然屏蔽了世外的纷扰。据《永嘉县志·疆域》记载，这里的山川形势是“楠溪太平险要，扼绝江，绕郡城，东与海会，斗山错立，寇不能入”。王权的神经末梢亦少到达，很适于寻找桃花源的士人隐居。

楠溪江水心胸疏阔，它吸引的是一家一族式的精英移民团，而不是某个高蹈之士的孤傲避世。东晋以后，能够披荆斩棘南渡来到楠溪江的，一定是体魄健壮、精神丰硕的优秀家族；而宋以后能够跋山涉水避乱至此的，也一定是有见识和自治魄力的卓越宗族。他们要在这桃花源里建设一个以血缘为单位的宗族式的乡村自治社会，一座耕读的文化江山。

耕读是一种有着高度文化抱负和理想追求的农耕生活方式，是中国传统文化的价值取向，是士阶层的精神寄托。清高、怀远、超脱、淡然是士人格的理想境界。不同以往士人的隐居，楠溪江的精英移民隐居，带着整个家族的未来寄托以及解决家族生存方式的使命，因此，士人的山水情怀与耕读生活的结合，士人的精神移民与士人的大同理想的文化移植，造就了一个农业文明中充满诗意的乡村自治的文化形态。

一个寻找桃花源的精神团队，一个宗族的隐逸，要以富庶的山水托底。楠溪江的山水，遗世独立，山高水长，气候宜人，土地肥沃，又有舟楫之利，是个殷实的盆地，足以支撑士人携带家族追求诗意山水间的耕读生活方式。楠溪江地理隐蔽，却又天然地连山通海，为移民提供了开阔的精神领地与生活空间，至少在南宋以前，是一个现实版的桃花源。来此隐居的士人群体也非常有幸，穷则可独善其身，达亦可兼善天下，出世入世两方便。

楠溪江的山水有福，迎来了具有文化建设能力的、给予自然以人文关照的士人安居。正是这种精英宗族移民模式，士人精神对自然山水建构的人文山水，才使楠溪江不是落草为寇的水泊梁山，也不是自守封闭的客家围屋土楼，而是士大夫精神对山水信念的一次践履。

他们在山间溪边开田筑屋，聚族而居，创谱牒，建宗祠，将楠溪江两岸布置得诗意浓郁。泉涌如涓的水调，吟出山水绕桑榆的村韵，小桥观冷月、碧落洒青石的夜晚，还有日落黄昏不如归去之牧笛奏出的幽幽乡情，将自然的景致摄入到人文情怀的感发中，构造出山水人文精神的画卷，这才是士人的精神靠山。

位于楠溪江中游的岩头村金氏宗族，在宗谱重修叙里，表白他们聚族而隐之志，颇有在文化的江山里做一把主人的气魄："彼汉武玉堂非不贵也，石崇金谷非不富也，吴宫花草、晋代衣冠非不芬芳而赫奕也，然人往风微，徒深感悼，孰若兹之聚族而居，宅而宅，田而田，涧溪如故，塘堑依然，唐社常新，松楸无恙，士习民风，数百载如一日也乎？"

蓬溪谢氏宗谱讲到祖先耕隐，亦颇多自豪之感："古之贤士，多出为农，因其业安畎亩，恬静朴茂。若俯仰尘世，还不如归耕。"

"水是眼波横，山是眉峰聚。欲问行人去那边？眉眼盈盈处。"楠溪江的山水便是士人向往的"眉眼盈盈处"。

六朝以后，永嘉建郡，中原衣冠南渡，文人墨客或访山问水楠溪江，或游宦永嘉。真是楠溪江之幸，也亏得这好山好水，才配得起这些星光灿烂般的名宿。在《兰亭序》里与山川相映发的王羲之，为《三国志》作注的刘宋史家裴松之，刘宋玄言诗赋家孙绰，诗人、文论家颜延之，第一山水诗人谢灵运，萧梁文学家、骈文高手丘迟，都为楠溪江留下了人文精神的足迹。

南朝梁太守、骈赋大家丘迟以“暮春三月，江南草长，杂花生树，群莺乱飞”之千古俪句，名满天下。游历永嘉时，他用当地产的椅桐木自制古琴。在《永嘉郡教》里，丘迟依旧以骈文般的排比气势描绘当时的永嘉：“控山带海，利兼水陆，东南之沃壤，一都之巨会。”不知是永嘉名胜感发了他，还是他的文采美饰了永嘉，总之，山水之美与人文精神相映发，原本就是中国文化的诗性审美所在。魏晋之高逸，流风遗韵到南朝，也多亏了士人的精神呵护，才使得楠溪江形成了桃花源般的一个自由空间。

有了南朝这一中国历史上最美时代留下的人文底蕴，楠溪江作为士人隐逸的桃花源胜地，名扬于外。隋唐以后，一家一族式的精英移民，陆续在楠溪江建筑自己的精神家园。五代的杀戮，十国的争夺，在小王朝之间以及小王朝内部越演越酣，欲罢不能。唯有吴越钱氏家族治下因安稳而获得了长足的发展，成为这一时期闽地名门望族的首选迁徙之地。他们多半是仕宦世家，食俸持禄，功名在籍。但他们厌倦了闽地的割据征战，辞掉了王朝之累，重新拾起士人的巾帽，长途跋涉，在楠溪江中游停下了脚步。

楠溪江中游以岩头村为中心的盆地，是全流域最大的、最富庶的盆地。凭借士人的信念，他们在这里相继建起来芙蓉、廊下、溪口、岩头、枫林、花坛、苍坡村，首先拉起了一道人文盛世的风景线，构成楠溪江精英移民的核心区。

两宋，尤其是南宋，楠溪江与本朝同步，迎来了它历史上最灿烂的高峰时代。人文笃厚，富庶安宁，精英移民所建的宗族村落已初具规模。芙蓉、廊下、鹤垟、渠口等建于北宋；豫章、溪口、岩头、蓬溪、塘湾等建于南宋。每一个村落都是一个以血缘为纽带的同姓宗族，每一个村落都有一个士大夫人文理想的故事。

鹤垟村始迁祖谢诜五，在一个冬日的早晨，沿楠溪江溪山行旅，但见东皋溪岸上卧雪朵朵，唯兰台山前霁雪融融。原来，这是一方向阳坡地，颇受阳光之宠。兰台山挡住了凛冽的北风，前有溪水湾过，即所谓“金腰带”之水脉，如双臂张开拥抱着这块温暖的福地，于是决意在此定居。

豫章村始迁祖，当年从江西随宋室南迁，辗转颠沛，最终落脚在小楠溪江南岸，故名豫章村。春雨的日子，“云容容兮欲雨，水嘈嘈兮下山”。有一种说法，永嘉山水，秀丽无如楠源大小二岩，下此而能称名胜者，莫如豫章。豫章村的山水是“文峰砚沼钟其奇，玉笏幞头著其异”，应该是出状元的风水。

1024 年，表山乡始迁祖郑珂，游楠溪江至表山，见其山势有表独立之山之气势，山下则有水可钓，有田可耕，地脉兴旺，不忍离去，便卜居于此，建堂屋二十多间，开田五十余亩，是个忘却功名的好地方。

10. 楠溪江上的“水磨调”

宗祠里的古戏台

在楠溪江，每一座古村落的建筑核心一定是宗祠。

居于正厅中间的祖先牌位，与院子里背靠“中央照门”的古戏台面对面，祖先也看戏。

没戏的日子，人生如戏都躲进“出将”“入相”的背后，唯有空寂的戏台与祖先牌位对视。被风蚀的台柱子支撑着一片虚无，却不能承受偶然一声蝉鸣，草间里的一个生命企图，便可穿越时空，瞬间打碎了时间无所不能的优越感，唤醒了曾经拥挤在这戏台上下左右前后的众生故事。

人活着就得熙熙攘攘，塞满历史的舞台，相争相斗又要相互扶持，将文明传承下去。戏台简洁，几根楠木柱撑起将近一人高的平台，当年的雕梁画栋早已容颜不再，苍老的木色反而露出草根气的本质，随意亲和。

在寥寥的戏台上方，叠瓦不含糊，榫卯不放松，出檐深阔，翘角总比一般的飞檐伸得更长、翘得更高，那是戏台的金冠。无论是白云舒坦，还是雾霭沉郁，斗拱飞翘，青瓦铺陈，总能为天空别裁，裁出浪漫的线韵，尊严的勾勒，倔强地宣谕着人的追求和意义，似乎并不在意风雨的雕蚀。

农人会在意，他们会时时勤拂扫祖先的牌位，加固戏台的基柱，这是他们精神活动的广场，心灵休憩的家园。方寸之间，掂出了民间社会的分量。

农耕视节气为命，春生、夏长、秋收、冬藏，都有祭祖的节日。

祭祖的日子，全族狂欢，杀猪宰羊，牺牲太劳享飨在祖先的案头上，大门一关，鼓板便打将起来，引笛长吹，歌舞说唱登台，一出一折亮相，都是百姓日常的悲喜剧。

台上喜怒哀乐、幽默诙谐，台下洋溢着透着精气神的放松筋骨的草根乐趣。祖先们也很满意，享受了小子们的孝敬之后，他们最关注的是通过戏台将祖训传达给子弟，耳濡目染孝义之道，培养道德自律的习惯，自我约束，教化乡俗，风熏一方，永旺香火。

戏散了，当宗祠的大门一开，那些不识字的丁男顽儿、闺阁老媪，口口相传，就像风说书一样，将戏台上的善恶风景传遍院落隔墙、井沿溪边、田间地头，甚至翻山越岭，随扬帆而出海。

在楠溪江，古村落布局，书院和私塾一般不会与宗祠混搭，但戏台一定是在宗祠内部。宗祠在村子里的中心位置，它的建筑结构源于一种宗族自治的原则，功能明晰：祭祖、公议、演戏，在民间自治的传统中，表明了家与国的边界。

在这座自治城堡里修身齐家，演戏是一种最好的教化方式，是一种最方便的精神自娱渠道。尤其是对于那些目不识丁的男女老少，在观得戏台上的人生中，明白自己的人生角色、活着的意义以及价值准则，并将这种教化沉淀为历史的传承，一种中国特有的民间文化的传承方式。

戏台上演的叫“南戏”

楠溪江两岸，山似石屏连绵，势拔壁峭，刚柔相济的山水节奏，潜移到两岸移民的骨髓里，默化为他们的心灵韵调，感发出“南戏”的说唱形式，自成一方水调悠悠的风土人情。可以说，楠溪江是南戏的母源，而南戏则是昆曲八百年的源头了。南戏，也叫戏文、南词，最早出自元人夏庭芝所著的《青楼集》中，这种带有元朝划分南北的时代称呼，大概是为了区别于元杂剧。其实，宋人则直接称“南戏”为“永嘉杂剧”“南曲戏文”或“南词”，“南词”更似雅驯。

南宋末年刘埙著《水云村稿》，在其中的《词人吴用章传》篇里写道：“至咸淳，永嘉戏曲出，泼少年化之，然后淫哇盛，正音歇。”咸淳已是南宋度宗时代了，“淫哇盛，正音歇”，表明永嘉戏曲很流行，以至于正统主旋律都歇菜了。

明代大文豪祝允明在《猥谈·歌曲》中以为，南戏出于北宋宣和之后，南渡之际，谓之温州杂剧。明代画家徐渭也颇通戏曲，他在《南词叙录》中谈到，南戏在北宋末、宣和年（1119 年—1125 年）、徽宗朝时已滥觞，而南戏盛行始于宋室南渡、北人南迁之际，号称“永嘉杂剧”“永嘉戏曲”，又称“鹘伶声嗽”。

钱南扬先生在《戏文概论》中考证说：“鹘伶声嗽”是宋金时代的市语行话。洛地先生在《戏曲与浙江》中，考证“鹘伶”就是宋人对永嘉一带优伶的称呼，而“声嗽”则指唱念的腔调。

楠溪江一定是南戏的灵了，溪水潺潺是永嘉杂剧的调，括苍山之绵延是永嘉戏曲的腔。《隋书·地理志》中就有记载，永嘉之地，早有“尚歌舞”的传统，民间流行“俗曲俚词”，社火更盛。

唐朝，永嘉很流行鬼事祝祠盛会。《全唐文》有陆龟蒙《野庙碑》文：“瓯粤间好事鬼，山椒水滨多淫祀。”宋后，永嘉的巫祝之风更盛，祈福禳灾，竞相立庙，建筑“乐亭”以演杂剧百戏酬献鬼神。

北宋永嘉进士许景衡在他的《横塘集》中有《献王祠》诗，提到当年永嘉一带祀、戏之风情，诗云：

列国提封倚乐亭，九河分处见孤城。
池台钓罢人何在，邱垄春来草自生。
遗像丹青皆旧物，斯民箫鼓漫新声。
谁能特表平生事，祝史从官得币牲。

南宋叶适在《永嘉端午行》也有诗云：“岩腾波沸相随流，回庙长歌谢神助。”他在《水心文集》里，还记述了南戏的盛况，虽酷暑亦不罢演，如遇府县官衙张禁，便假托是禳灾赛祷，率众呈举，声明非聚族闹事，一旦获官府批准，非迁就于丛祠，则移香火于戏所。

总之，将演戏与祭祀混搭举行两便，也说明演戏与祭祀同等重要。献祭与演戏的传统就这样在永嘉流传下来了。

据说南朝谢灵运任永嘉太守时，民间流行骑竹马儿童戏，且歌且舞，俗称“竹马戏”。到宋代演变为一丑一旦的“秧歌”小戏，为永嘉戏曲吸纳。宋代竹马戏应该是中国戏曲的早期形式，南宋以后，生丑不分，反映现实生活。

丑，插科打诨；旦，含蓄扭捏。丑、旦为戏台下的人生添加佐料，在对比所产生的诙谐氛围里，有一种亦庄亦谐、亦喜亦忧的苦涩的美感。《南词叙录》说永嘉杂剧“即村坊小曲而为之”，这便是产生南戏的母体与土壤。

《温州府志》留下了宋高宗南渡之初的踪迹。为了躲避金兵，宋高宗曾浮海绕至温州，并以州治为行宫。永嘉文泽笃厚，楠溪江诗情画意，让他有种落难之后又获重生的喜悦，于是，决定把太庙迁到永嘉。随后，北方士绅平民、诸色艺人纷纷来到温州，落户永嘉，栖居在楠溪江两岸。

新移民原本是宋杂剧的成熟载体，是北方此前诸多文艺腔调的传播者，他们带来的北方艺术元素，为楠溪江两岸的土壤增加了养料，当然他们也是永嘉杂剧的消费者或受益人。

王朝浮沉，社会动荡，理学落难，号称“小杭州”的永嘉人、“小邹鲁”的楠溪江人，在自救中学会自治，很快将北来的文艺精神消化在当地的民间歌舞里。与宋杂剧及其他艺术类型不同，南戏更野，表达了一种来自民间的话语权力；它的戏文主调，反映的是民间的精神自理能力。

这种民间精神的张力，在温暖湿润的补给下，开出了一朵南戏之花。所谓“村坊小曲”，在楠溪江边唱出了南戏的品腔和格调，在温州永嘉创出了南戏的范式。

南戏曲文的款式及舞台样式

明初，叶子奇的《草木子·杂俎篇》记载说，俳优戏文始于《王魁》，永嘉人所作。这与徐渭《南词叙录》的说法吻合。徐渭言，南戏始于南宋光宗年间（1190 年—1194 年），永嘉人作《赵贞女》《王魁》二戏种，实南戏之首。祝允明在《猥谈·歌曲》中也提到永嘉曲目《赵贞女与蔡二郎》。

赵贞女与蔡伯喈的故事由北宋人原创，南渡后改为永嘉戏文。陆游《小舟游近村舍舟步归》诗云：“斜阳古柳赵家庄，负鼓盲翁正作场。死后是非谁管得，满村听说蔡中郎。”

看来，陆放翁在游永嘉时，听过盲翁说唱《赵贞女与蔡二郎》，而且这出戏风靡街巷场荫。

《张协状元》是目前留存下来的唯一完整的南戏样式，且出身清晰。编剧是南宋温州的九山书会，与《赵贞女与蔡二郎》《王魁负桂英》为同时代的南戏作品。宋代南戏绝少有剧本传世，幸而《张协状元》存于《永乐大典》的残卷中，从戏文中还能一睹南戏的模样，被誉为“中国第一戏”和“戏曲活化石”。

南戏的唱腔、唱词设计，皆以曲牌为依据，曲牌有一百六十多种，由宋词与永嘉曲调组成。正是徐渭所言“宋人词而益以里巷歌谣”。与北宋词牌相类者有“卜算子”“长相思”“捣练子”“风入松”“临江仙”“生查子”“满江红”“水调歌头”“忆秦娥”等；“酷相思”“梅子黄时雨”则与南宋词牌相类；像“锦缠道”“荷叶铺水面”“青杏儿”这些诸宫调曲牌，则很有点儿国风格调，顺着乡间晚风扑面而来。

南戏同时吸取了北宋杂剧的诸多元素，尤以诸宫调为主。宫，是中国古代音阶中的第一级音，以宫为音阶起点的曲子称为宫调。由多种宫调组合成一个完整的长曲，就是诸宫调。诸宫调将唐宋以来的大曲、词调、缠令、缠达、唱赚以及北方流行的民间小调，按声律高低编订不同的宫调，用以说唱故事。每段曲词唱完后，间有说白，承转下一个曲词宫调的演唱。曲词可长可短，甚至可以两套曲子连唱长篇故事。它的唱词和说白穿透力极强，是两宋时代民间智慧驾驭语言能力的自由大爆发期。

《梦粱录》《武林旧事》《夷坚志》都有记载，说临安杭城唱诸宫调的名角就不下六七位。《张协状元》开篇用了五种不同的诸宫调，如《凤时春》（南仙吕宫）、《小重山》（南双调）、《浪淘沙》（南越调）、《犯思园》、《绕池游》（南商调），今人看起来颇为繁杂难懂。不过，南戏虽采用诸宫调腔，却不用北杂剧乐器伴奏，所谓北曲以琵琶风流，南曲则以长笛见长。

有趣的是，《张协状元》各曲之间的插白，多用官话，南宋词反而寥寥，这可能与南宋词趋于雅化或理学化有关。词演变为曲，除了文人起兴依曲填词外，还有民间艺人用村坊小曲唱词，曲调组织灵活新鲜，韵律没有严格的规定，风格轻柔婉转，方便流行。传唱中渐变，直至尽流于只用词牌名而尽变其词句了，这就是南戏。很可能是徐渭所提的“宋人词而益以里巷歌谣”的注脚。

据研究，《张协状元》的村坊小调，与南方民间流行的曲名相似者有八十多种，如“红绣鞋”“懒画眉”“生姜牙”“孝顺歌”“采茶歌”“鹅鸭满渡船”等等，浓郁的生活气息里透着江南风情。

“金钱花”是乞儿之歌，也许在永嘉一带很流行。《张协状元》三七出，王贫女被张协打出门后，行乞回乡，唱的曲式就是“金钱花”：

一街两岸英贤，相怜。忍辱不敢埋怨，薄贱。故乡有路没盘缠，今哀告望怜念，全取我两文钱。一街两岸官员，宅眷。念奴夫妇不团圆，拆散。赶奴出去怎留连，千里远没盘缠，全取我两文钱。

《张协状元》的开场白，已是北宋杂剧的流风遗韵了。“末泥色”即“副末”角色一上台，从“水调歌头”到“满庭芳”，用曲牌名编辑出一口的吉祥喝彩，叫做“引口词”，含有祈吉禳凶之意，如：“太子‘千秋岁’，春围‘昼锦堂’，一株‘红芍药’，开出‘满庭芳’。”这是从南戏开始形成的风雅套路，而来自北方的诸宫调紧随其后，引出悬念，曲白相间，直到张协在五鸡山被打得大痛无声，不知性命如何，台上戛然无声。副末再绕个场踏，道：“暂息喧哗，略停笑语，试看别样门庭。”于是这副“别样门庭”照旧是一场人间的喜怒哀乐，像一面镜子面对台下观众，给出一个人生的告白和警醒。

南戏舞台上的样式，从《张协状元》的剧本里可见。生旦主角通过唱白展开剧情，功夫尤在身段。舞台寂寥，月光如水，巾生与旦花两位角色，一举手，一投足，一个眉眼儿，一个转身，一个背影，在洁净留白的空旷中，意味含蓄细腻，聚焦了台下所有目光，在舌尖底下品咂，在心尖上回味。追随着二人命运的主线，合力将主题贯穿到底。

除以生、旦为主外，《张协状元》还辅之净、丑、外、末、贴五大辅助角色。他们可以扮演四十多个剧中人物，丰富而具有张力。

丑是配角里的主角，插科打诨，活色生香，填满了舞台留白的空间，表演幽默、简洁、灵活，保持了民间小戏的形式，格调轻松。喜怒哀乐，少他不得。

张协与王贫女举办婚礼，李大婆吩咐小儿李小二弯腰以背为桌，小二贪馋，甘愿盘杯在背上，唱道："做桌底，屈腰又低头，有酒把一盏，与桌子吃。"旦花王贫女问："小二在何处说话？"丑答："在桌下。"旦一回身，桌子没了。问小二："桌子呢？"小二回答："找我娘借去了。"李小二的幽默和善良给这场酸楚的婚礼带来妙趣和欢乐。

在简洁的乡村戏台上，这种幽默使虚拟表演颇为挂彩。如丑角以背当门，王贫女上，打丑背喊："开门！"舞台空间余皆虚无，台下观众皆知此乃古庙之门。

空间在唱念的时间中完成转化，也是南戏的原创，如张协赴任时，唱"过了一里又一里"，"长亭共短亭"，"涉溪东渡水"，便到了任上。还有现代戏曲的"唱、念、做、打"，早在《张协状元》中，已经奠定了基本范式，构成了中国后来戏剧舞台上的表演特色，这一切均始自永嘉南戏。

南戏是中国式的悲剧

简洁的舞台上，生、旦、净、丑、末、外、贴，轮番登台，演绎着不同的人生脸谱。南戏原创了七个角色，而且在表演上有了比较固定的范式，这套角色体系比北曲或元杂剧更早更成熟。

南戏之前，《赵贞女与蔡二郎》的故事已经广为流传。平民蔡伯喈进京赶考，高中状元，入赘相府，一去不回，弃双亲背贤妻，为暴雷震死。而蔡伯喈妻赵五娘，俊雅聪慧，善琴工画，在家侍奉公婆忍饥耐寒，公婆逝后，又以罗裙包土筑坟茔，悲伤地辞别乡土，带上亲笔描摹的朝夕相处的公婆画像，背着一把琵琶，一路卖唱上京寻夫，丈夫不仅不认，还放马踹死赵贞女。蔡伯喈是东汉末年著名文人蔡邕，民间传说附会其名，借名士之名，演说因功名利禄而负心遭报应的悲剧，表达了一种民间话语。

《王魁负桂英》也是同样的题材，而且时间直接定在宋代。王魁科考落第，流落山东莱阳，为妓女敫桂英收留，桂英怜才，以身相许。三年后，在桂英母女的资助下，王魁再次进京赶考。王魁得中状元，便嫌弃桂英，另娶座师韩丞相之女，封三百两银子并一休书，派老仆王兴送往莱阳。桂英得书，独自到她和王魁曾经盟誓的海神庙倾诉绝望，然后自缢。老仆回京将桂英自缢的消息告诉王魁后，也辞主他去。夜晚，王魁在书房捧卷时，青灯忽悠，桂英鬼魂寻来，王魁不顾旧情，拔剑追杀桂英，终于误杀己命。

《张协状元》讲的是四川书生张协赴京应试，途经五鸡山，遭山贼抢劫重伤，为破庙里的王贫女所救，结为夫妻。后王贫女卖发助夫赶考，张协状元及第。王贫女寻夫到京，张协嫌她“貌陋身卑，家贫世薄”，不肯相认，将她打出官邸，并在他赴任途中剑劈王贫女。结局王贫女未死，意外遭遇高官将她救起，并收养为义女，最后终于与张协重圆。不管多么貌合神离，它毕竟首开戏曲大团圆结局。

但团圆不等于妥协，编剧九山书会不厌曲折铺陈，将王贫女与张协的故事以悬念展开，一层层推进，在善良和丑恶的博弈中，二人形象对比鲜明。一个是民女，一位是官男；一个贫穷、善良、宽容、自尊，一个衣冠楚楚掩盖着一颗丑恶的灵魂；一个是住在破庙里的最底层的女子，却说出“辱莫大于不知耻辱”这样的道德真理，另一个却处心积虑要对贫穷的发妻斩草除根……几经波折，当他听说相府原来还有一位美貌与富贵兼具的小姐后，慨然应允这门婚事。这位官男到相府娶亲时，才发现新娘原来就是自己的发妻，他竟然毫无悔过之意，甚至矢口否认从前的一切和照顾他的人。这究竟是大团圆的开始，还是新的更可悲的悲剧的开始？

民女与官男的冲突，始终是中国悲剧的主要形式。将官与民的矛盾投入男女关系，从根本上撕裂了人类最自然最基本的关系。这关系，本来应该表现为爱情，表现为婚姻，构成社会制度化的基本单元——家庭，可一旦有一方，多半是男方，其身份如果突然发生了从平民向官员的转变，主要是通过科举制来转变，那么家庭、婚姻、爱情就都要经受考验。试想一下，如果王贫女没有发生从民女向官女的转变，她与张协状元这面破镜如何能够重圆？如此团圆，不过是身份团圆，而非道德团圆，在道德上，依然还存在着悲剧的根源。这根源，使大团圆一开始就有了缺陷，而中国式的悲剧就从这缺陷里产生。

这么一个地位不高的新贵，集薄情寡义、自私残忍于一身，恐怕就是九山书会想要揭露的当时社会现实的一个缩影。

南戏里的民间精神

南戏里的民间精神，是为南宋的社会道德立宪，是民间力量在社会道德秩序混乱之际自发的一种精神自治。

王朝有史，民间有戏，戏说是人民自己说史，南戏里就有史笔。

1194 年，南戏盛，其影响之广，除了从今日满目疮痍、随处可见的古戏台、戏棚可略见一斑外，从时人的文字中亦可略窥一二。“死后是非谁管得”，朝廷不管人民管，于是，“满村听说蔡中郎”，唱出了民意，唱出了民间的话语权力，从永嘉杂剧唱到南戏，从田头唱到戏台上，唱得“淫哇盛，正音歇”，将那煽情的戏台唱成了审判台。

载入史册，还能被翻案，一经革命，一改朝换代，一切便都可以颠倒过来，可一被人民传唱，无论善恶，都被钉在了民意的铁案上。戏曲之于民心，往往比史官的陈述更有力量。使“正音歇”，朝廷当然要禁，所以祝允明在《猥谈》里也说：我见过“旧牒”，那时赵闳夫张榜禁演的曲目里，就有《赵贞女与蔡二郎》。这位赵闳夫，便是宋光宗赵惇同宗堂兄弟。《漳州府志》记载了理学家朱熹知漳州时，在学生陈淳上书的敦促下，也曾禁止当地演出戏曲。《宋史·薛季宣传》里记载了这位永嘉学者曾“禁蒲博杂戏”的事。

那一时期的永嘉文集，如王十朋《梅溪集》、陈傅良《止斋集》、薛季宣《浪语集》、叶适《水心文集》等，都找不到有关南戏盛行的记载，表明南戏的民间价值取向，既与官方相悖，又与主流士人相左。

以科举为进身的士人，正是南戏批判的对象，为此，他们对“书生负心”的南戏十分反感。九山书会毫不妥协，他们把张协安顿在一个暴发户的背景里。看来，张协是个“富二代”，其父“欲改门闾”，让他“攻着诗书”；其母则盼他做官，为自己放高利贷撑腰，“有人少我课钱，千万与娘下论状”。

这情形，倒有几分同今日温州相像。在货币经济里，最赚钱的是钱赚钱，而钱赚钱最简单的，便是放高利贷。高利贷是利滚利，债滚债，没有官场做后台，放的债很可能就要不回来。

这样的人能晋身士人阶层，当然为士人集团所不齿，故张榜禁唱。还有一个更重要的原因是，戏曲里所反映出的民间诉求震动了朝野。面对寒门通过科举上升为新权贵所带来的社会伦理秩序的混乱与不安定，朝廷或士人集团一时还反映不过来。

南宋科举向寒门开放，规模之大，前所未有，身份转变亦随之扩大，而且加速，使人欲跟着膨胀起来，以至于一朝的政治录用，牵动了社会的道德根基。朱熹挺身而出，言“存天理，灭人欲”，便是理学对此的反应。反应虽然过分，但在当时，面对一个又一个“张协状元”，亦自有其道理。

从楠溪江古村落的布局来看，确实得到了科举开放政策的鼓舞。几乎每一村落，都有合一族之力共耕的公田，共建的私塾书院，以共养子弟科第。一旦中第，便会仕途通达，给家族带来荣耀以及地位。楠溪江古村落里的宗祠以及具有礼制庄严的一村大门，都表明了荣耀共享、利益均沾的希望，这才是“万般皆下品，唯有读书高”的真诚呼唤。

终南宋一代，永嘉一郡便出了五百二十六位进士，满袖书香天下闻，一时硕儒辈出，人物满东瓯。其中寒门子弟不在少数，恐怕如蔡伯喈、王魁、张协似的人物也不少，他们一旦中举，再连级跳上乘龙快婿的门第，便可前程似锦，两相权衡取其利，常常会弃原配迎新妇。

矛盾的焦点，不仅仅是弃妇一人、一家，而是一族，经了一族民意的公决，若被定为“负心汉”，就要受到全族人的审判。审判的主要方式，便是演“负心戏”，将那些“朝为田舍郎，暮登天子堂”的负心汉押上戏台，让他们在剧终时都死于非命：蔡伯喈死于暴雷震死，王魁死于妄杀，而张协则恐怕亦生不如死。

因此，除了永嘉文泽笃厚、民间富裕之外，恐怕这也是催生南戏的主要社会原因。从南戏的内容看，题材大多是贫寒状元“负心戏”，便很说明问题了。

南宋王朝在杭州刚刚“临安”，还无暇应对寒门科举带来的社会伦理问题。永嘉又是临安的后花园，天子脚后，民意一开唱，便很快转化为社会舆论，民间书会趁机将民意编辑到剧本里，这样的戏一演，“负心汉”就众叛亲离、有家难归了。若在每一个村落宗祠的戏台都演一遍，谴责士大夫阶层那些不义不孝之举，那将是一种何等的民间精神力量。

若论捍卫道德根基，这比朱熹“存天理，灭人欲”的口号更为有效吧！北宋有包公，南宋永嘉有戏台和书会。南宋人周密在《癸辛杂识别集》中记载了一件以南戏复仇的真事。

永嘉有一恶霸和尚祖杰，强占民女。为掩人耳目，又将女子假配与庙中俞姓和尚的儿子。俞的儿子不甘邻人嘲笑，携妻出逃，惹恼了祖杰，将俞家并女子以及女子所怀骨肉斩尽杀绝。随后贿赂官府，平息血债。民间愤愤，书会“唯恐其漏网也，乃撰为戏文，以广其事”。剧目为《祖杰工文》，在永嘉各个戏台上演。众口难掩，众怒难犯，最终官府法办了恶和尚祖杰。

南戏是民间精神的一枝花，在王朝落难之际，民间用自己的方式显示了自治的能力。

南戏大团圆

赵闶夫的张榜禁唱，看来没有实效。宗族祠堂关起门来祭祖，戏台上照旧演戏，敬献祖先，犒劳全村男女老少。演戏与祭祖同时，远在县衙的衙役们也无可奈何，某些士大夫禁唱的舆论也就难以落实了。

南戏登上了永嘉的戏台，那就是历史的必然性力量在民间社会的显示。当士大夫们在朝廷上为偏安还是北伐坐而论道之际，南宋的社会因为海上贸易带来的富裕，完全有能力开始自理了，永嘉便是个缩影。早在北宋诗人题《咏永嘉》诗时，永嘉的繁荣已经很令人神往了。

一片繁华海上头，从来唤作小杭州。
水如棋局分街陌，山似屏帏绕画楼。
是处有花迎我笑，何时无月逐人游。
西湖宴赏争标日，多少珠帘不下钩。

多少珠帘不下钩，是民间精神的消费需求，古戏台也意味着他们有能力请个书会戏班子，这是民间自治力量的经济基础。在南戏盛而不衰的背景下，士大夫阶层开始关注南戏甚至参与进来，与民间有融合的趋势，在这个过程中，南宋书会有着推波助澜的作用。

南宋时，永嘉这块福地，除了培养向上高升的五百二十六名进士外，还孕育了民间书会的组织形式。早期书会由文人学士创办，是一个为了应举而读书讲学的民间社团，以期“登第补中舍选”，与乡校、家塾、会馆一样。永嘉进士王十朋未仕之前，就曾在书会中讲读学问。他在《集诸堂轩斋名作》中有诗云：“人才直秀异，学业扣渊源。”“俊彦方群集，文章可细论。”“恢义高风倡，同襟旧好敦。池中神鲤足，一一上龙门。”讲学问学，意气风发，互相砥砺，最终要科举高中，谓之“鲤鱼跳龙门”。

而那些越不过龙门的落第秀才、下层文人、民间艺人，则弥补了民间戏文编剧的不足。考不上的举子们，愣生生把个弦颂吟诗的书会，逐渐演变成与科举无关的编写话本、戏本、曲艺的文艺行会组织。

事实上，北宋以来市井文化所孕育的平民精神，在南宋得到了充分显现。书会里讲读以备登第的秀才们，厌倦了年复一年的复习考试，眼光开始转向民生，自己也要谋生，于是，开始对充满性情的民间南戏发生了兴趣，直接导致书会性质的演变，开始受民间精神感染，向民间抛出了妥协的橄榄枝。当时有名可考的书会有：御京书会、元贞书会、古杭书会、永嘉书会、九山书会。而九山书会留下了最早的南戏曲目《张协状元》。

《张协状元》第一出“末白”“水调歌头”道：“但咱们，虽宦裔，总皆通，弹丝品竹，那堪咏月与嘲风。

苦会插科使砌，何吝搽灰抹土，歌笑满堂中。”又“满庭芳”白：“教坊格范，绯绿可同声，酬酢词源浑砌，听谈论四座皆惊……《状元张协传》，前回曾演，汝辈搬成，这番书会，要夺魁名，占断东瓯盛事。”第二出，生唱“烛影摇红”：“九山书会，近日翻腾，别是风味。”九山书会通过“末”“生”两个角色向观众自我介绍：我们是宦裔子弟，能弹琴吹笛，能诗词文咏，能编写剧本，能化妆表演，还要与永嘉其他书会竞赛，争夺魁名。

徐渭在《南词叙录》中说：“永嘉杂剧兴，则又即村坊小曲而为之，本无宫调，亦罕节奏，徒取畸农市女顺口可歌而已。”这还是指南戏的滥觞期，粗知文墨的民间艺人编演的南戏，到了“书会”才人编写剧本时，便开始了士人与民间合流的精致趋势。九山书会编撰的《张协状元》便有妥协的趋势。张协负心却没有死于非命，而是在曲折迂回的戏剧效果中，让王贫女与张协最终走到一起，给观众一个大团圆的交代。

九山书会自称有“教坊格范”，表态向宫廷乐坊靠拢。从唐到清，朝廷凡祭祀、大朝会时使用雅乐；宴飨时则用教坊乐。而“绯绿”应该是指杭州的一个著名的剧社。这都说明九山书会努力将南戏规范化，与主流衔接。戏文里也多采用士人诗词，如《张协状元》二三出王贫女白：“村南村北梧桐角，山后山前白菜花。”诗句便出自永嘉进士曹豳题《括苍岭冯公岭》。浙东乡间，春月，儿童喜欢卷梧桐角吹，声遍田野。诗人吟诵家乡风情，被九山书会掂入戏文。

在众多的书会中，永嘉书会因《白兔记》而流芳至今。永嘉书会不再写“负心戏”，而是开始编写孝义题材的剧本了，这意味着剧本的价值取向开始在民间与士人的合流中普世化。1967 年，在上海嘉定宣氏墓中发现明朝成化年间（1465 年—1487 年）北京永顺堂刻本《刘知元还乡白兔记》，内有“亏了永嘉书会才人，在此灯窗之下，磨得墨浓，蘸得笔饱，编成此一本孝义故事”。

南戏《荆钗记》应该是出于宋元间永嘉书会才人的手笔，俚俗巷语皆为永嘉方言土语，还有许多永嘉坊间旧名，元柯丹邱可能是最后的编写者。《荆钗记》以永嘉进士王十朋为主角，写他家贫志高，以荆钗聘娶钱玉莲，夫妇感情至深。王十朋中状元，宰相万俟欲招他为婿，十朋以家中有妻拒之，宰相便将十朋改调潮州为官。钱玉莲为继母逼迫改嫁土豪孙汝权，愤而投江，幸为福建安抚钱载和所救，收为义女。万俟被劾倒台后，十朋升任吉安知府，回家接母，钱载和想将义女嫁给他，十朋不知隐情，思念前妻不从，待荆钗重现，才夫妻团圆。与早期“负心戏”截然相反，《荆钗记》正面树立了寒士富贵不淫、威武不屈的样板，开始重塑士大夫形象。

正是不关风化体，纵好也徒然。南戏承担了一种普世的道德关怀，从《张协状元》到《荆钗记》，从“负心戏”转向“孝义戏”，在士人的整合下，南戏逐渐从民间走向士人的儒雅之途，成为昆曲八百年之源。

书会在合流的过程中也得到了完善，编剧有“先生”“才人”“名公”“老郎”之专称，分工明确。他们经常留连于勾栏、瓦舍以及宗祠戏台的前后左右，与艺人交流，在观众中采风，剧本里才有了人性的袒露、人情的剖白、人间的冷暖，句句是本色语，感发人心，妇孺皆喻，在舞台上勾勒出现实社会的剪影。

还有那无处不在的诙谐与幽默，散发着来自社会的生命活力，透着民间的生活智慧，其穿透力前承唐宋诗词传奇，下启中国戏曲、小说之先河，对于中华文明史的传承，具有里程碑的意义。正是有了士人的参与，南戏才得以奠定了一种艺术基调和范式。

尽管如此，南戏仍因“名家未肯留心”而保持了它的民间特色，它不仅在永嘉风化乡俗，还发展出昆曲四大腔——余姚腔、海盐腔、弋阳腔、昆山腔。由勾栏瓦肆到戏棚祠堂，无论唱于农家村落，还是吟于达官府第、贵族宅院，吟肩双耸，苦心经营，愣生生唱出个自由的种。

繁华的背后，总有“触目凄凉千万种”，低眉“见滴流流的红叶，淅零零的微雨”，左右顾“率的西风”吹不动人间的苦与愁。

南戏的民间批判精神，毕竟收获了存在的理由，表明宋代市井社会的成熟，以及文化消费的平民倾向，鼓舞了那个时代的民间精神以及民间的价值取向，参与到时代的进程中。整个社会能够容忍并认同在繁华上平添几许喜怒哀乐式的控诉，那是对人性的自信，是民间社会成熟的态度。

王朝如戏，你方唱罢我登场，当元人的铁蹄踏进南宋时，北曲兴盛；而明朝取代元朝之际，永嘉杂剧发展出的四大腔调之一的海盐腔，由于腔调清婉，又多用官话，逐渐传入苏州、松江、南京、北京等城市，甚至还到了江西、山东等地，多为士大夫所喜好，成为昆曲的源头活水。

11. 有一方水土叫青花

乡愁的蜜蜂落在青花上

黄山脚下的祁门，在景德镇之北。黄山云奇，祁门水秀，还有景德镇的青花瓷韵。

郑云一便活在这样一方水土里，依山傍水不过瘾，他还要在一个绘画的江山里颠沛。于是，他曾在北京圆明园画家村的油彩里迷茫，也曾于徽韵十足的宣纸上奔跑，然而，当他落脚在景德镇，绽放一片徽州青花时，他立刻意识到，那与生俱来的水土是他的艺术之母。

云一对油彩有独到的理解，水墨也有自己的风格，两者都有不俗的成绩，但他无法停下来。他认为油彩之于画布，水墨之于宣纸，都不及青釉之于瓷坯，一个浑身徽韵的影子终于在青花里安顿了。

绘画首先是一门手艺，当云一拥有了油画、水墨画及在瓷器上作画这三种手艺时，他的思想也有了一种新的述说方式，他生命里那悠然而沉郁的乡愁，何等沉重的归宿感，在水、火、土三元素炼成的青白之间，找到了自己的人生色调和自由的生活样式。

云一用素描和油彩惯用的写实的笔触，在素坯上描述；将水墨追求的墨韵，涤荡在蓝色的浑水里，化作青花游吟。素描的精细加以油彩的肌理，尤能使墨分五彩落在素朴的青花里，而自有其绚烂之极终归于平淡的定力。这些，都收在云一笔下，以青花料水如琢如磨写于素坯。当云一为他的青花吹上透明的灰釉，再经一千三百度高温烧造之后，他看到了自己的人生结晶。青花与墨色一样飘摇着江南烟雨，釉变之于瓷土如墨韵之于宣纸，同样可以如泣如诉黛瓦白墙的斑驳凄迷。而且比起水墨浓淡的变幻，青花色阶在高温釉下的表现力更为瑰异，更适于表现怀旧的情调。

徽学、徽商，玉琢般的徽州女人；宣纸、歙砚，画不尽的徽州山水；石雕、砖雕、木雕，在徽州老宅的天井处偶尔苍老；还有那青瓦白墙错落有序布置的古村落，被一湾小溪绕过。这些具有顽强生命力的徽州元素，浓缩在云一原创的徽州青花上，才能酣畅，才能淋漓，才能尽善尽美。徽州青花才是云一的生命底色。

有一种时尚叫历史

云一的青花底蕴，不仅从水土来，还从历史来。

那一方水土，不光是时尚之母，还是历史之母。

宋朝，无论北宋还是南宋，对生活都有一种优雅淡远的趣味，连烧造瓷器都要模仿玉质。浮梁县湖田村窑的瓷器仿玉最好，号“青白瓷”，又叫“影青”，宋真宗景德元年（1004 年），便以皇帝年号改浮梁为景德镇，景德镇成为青白瓷的烧造中心。

芜湖南部繁昌县柯家冲窑，也是当时有名的青白瓷窑，始于五代，比景德镇早一百年。君子怀玉，在一个更“早”、一个更“好”的时空交错之际，艺人们怀着美玉般的追求，想必早已在繁昌县柯家冲窑与景德镇湖田村窑之间“窑相呼应”了，它与景德镇连襟般的瓷器关系，从宋代就开始了。

元朝，景德镇在青白瓷工艺之后，又创出青花瓷。画工用毛笔蘸青花料，开始在细白的素坯上描绘流线结构的装饰模样。白地青花给出了釉下彩的简明玉润的视觉体验，充分体现了孔子“绘事后素”的质朴美趣，与蓝花布有异曲同工之妙。青白之间，布置了中国社会生活的一种简朴格调。

祁门是古徽州的南大门，也是打开徽州青花记忆的大门。唐宋属浮梁县辖，与景德镇相邻为一家。那穿越景德镇的昌江便源于祁门，下接鄱阳湖入长江，徽商外出经商，走江湖，多自祁门下昌江，过景德镇入鄱阳湖，或经由赣江下两广，或转长江，行脚两湖。

作为陶瓷原料供应商以及瓷器产品销售商，徽商参与了青花瓷的烧造过程，与元代“枢府窑”、明朝“御窑厂”中央督造机构一同撑起景德镇的繁华。这条贸易链上的祁门，不仅盛产瓷土，还与景德镇一样建窑烧瓷。在祁门南四十公里处，发现了一座明中期至晚期的大型青花窑址，大部分是青花瓷片，还有不少西晋陶片、宋代影青瓷片。水车座及导流孔、水坝、水碾，以及尚未入窑烧制的坯胎，保存完好。碎片与物什中，依稀徽州青花的昔日繁华。

明万历年间，市井文化流行，通俗小说以及戏曲话本畅销。书商开始在书中插图，版画时尚起来，而徽州版画最负盛名，美人儿个个都是鹅蛋脸，画在瓷器上个个如玉琢般美。还有花鸟、山水、故事等丹青图案，大量出现在青花瓷器上。画工们在瓷器上表达山水，必定受文人画的影响，故事生动，青花生风。青花瓷呈现出前所未有的花样年华，在徽州版画风的熏染下，生成一种文人气质，品位脱俗，成为上流社会的藏品。由赏玩进入收藏，那收藏才有几分闲适，为生活增添几分趣味。明人的收藏品位与他们的文人小品一样，雅致、脱俗、性灵。

一面徽州老墙的青花记忆

与青花瓷青白之志相同，徽派建筑亦为青白两色。洁白高大的围墙外，飞檐偶尔重叠，马头墙的起伏从容而柔软，其余无论煊赫与小康皆内敛于门里。门外则坚守青白两色之古俗，表白着徽商以节俭诚信兼善乡村的教化功德，所谓“淡泊明志，清白为家”。

这也是云一的传承与坚守。白地青花是他心目中的阳春白雪，他在青白之间，提纯了徽州建筑乡土气中的艺术精神。

一件青花瓷瓷板，让云一的历史记忆驻足在一面徽州老墙前。他要把一面沉浸在蓝色梦里的老墙落实在瓷板上，还要把时间的沧桑定格在釉下。瓷釉玉润般的光泽很难表现苍老，而云一将时光流逝表现在老墙上，就像在画布上处理油彩的印象派，墙壁上的斑驳有着油彩的坚实和粗粝的肌理；而沧桑虚实错落、晕染朦胧，则可见他宣纸上铺陈水墨的功夫。看起来，云一处理得好到极致。他自调的青花料水，如墨分五彩，似油彩之千变万化，在老墙上留下时间的身影，蹒跚在釉下。歪歪斜斜又内藏筋力的线条像醉了的青花，支撑着黄昏中的迷离。

釉上的视觉效果非常完美。老墙斑驳错落，就像一个脱落牙齿的喉咙在低吟着不完整的、缺失的、沙哑的、断续的音符；又像一双阅尽人间所有苦难的眼睛留下的泪斑，那是风雨留给时间的斑痕。

但是，风蚀过后的老墙却愈发坚实，渲染并释放着苦涩的美感，留下格外动人的历史残美。它就像一面可以依靠的精神墙体，给予任何人精神靠山。它是我们的祖父祖母、外公外婆、父亲母亲、水生哥、山柱兄。

闭上眼睛，背靠墙。岁月如老牛在初春的水田里悠悠晃晃，青花韵斑驳了记忆的碎片在墙上。

江南三月细雨时，蓝花衫、碎花裙、粗黑的麻花辫左右摇晃；开裆裤、骑竹马、虎头虎脑撞上墙。仲夏夜，二八青丝垂腰的柳，牵手的情窦，初开在月光下的老墙头；还有倚在墙角下的老狗，依偎着几朵小野花，在墙阴下懒散地躲着日头；秋日里，黄灿灿的米谷为老墙熏香；冬日暖阳下，一把小竹椅，一团旧绒线，编织着平淡温暖的时光；还有一扇紧闭的小门，已经歪歪斜斜地像老娘；一棵枣树，探出覆盖土廊的老瓦上，与老掉牙的飞檐招呼；池塘里的残荷，深浅之间，青花自有分寸。在老墙的背面满满书写着明末世家公子张岱的《兰雪茶》，隐喻着云一另一面充满性灵的追求。

一朵禅意悠然的尘世莲花

云一的笔锋常带禅意，素坯上寥寥数笔，青花瓷上便地阔天远般地悠悠淡淡起来，一种禅寂之美蔓延开来。

一枝枯朴的荷花秆支撑着一朵尘世莲花，赤裸在青花的秃笔下却蕴藏着无限的生机。三两枝或倾或歪斜，总是顺势摇曳，任鸟儿栖居，随鱼儿飞跃，自在水云乡。莲蓬头就像一颗思想者的头颅伸向天空，有时思想者头上会落上一只小昆虫，蝉翼薄如羽纱，最见云一的功力。

四季流转在荷花秆上倾诉寥落，意犹未尽；曲尽回转，走线的空间，枯寂如晚明八大之风，鸟儿、鱼儿则个个怒目金刚，那是云一的思想社区、原则领空。

巧合是一种缘分，明朝时文人气息走进了青花瓷，而云一的徽州青花则从晚明小品的风骨里走来。仿佛前朝旧梦，他在晚明时光中，和徽商们一起往来祁门与景德镇之间，与不仕新朝的文人们一同隐逸在文化的江山里。云一捧着明版书走进青花瓷，住进晚明的徽州老屋里，画面留白的日子，坦荡着云一内心纯净的生活状态。笔法自笔墨中求之，而笔意却在留白里自在。

他与八大话茶，告诉八大，他自己只是一朵尘世的莲荷，莲荷里有几颗自由的种子，他会沿着李渔、张岱的市井之路在尘世间撒播，他不打算做一个世外高人。

他笔下往来的不是市井李渔，就是山里张岱。闲情处偶寄一抹徽韵，陶庵里一片青花梦。在梦里他们在一起喝酒题诗："你一杯，我一杯，从天亮到天黑，分不清东南西北，且忘却自己是谁，再吃它三杯。醉醉醉。"可最后醉去的，不是酒，而是他笔下的青花。

醉了的青花勾勒中，放下文明赐予的多余，减到几根朴拙的线条就能组成一个人，一个自由自在的人，一个洞察人生、还原本色的人。一团和气里却有一种穿透力，穿透内心的自由之力。身后一棵残柳，一斜草廊，身边立着一只小鸟，一副天塌下来当被盖的派头。那位充满禅智的老者，他爱徽州天井的肥水不流外人田，他爱茶乐酒，他爱梨园花脸，既然人生如戏，那就在青花上唱吧。

就像潦倒的张岱，自由之志不改。哪怕囊羞无钱买新茶，每每店家闻茶香。张岱说的“人无癖不可与交，以其无深情也；人无疵不可与交，以其无真气也”。云一，真情真性真灵性，如果人的生命必定因精神支撑而精彩，徽州青花便是他的精神支点。画笔是一只灵动的杠杆，站在命运赐予的支点面前，云一一瓶啤酒、一杯茶、一支香烟两指夹，他可以呷一口啤酒，抿一口茶，吸一口香烟，再论道谈画。他甚至可以将茶之味在烟酒混杂的舌尖上提纯，青花便在他的嗜癖中伸张了自己的品格。

云一作画一定要有题款诗，有时一句，有时一首，不论一句还是一首，都有一种寥落的禅意与空灵的画意相映成趣。“只看山一半”也不错，“一炷心香”献给谁？“人世来去一杯酒”，“且看眼前闲书，莫谈昨日是非”，举棋不定时“放下便是”……他随手把诗意的时光镌刻在青花上，浓郁的书卷气夹带着禅意，随着把玩人的品味，进入寻常生活。

禅于平常处最见自由，是云一在徽州青花上的追求。素坯上，任众生用醉眼抛白眼，没了哀怨；真理平常得就像街边的小摊。自由就是一个普普通通的人的特殊性生活，具有常识性的生活，为自我而活，这便是人生而自由。云一笔下的人物，自由就像日常茶饭事。

釉里红之花飞雪

有了釉变，瓷板上什么都有可能发生。釉变之于瓷土，如墨韵之于宣纸，油彩之于画布，运用之妙，存乎一心。云一对釉变的烧造，偏爱于釉里红的艺术效果，也许其中隐藏着某种生命的密码。

一把青花瓷西施壶，锦鲤在莲荷背后突然飞跃，画面不见飞鱼，隐约的余红熨烫着空气。这是云一“死尽偷心”换来的飞红一线，印证着时空瞬间的生命意义。在壶的另一面有题诗为证：“死尽偷心，活计做成。没用生涯，收拾无穷妄想，换将一朵莲花。”人的生命是一瞬一瞬叠累而成，每一瞬都应该像那飞红一样留有余味。这真是一把绝品壶，在温润雅致的青荷背后，灵光一闪的釉里红却震撼了另外一个生命的瞬间。

一件瓷板，青花折枝梅上栖息着孤冷的生灵，一袭釉里红长袍微微泛着绿韵，边伸手接落花、边与枝上小鸟对话。人是火热的，背景是醒目的纯白。落花一瞬间会发生什么呢？云一说：“落花犹似堕楼人，接花就是人重生。”

更多时釉里红表现为花儿满枝，含着绿萼的红梅如花吹雪，美丽至极。美丽过后，带来了生与死的消息。人生与四季一样，花季短暂却美丽至极。花开满枝闹，花落万枝空，唯留香一朵，明日恐随风。如果不能做什么，那就赶紧闻香吧。

中国人少谈生死哲学，釉里红之于瘦梅丰樱，来时生机勃勃，去时飞花吹雪。对生死的豁解，那是云一的“幸福时光”，时间在一座徽州老宅门前静止了，死亡不过是归去来辞在自家门前院落树下的茶话。

还有一种花釉，也是云一独创的色彩视觉格调，象征大地田野，如初春小草欲绿还枯的惊喜，万物正待第一声春雷之际，远远的地平线处，古村落还在冬眠沉寂。这种图景在一把壶上，为他留下了一个故园青梦。

12. 游吟的山魂

韦华的手指是他灵魂的延伸，陶泥瓷土在他的十指拿捏中，有如附体，鲜活得跃跃欲试。大将军、高士、西来僧、中土观世音、藏女、老奶奶、小孙儿、不良少年、小昆虫、小动物、小白菜……高尚的，卑微的，粗犷的，细腻的，泥巴掮着块、面，拉扯着点、线，凹凸中灵魂在游刃。

初遇韦华：小人物大将军雄霸天下

大概是四五年前，我和刘刚、南庆和邵琼两对夫妇，一起到景德镇陶瓷大世界“淘宝”。

一楼、二楼……青花、祭红、白瓷，琳琳琅琅，看得眼生花，却没有为之一亮的定睛之作。顾客不多，瓷器上的浮华却也能辉映出一种喧哗的热闹氛围。

悠悠转，慢慢看，细细品，享受过程吧。

到顶层，大概是三楼。视觉陡然空寂，眼珠好一会儿才适应了昏暗的光线，安静中迟疑的脚步左右试探。见有客人来，较近的店面似乎也在迟疑着，但总算打开了灯光。

感谢这位店主，借他的光，我的光感也终于调整到位。

看清了，这是一个空旷的长形大厅，两边工作室大小不一微曲排开，店面门头，里外都没有北京后海、南锣鼓巷那种一木一纸都透着不菲的创意的精灵劲儿。一色的铝合金和廉价的玻璃组合，淹没了里面的高贵。没有光顾客，没有射灯聚焦，陶瓷作品像舞台上的灰姑娘，冷面于冷清的门脸。据说，每一间工作室的背后，都有景德镇陶瓷学院的老师和学生在创作。哦，前店后厂。

我们的脚步接近哪一间工作室，那家射灯便热情陡亮，把每一件作品照耀得晶莹剔透，主人的才气如春光乍泄，扑面而来。

有几间工作室的作品，的确惹眼。青花悄悄放下了老题材，走笔中稍微歪扭一下，一股乡土气便顺势清新，一枚剪纸红篆刻在风中飞舞，掠过乡土，带来了回家的期待；一领旗袍端庄在青花瓶口上，怀旧的精致，还真有点儿老上海的民国格调。也许得益于电子温控的现代技术，祭红色泽得富贵，红得毫无瑕疵；窑变也似乎有范儿在先，巴巴变，指那儿变哪儿了。匠心尽显，匠气浓郁，心思和工艺在传统的深潭里，相契鱼水浑然。不愧是景德镇。

俯仰摩挲，美中总有不足。匠心颇工，令人感佩，但匠气浮游俗韵，非我所爱，不得不与之擦身而过，我知道身后必是一双由渴望而失望的眼神。对不起，但愿它能遇到知己，而我则要看一圈再说，这是我淘宝时常有的心态。

就这样一路踩着灯光、华美走来，想想人家为你打开了光明，为你展示了美，如芒在背，连脚趾尖都想生风。

一所小小的间隔，没有射灯，白炽灯管毫不讲究地泛着冷冷的青色，却牢牢地吸引了我的目光，还有我的同伴，我们几双脚几乎一致移步进来。

简易的玻璃搁架上，一座大将军，一尊达摩，还有一床患难的爱情。作品不多，是韦华的作品。

韦华那么年轻瘦小，腼腆而谦逊，语气自信坚定，讲着他的作品。他那更为年轻瘦小的小妻子阿娟依傍韦华身边，笑得很诚恳热切。我懂那笑的含义，那里包含着对韦华的崇拜、欣赏和爱情，有对我们的期待。

可我更懂韦华的作品。停在大将军面前很久。陶泥捏塑，通体土色，褐如赤裸之大地，不动如山。线条刚直，质如铸铁，战风鼓起的襟袍，没有曲线，分明是一面永恒的历史城墙。铠甲扣巾带滴着血的锈迹，手边仅有的些许褶皱，暗示着这战袍是麻布粗纺的，但线条依旧不苟，遒劲如枯石。

没有仰天长啸，也没有指点江山。大将军眼帘低垂，好像在熟睡。不，更像是刚刚放下一生征战的疲惫，他殉国了。他是城墙，是城墙就不能倒下。

在韦华的手指下，陶泥瓷土给这不死的魂灵一副铸铁铠甲，胸前的巾扣，不过是两片铁块搭在一起。生硬而坚实，粗糙却鲜明，简单到没有退路，绝地而起，利剑裂帛，穿透历史力。这个细节让我唏嘘不已，我想起董桥说过的一句话：历史就像一袭摇曳的长裙，消失在黄昏下小巷的尽头。不能不说这意境很美，却不过是浅浅的感伤。

这巾扣已经不属于韦华，这是历史的烙铁，嗞嗞嗷叫着，搜寻熨烫的胸膛，只待历史的热度。

历史是有温度的，就像铸铁淬火冷却后的利剑，冷刃寒光里曾经滚烫过。可以触摸，轻轻摩挲，粗糙的战袍坚冷。项羽、韩信、霍去病、岳飞、郑成功……在思绪里却温热依旧。他们的热情是创造历史的柴火，熊熊燃烧的火焰映红了中国历史大半个天空，烽烟过后，留给我们的却是英烈与痛楚的纠缠，怕是这两块铸铁巾扣下的热胸，都难以明了判断。我的胸膛里，痛之隐隐，慨之殷殷，挥之不去。大概是历史落下的病根，被这位大将军激活了。韦华把国殇之哀、英雄之美，都赋予这位大将军了。

一张小瓷器床上，一对青年男女依偎在线条温柔的衾被里。我为这种纯洁的胸怀感动，韦华坚定地说，这就是我和阿娟，我们患难与共创业的见证，这件作品是不卖的。是的，我相信它能包容这一屋子和一生的艰难和幸福。

达摩总是端坐的，静若处子，一脸平和，褐色袈裟，细腻淡淡。在那一床温柔的旁边，是苦难中的一捧慰藉。

唉，这里什么都有了，有情、有义、有美，豁达平淡，还求什么呢？我惊叹的是他们这么年轻，觉悟就像已经走了半个世纪的人生一样。

就这样，我们和韦华夫妇热烈地谈论起来，将大将军和达摩带走了。

其实留下的物质支持微不足道，但是我相信他们能成功，成功的要素都具备了，只待时日。

再遇韦华：本色平常心遍地禅花

岁月匆匆，五年过去了。和刘刚出游，突然想起再到景德镇看看韦华去。

还是老地方，直奔陶泥风格，很轻松便找到了韦华的小店面。

韦华功成名就了。捏塑陶瓷作品在北京拿大奖；除了北京，上海、深圳、广州都有藏家。说时，正有一位上海藏家朱老师品茶观摩韦华的新作呢。

韦华依旧腼腆纯朴，许是常年与泥巴较力，举手之间，力道饱满。手指所过之处，似乎有一股筋力的热线划过，感染了空气，也感染着阿娟的微笑灿烂依然。我的目光追随着那还有余温的美丽弧线，在这小小屋里跑马圈地。

尽管有五年前的大将军垫底，我却再次猝不及防了。它被倔强的烈马抛向天空，审美和思想接连失衡。是韦华那充满野性的创造力，毫无遮拦的原始爆发力，颠覆了我的视野，掀起了级别不低的带有破坏性的风暴。

一幅巨大的瓷板挂在高高的墙上，达摩的头安详地搁在一座大山顶上，那座大山就是这颗头的袈裟，佛珠被打散，从山上滚落到山脚下。刘刚突然说：佛珠挂在颈上是佛，打散了就是禅。禅就是破坏一切外在的旧俗形式，即心是佛，当下即是。这种破坏是一种大爱的释放，整个画面的结构洋溢着破坏之后的平和之美。达摩的眼睛、鼻子、嘴巴慈祥成微微的曲线，简直就是中国乡间的一位老爷爷，禅就是还佛血肉。袈裟是暗白的，右上角突发的窑变，雅致而安详，与整个气氛呼应得体，如有神助。

我和刘刚几乎异口同声：就是它了。韦华把瓷板拿下。

我一颗一颗地数着凸起的佛珠，修行是一个漫长的旅程，觉悟也许就在当下。散珠意味着博爱，禅是思想者，它把思想之珠散落人间，一颗不留。人生就是寻它，寻到后，再抓住它，禅就遍地开花了。

韦华用他的泥捏创作法，在瓷板上捏塑。瓷板上捏塑，应该是韦华在艺术形式上的又一次成功，泥土的质感始终追随着韦华。

依次看下去，皆爱不释手，这件那件都想要，没完没了。见这架势，韦华拉着我们，来到一件最为华美的高士面前。乖乖，韦华太有性格了，真乃艺术家也。

这张瓷板捏塑，足见韦华高超的泥捏技艺。白衣高士矗立，头巾丝带飞扬，衣襟褶皱遒劲；蓝袍高士斜倚醉卧，襟摆翻卷。在韦华的手指下，泥土蕴含了丝绸的柔软和光滑，丝绸则被注入泥土的力量。一个身后半遮草帽，稻苇条条，一丝不苟；一个身旁一筐自由烂漫的山花，花瓣片片稚嫩，野趣十足。国画墨分五彩，而这窑变出来的釉色，开出了七彩八彩，豪华至极。

白衣高士翘起下巴，胡子直冲云霄，与之相伴的还有一条头巾带，飞扬得欢。韦华违规了，他违背了万有引力定律。韦华真能凌空蹈虚吗？是的，他的灵魂在手指上跳跃，精神在泥土凝聚的美的形式中升华，于是气流升腾接天，而美则在瞬间定格。将人的精神向上拉，是韦华创作的定律。

太棒了，这幅当然是要收藏的。与韦华谈得热烈。从中国禅到印度僧，从水墨到釉色，从泥捏雕塑到泥捏瓷板画……投缘得很，韦华一定要请我们到他的工作室和瓷窑去看看。韦华把家都落在了云门书院，工作室、瓷窑，今非昔比啦。不过，韦华本色依旧，到处是泥土塑坯，凡眼看是乱糟糟的，大概是艺术家的秩序吧。

当年那一床的患难真情摆在韦华创作的大案头上，墙壁上有三幅能旋转起宇宙的印度僧，令人感到气场宏大。突然刘刚发现了一幅还未完成的禅僧头像。“还未完成”是韦华说的，在我和刘刚看来，完成得恰到好处。这是一座山，下巴是山脚，额头是山顶，耳朵、鼻子、眼睛、眉毛是山的崎岖。泥捏的肌理粗糙沧桑，一色的青花釉晕染满山。真乃山是禅冠，禅是山魂。韦华拗不过，我们将这幅收藏了。

这三幅泥捏塑瓷板画，让我满载幸福。刘刚说我简直就像收藏了整个精神世界似的。

没错，接下来我志得意满，开始慢慢品味满架的陶泥雕塑的各色人等。老子出关牛眼圆，国魂屈原，关羽义风，圣德和尚，布袋和尚袖里有乾坤。

第一次看到如此弹琴的伯牙，悬坐高崖，右手稍扬，高曲余音正在山涧谷壑回荡，那深邃固执的目光，高傲的下巴，只待寡和的知音。

多写几句“姜子牙候势”吧。他在瑟瑟发抖，冷耶？寒耶？眉宇间怎一个“忧”字了得。谁知他忧君还是忧民？不知韦华初衷，反正他手指尖流出的是一种批判的力量。姜子牙已被中国传统文化塑造为一种高士官本位的政治文化符号了，韦华的手指稍稍一“倾”，便有反讽的异调了。“倾”原本是日本桃山时代反对中国舶来“唐物”的豪华，追求一种不对称的本土草根美学。“倾”是一种对传统的不和谐，是一种挑战，以及从形式到内容的批判。我想这应该是艺术家必备的一种情怀。子牙原本玩儿的就是欲擒故纵之计，偏偏韦华宽容仁厚，名之“子牙候势”。

能够与“子牙候势”对峙的恐怕就是八大山人了。身躯紧锁，寄存在赭袍里，非如此不能苟活于世。长鼻长耳拉长了老脸，越发抻长了他的人生之路。身体微微后倾，决绝不二。不再有金刚怒目，眯眼看世事，平静如止水。哭之不哭，笑之不笑，哭之笑之，不哭不笑。

俱往矣，行走在逝者如斯的川上，无论谁皆必复归于土，这是生命的必然走势。可不知何时，也不知何地，韦华的手指就这样触摸到了那些先贤大哲的精神游魂，抓住他们，再用泥土重塑他们。一旦他们的精神与韦华的手指碰撞对接，历史便在泥巴里复活。复归于土吧，韦华让他们在土里重生。

用泥土做原料，创造生命的形式再合适不过了。我忽然想起女娲甩泥造人，于是面对韦华手指下的群生肃然。

在中西文化里，母亲如大地，生育抚养一切生命。韦华取大地的泥土，还给母亲自然的本色。一身的赭衣棉袍，高原风吹走一切苦难之后，留下的只有泥土般的慈爱。

棉袍的褶皱古拙粗朴，拥抱着主人的腰部以下。高原浴女，像一朵纯洁的雪莲在褪去的袍服中盛开，似冰山女神，在绽开的山涧溪水里沐浴。细腻的无光白瓷隐喻着冰雪纯洁，袍服褐色，暗示着女人与土地的关系。粗细之间两种美分割两方地、双重天。

感谢韦华，足足挽留了我们几乎后来在景德镇的所有时间。

看着韦华玩泥巴，他心灵的深处应该有一块俗尘不染的净土，陶泥在手指间饱蘸着灵魂的浆液辗转凝固，于是生命对于美的诉求便在炉膛里涅槃，冷却后视觉里的浮雕形式，不独匠心，而是超越匠心，超拔灵魂。有陶泥本色铺衬，艺术品位陡然提升了你的眼格。

在捏塑和镶嵌的艺术呈现中，土褐色如大地，线条如锈铁，粗犷里蕴藏着一乡的温柔与大爱。这便是韦华的本色。

13. 缤纷的风姿花谣

景德镇除了民窑、官窑之外，如今还有一道艺术家窑的风景线。在这里流连，放松、养眼、润心，还常会有喜出望外的收获。这里没有大师的端庄，也没有世家的骄傲，只有作品有话语权。

艺术家的工作室，或略显局促，但满墙洋溢着探索的热情，线描流畅着学院派的严谨，更多的则是满瓷的斑斓，天上地下旋转着绚烂、痛快淋漓的消费色彩，在瓷上重塑一个色彩的世界。

在瓷板上理解色彩，与西画油画布上的色彩表现完全不同，若处理不当，釉变会将色彩的质感单调为一种玛瑙般的华丽，流于俗艳。

不用担心，有俗艳之华丽，也有风雅之缤纷。关键是艺术家要有一种透明的淡定，无色的从容，便可以在色彩里迷幻，而不忐忑，在色彩里痴迷，却不会失语。

风儿掠过，触摸柔软，然而无形。可衣襟翻飞，发丝飞扬，春柳摇荡，又将风动万象的形式感一一陈列。如果说它们展现的就是风的形式的话，那风姿多么优雅。是清风，一尘不染，留下清净。

落花原本属于秋色，应该是一种落寞的风姿。

但在瓷板上，落花带着缤纷的色彩，满天满地飞，飞出色调，丝毫没有悲哉秋之为气的伤感，而是萌动着快意青春的反抗。落英缤纷，那活泼泼的花朵，一朵朵都是自由的反骨，都是酒神的宠儿，哪怕明天沦落花冢，当下也要合唱花世界的欢乐颂。

这是我看到的一幅落花的作品，秋风摇落，落花并非孤寂飘零，而是相拥纷纷如花飞雪，开时簇拥，谢时相偎，花雨缤纷，既然齐开而来，就要齐落而去，气势磅礴的风姿花谣是对生命的赞歌，花开花谢都是生命的魂魄。

艺术家凭借他们对色彩的敏感，给予落花以重彩，不是凋零，没有枯萎，灿烂的落，华丽的死，一任万紫千红进入你的视野，撞击你的视觉。包围思想的梦幻般的情绪里没有哀婉，有的是反叛，不光有“艺术叛徒”的反叛，更有精神上的反叛，通过反叛回归生命的本然。

人的精神有多自由，色彩就有多自由。当自由的青春之彩在天地间放肆地飞扬之际，艺术家必须紧勒缰绳，使狂奔的艺术野马戛然而止，马蹄腾空，定格在一个恰到好处的理性边界。边界外任凭色彩喧嚣，边界内留白，留出空间的虚无和时间的寂寥，一个无常的生涯坦然其中，寓意丰厚。

时间静止了，空间在人心中无限放大，落花簇拥在理性的边界，任凭留白吞没了风姿。在时间和空间对视中，艺术的灵感打破了僵局，它允许一两片落红越过边界，飘零在背景洁白的空间。霎时，无常的孤寂渲染开来，生命对四季流转的无奈叹息已隐约耳际。一位红袍袈裟的僧人，却及时孤立在飘飘摇摇的花瓣下，接住了感哀的落花，也接住了“无常孤寂”的叹息。

在接花的一瞬间，人与花同命，但落花无常人淡定，人可以在对落花的关照中，觉悟到人生之悲喜与生命之长短，亦可以在意义和价值的追求中超越无常，所以才有了“落花人独立”的风姿。

人是什么？没有答案。那就欣赏落花吧！人与落花同命，于落花一瞬间，感悟人生的意义在一瞬一瞬的生命消失中绽放。

四幅瓷板并列，高贵华丽的色彩纷纷飘落为满天花雨，一个红色的生命体端坐于天地间，一个生命的凡胎，思想的载体，精神的座驾，让飞花来掩埋自己。华丽的寂寞并了风雅，禅林花开了，一个生命的透明体，与落花融为一体，他的灵魂在欢唱，唱人生如花上浮世，转瞬即逝；唱人生就是一个落花的过程，终归落花瞬。无论是满天缤纷的落，还是一叶飘零的落，都是一首动听的风姿花谣。

二、留 夏

——品味乡愁的词语

1. 卜辞里的玉凤

距今三千六百多年前，商汤大败夏桀之后，把商国的都城建在洛阳盆地东缘，称“亳”，考古称“偃师商城”。这里北依邙山，南临洛河，东有成皋之阻，西有崤山之固，商坐落其间，坐北朝南，君临天下，如坐太师椅一般。

天命逡巡，佑此商民，终于安居下来，不久又迁都了。

商人的头脑，还在初民颈上，只开了鬼神和征战两窍，此后三百多年，十九个王，迁都五次，到了盘庚，因黄河大水，再次迁往殷地，又改称殷人了。

殷地，就在今天的河南安阳小屯，据此安身立命，所以叫做殷人。

盘庚、小辛、小乙是三兄弟，“兄终弟及”，据殷地，做殷人。

武丁是小乙的儿子，名如其人，不光自己“武商”很高，还有一位“武商”更高的妻子。20 世纪初，一个偶然机遇，有人发现了安阳小屯遗址，把它叫做殷墟，还从遗址里，看到了一种从未见过的文字，刻在龟甲和牛骨上，叫甲骨文。从这些龟甲和牛骨上的文字中，有人发现了武丁之妻，名叫妇好，一位被历史遗忘了的女子。

谁也没想到，会把她从地下发掘出来，甲骨文诉说了她的生平，那上面有关妇好的记载有二百多条，这个数字非比寻常，其重要性可想而知。

殷人所作所为，都要请示神，占卜就是向神请示。他们用龟的腹甲和牛的肩胛骨，在背面，挖若干个椭圆形凹槽，凹槽旁边，再挖蝶形浅槽，之后，用燃烧的木棒顶住凹槽，龟甲或牛骨表面因迅速受热而发散开许多线形裂纹。

裂纹的魅力，对于殷人来说，在于它隐藏着某种命意，吉凶都在那纹里，只有贞人才能诠释，贞人的诠释，就叫卜辞。贞人将何时何人卜问何事，以及对裂纹的诠释，都用文字刻在龟甲或兽骨上，最后，还要刻上贞人自己的名字。

这一类文字，就其载体而言称“甲骨文”，就其功能而言叫“卜辞”。人们谈文字起源，不离百姓日用，总要从“结绳记事”谈起，可迄今为止，我国所见最早的文字，却是甲骨文。甲骨文多用于王室记事和祭祀神事。

武丁时代的卜辞，有些就是妇好亲手刻写的，看来她还是一位女贞。贞人要“究天人之际”，有点史官的意思，但更近于巫觋。文明初始，还谈不上“通古今之变”，史官的出现，要以文明的积累和历史的发展为前提。

事实上，妇好就是一位女巫，有些与鬼神打交道的礼仪，便由她来主持。当然，她还是一位妻子，是武丁王的王后。可她不是月亮，自己会发光，就像国际象棋中的王后，她为武丁王驰骋疆场。有人搞东西方文化对比，比较了中国象棋和国际象棋，发现中国象棋里没有王后，而国际象棋里王后最重要，以此认定，西方文明更尊重女性。中国象棋里没有王后，可卜辞里却有一位。

她像圣女贞德一样，用神来激励将士，以战争推动华夏文明崛起。与贞德不同的是，她还能驾驭战车，挥舞斧钺，上阵厮杀，宛如女恺撒。

卜辞里有“呼妇好往伐土方”，意思是让妇好去征伐土方；“登妇好三千，登旅万乎伐羌”，是说妇好带亲兵三千、其他士兵一万去攻打羌国。

她为王前驱，与武丁一起，北讨土方、鬼方，西伐羌方，东征夷方，威慑西南巴方，打下的地盘，西起甘肃，东达海滨，北至大漠，南逾江汉。

武丁论功行赏，授她独立封地，那是有着三千战士的国家，她不光是王后，还是自己国家的君王。武丁有六十位妻子，可最挂念的人是她。卜辞有“妇好亡祸”，意思是妇好无祸。但妇好还是透支了生命，三十多岁先死，武丁伤心不已，以最高规格葬她于殷墟，谥号“辛”，殷人尊称她为“母辛”或“后母辛”。

此后，凡有军国大事，武丁都要向妇好卜问。可他还是不放心，怕他的力量不能到达幽冥，让妇好孤苦伶仃，便为妇好举行冥婚，将妇好托付给自己的六世祖祖乙、十一世祖大甲、十三世祖成汤，有了先王照料，他才放心。

1976 年发现妇好墓，墓完好如初，出土随葬品 1928 件，玉器 755 件，件件都是精品。有一柄青铜钺，饰以两虎扑食人，铸有“妇好”字样，重达八九公斤，是王权军权的标志，还是妇好得心应手的兵器？值得一提的是，居然还有一枚阿拉伯绶贝，可能是来自方国的贡品。最令人惊叹的是那件玉凤，让人想起“降而生商”的玄鸟。《史记》说，圣女简狄沐浴时，吞下一枚玄鸟蛋，孕而生契，成为商之始祖。妇好之凤，也许便源于那天命有商的初始神意？

华夏文明原本有龙有凤，可历史上的凤多半是冒牌的，从吕后到慈禧太后，是牝鸡扮的假凤，“牝鸡司晨，惟家之索”，不是毁了家，就是亡了国。

感谢考古学，在华夏文明的源头，找到了真正的凤鸟。那卜辞里的王后和妇好墓里的玉凤，为我们呈现出来那只原生态的华夏文明之凤。

武丁死后，又过了三百年，第三十代王，也是商朝最后一位君王帝辛，死后被称为“纣”。裴骃在《史记集解》中说，纣为谥号，虐也。在中国古代，君王或大臣死后，都要有评价，叫谥法，凶猛为“桀”，残暴为“纣”。

据《史记·殷本纪》说，纣敏捷善辩，手格猛兽，本是一位大英雄。他有开疆拓土的雄才，打败了东夷人，将东南归入商朝版图。可惜，他那么纵情和率性，不爱江山爱美人。纣所爱者为妲己，其爱也，比武丁爱妇好更有过之。武丁之爱，化作财富，都埋在地里；而纣的爱，却化作鹿台，要把他的爱人捧上天去。

商王以天干命名，甲、乙、丙、丁、戊、己、庚、辛……本应成为天干的妇好，却未能冲天而起。读中国历史，有商一代，我们哪能找到“妇好”的名字？而妲己却为人们所熟悉。武丁埋了妇好，可以倾其所有地埋，却没有使她名垂青史，“惟殷先人，有册有典”，可册典里却没有妇好。

幸亏有考古学，让文明之凤重见天日，使我们知道了“妇好”这个中国青铜时代最美丽最重要的名字。由此，我们对考古学比对历史学更加充满敬意。殷人埋没了他们的文明之凤，结果就会有野狐禅跑出来冒充，纣于临死前高呼：“我生不有命在天！”他哪里知道，这是历史的报应，来到了眼前……

2. 美的对话

西周礼俗，崇尚女人之美德，谨慎女人之美色，推崇女人的母性和妻性。

母性和妻性，都是女人在礼乐文明中的角色和身份，得之为“淑女”而“宜家”。有一种说法：“周以太姒而兴，以褒姒而亡。”把女人上纲上线，上到国家兴亡的高度。

有周一代，女教渊源有自，始于周朝开国三国母，古公亶父之妻太姜、季历之妻太任与文王之妻太姒。这三位国母，都是宜其室家的淑女，皆旺夫，西周家国一体，旺夫就是旺国，周俗树立的女教榜样，将温馨的政治伦理寄托在太任孝事太姜的故事中。太任孝事太姜公婆，表率以孝立国。

周因“褒姒而亡”，那是国体过于端庄，能使万马齐喑，但不能承受美人之轻，被美色催化了那么一下，就亡国亡权了。王权与美色发生化学反应，使“江山如此多娇”，造就出王权主义的狐狸精。骆宾王《讨武曌檄》中有句名言：“掩袖工谗，狐媚偏能惑主。”就这“狐媚”二字，试问天下谁能敌？

周公能敌吗？严威俨恪的周公，能像长城一样抵御美色的进攻，可子孙能抵御无敌的“狐媚”吗？周人没有了周公，从此变得平庸，堕入声色犬马，奔向歌舞升平，跟了坏女人前行。

都说女人水性，可命里是水的女子，却偏偏爱火，烽火一笑，引来狼烟四起。褒姒玩火，用《周易》的话讲，火在水上，卦象“未济”，错位了。这位褒国姒姓小女子，以其嫣然一笑，被载入史册。《诗·小雅》曰：

"赫赫宗周，褒姒灭之。"这一笑，堪称历史之孤品，一笑倾王城。

西周在周幽王手里结束了，历史翻开了新一页，春秋这一页，是美人翻开的。

美人已尸化，其美无以感知，好在有一座与美人褒姒同一时期的墓，通过鉴赏墓葬品，多少可以感知一下那一时期人们对美的理解和把握，从中还可以嗅出那美人曾经的芬芳，有的葬品，可能还是经由这位美人之手赐予墓主人的，因为有一位墓主人，当年与这美人有关。

这墓，不是一座，而是一群，位于现在的河南三门峡市，西周末年，这里是虢国的地盘，群墓便是虢国墓葬群了。周幽王时，这个家族出了一位上卿，他就是与美人那一笑有关的虢石父，美人烽火戏诸侯，便是他策划的行为艺术，让幽王博得美人一笑，而他则得到了许多赏赐。

周幽王收藏美人，虢石父收藏美玉，各有所爱，其实相同，他们都喜欢收藏美。

一个小小的虢国，便有墓葬 250 座，车马坑 8 座，马坑 3 座，总面积 32. 45 万平方米，出土文物 16 多万件。真可谓富可敌国了。墓葬里有一组美丽的金耳饰，形如月牙儿。金黄与碧绿，两种最高贵的色调，争奇斗艳，却又默契般配，在女教僵化的西周末世，如严寒将尽时从荒野里探头的小绿芽儿，在春风中瑟瑟不已，多么像褒姒。这样的美，饱含了人欲，与美人一同打造了春秋之美。

人们注意到有几个成语与这个家族有关，如“玩火自焚”，便是虢石父一手炮制的；而“唇亡齿寒”，则是历史早已预埋的悲剧，迟早要来的。奇迹在于，还在青铜时代，这个家族就有了美的金银意识，金银虽然不是作为货币活跃在流通领域，但它作为工艺化的财宝和美的范式被带到来世。周人金饰传世很少，玉器也不多见，这一片墓葬群，打开了我们的眼界，让我们见识了周人的唯物主义。这才知道，原来周人并非只有以《易》为金、以《诗》为玉的思想者和理想者那一面，还有着对物质及其美的形式的极端热爱和狂热追求的收藏者和消费者一面。

周初，前程未定，立国未稳，文王、武王、周公还要深谋远虑，立国家根本，这样的前提条件，决定了他们要成为思想者和理想者。到了幽王时期，周朝早已是“普天之下，莫非王土”，王土之上皆归王有了，这样现成的条件，当然要造就消费者和收藏者了。

关键在于品味。当思想退出生活，消费时代来临时，品味就成为文化的标志。在思想者时代，文化对女性的呼唤，是“窈窕淑女，君子好逑”，是“永恒之女性，我们跟你走”，那三位国母就成为“永恒之女性”的代表。至于国母的品味，则似“鼎之轻重，未可问也”。如果还想问一问，那不妨看一下周朝用青铜制的礼器，大概就那副样子。那副样子，在褒姒看来，就是“老土”。消费时代，文化转型，转向“品味之女性，指引我们前进”，而“品味”的代表，便是那似笑未笑迷死人的褒姒了。

什么是“品味”？以幽王为例，难免要问，幽王你消费什么不好，为什么要消费美人的心情？你收藏什么不好，为什么要收藏美人一笑？他会告诉你，不为什么，这就叫“品味”。像饕餮一样大鱼大肉，那是物质短缺时代的消费，物质极大丰富以后，就要讲“品味”，不讲“品味”，就会像殷纣王那样泡在酒池肉林里醉生梦死。毕竟是文、武、周公的后代，总还要有那么一点精神，即便是最彻底的唯物主义者，也要讲个精神变物质物质变精神，美人以直觉告诉你，这个变化过程叫“品味”。

不过，消费要有分寸，无限度的消费而吞没其他，那会亡国的。比如说，王的消费无穷大，美人的心情也跟着无穷大，而民生，就有可能被这两个无穷大压垮。但那位美人似乎并未拖累民生，她没有让幽王为她的品味搞个什么展览来引导时尚，更没有让幽王像纣王那样盖个大裤衩式的高台，让她同妲己一样坐在天上，总之，她没让民生来为她的品味埋单，可谁能料想，她会冲着诸侯，发出一笑？笑声如砖头，拍向那些在烽火下跑来跑去的诸侯，她的笑，终于解放了她的君王！

笑，品味了什么？品味自由！美人为什么会笑？因为她的君王从此站起来了！不是作为君王，而是作为自我站起来了。我在哪儿？她的君王曾这样自问过，可他没有找着。

那时，她的君王跟着名分走，走进礼制世界，一切都早已安排好了。他拥有一切，就是没有自我；他主宰一切，但无权自由。有那么一天，美人来到他身旁，带着山野里才有的芬芳，带着生而自由者就要失去自由的忧伤，告诉她的君王，人生而自由，不自由，毋宁死！呆在名分之网里，他不知何谓自由，但他懂得美，那就跟美走。他消费了美人的美色，这还不够，他还要消费美人的内心，因为他发现，美人的内心更加美妙。在美人的内心里，他看到了什么？看到了自由！从此，他就变了，变得像美人一样眉头紧锁，因为他内心里开始有了自我。男人不会生育，要生就生下个自我！这自我，可不像他那样平庸，被与生俱来的名分锁着，要出生，就要冲决罗网！于是，他冲天一笑，自我随之而出生了。

一旦拥有自我，就不能没有自由，两个自由人，一对同命鸟，在名分之网里挣扎着：王权诚可贵，生命价更高，若为自由故，两者皆可抛。他们抛了，所以能笑，他们冲天一笑，从此礼崩乐坏了！不光那君王的自我在笑声里诞生了，一个新的时代——春秋，也从历史之母里分娩了……

两千年以后，有一对春秋小国君夫妇的墓葬被发掘，发掘出一对玉佩。这对人首蛇身玉佩，蛇身布满云纹，发式俏皮，臣字形目，翘鼻隆嘴，多么像一对同命鸟啊！玉人在对话，那是美的对话，他们说什么呢？

让我们搬来沙发，坐下，倾听吧：一个玉人说，历史真不公平，你是那么光明，却反而谥你为“幽”。另一玉人说，终有一天，历史要谥我以“自由”，因为那时，自由已经从历史的幽暗处走出来了，眼下，我还要跟着美走，往历史的深处去，拥抱自我，品味自由。

顺便一说，这对玉人，出土于河南南部光山县宝相寺，是春秋时期一对小小国君夫妇的随葬品，国名为“黄”，君主叫“孟頫”，这对孟夫妇，起居在一个不见经传的小国，行止于南北交界的汉、淮之间。他们享受美，也把美留给了来世。

3. 宣纸上的乡愁

——赵孟頫妻管仲姬

水色女子

江南水色，如诗如画，古往今来，浪花淘尽多少才子佳人的生涯，往事依旧眷着文人的妙笔荡尽的墨香生花。

管仲姬是个才女，享受着大好年华，待字闺中二十八，却不紧不慢，喜欢在梅、兰、竹、石上寻找夫婿的影子，迷醉于宣纸上的乡愁，清雅质秀眉眼盈盈处。

一个独立不依的小女子，在自家的后花园里，笔墨晕染的青竹摇曳窗前，冷月碧落弄影竹帘的幽思，随清风滑落在宣纸上梦游。不想，忽必烈打破了江南水乡的宁静，1276 年元朝攻破临安。一转眼，管仲姬便从南宋来到了元初忽必烈时代，历史进入了王朝更替、人间离乱之世道，幸好有个文化江山供她歇脚。

湖州坐于太湖南岸，地理居臣位，是个富庶的水乡之“臣”，那时称做“吴兴”，是一座令今人遐想的宋邑。

南宋孝宗之胞弟赵伯圭，以王侯之家被赐第湖州。到了赵孟頫时，这支皇族势力已在此地经营四世了。赵孟頫的父亲赵与訔官至户部侍郎，知临安府浙西安抚使，既是皇室嫡亲，又是朝廷重臣。他们还有着傲人的血统，据说是“八贤王”赵德芳的后裔。

江南这方水土，远离中原，天生养就了自己的性子。任是帝王将相的天下，也很快会转化为才子佳人的世界，自成一文泽笃厚、雅气流连、盈盈如秋波、造化钟“文秀”的宜居家园。

如果日子就这么过下去，赵孟頫兄弟八人、姊妹十四人，琴棋书画，诗礼承传，乡居为绅，教化一方，风俗一地，倒也是尽了为“臣”之道。

可是，北方的狼来了。赵孟頫没有去追随文天祥抗元，也许他身在其中，看透了帝王家的活计及其兴衰的无常，不想名垂“汗青”，只想就地隐居，笔耕“丹青”，于是他认真作起画来了。这一年，他创作了绢本《松溪图卷》，颇有些超然家国而独立江山的自命况味。

国破家亡十年后，忽必烈派人下江南“搜访遗逸”，赵孟頫被“征贤”入侍新朝，竟然治绩不俗，得到忽必烈的恩宠。命中注定的臣位，而且还被视为“贰臣”。赵孟頫性情温和，懒与人争。便戴着“贰臣”的帽子，出差江南，回到湖州。

管仲姬到湖州瞻佛寺进香，寺僧久闻她的才名，请她留下一幅墨宝。仲姬便在佛寺东壁上画了一幅巨大的《修竹图》，慕名而来的观赏者纷纷，其中便有赵孟頫。

油菜花遭遇三月雨，管仲姬袅袅娜娜、迤逦涟涟在太湖南岸，遇到了从京城回乡的赵孟頫。美人一瞥，飘向那微雨初湿的文人情怀，与江南水色共氤氲。两颗诗心，一对文种，就这样结为连理。

管仲姬二十八岁方出阁，想必其家风家教，在湖州一带甚为开明，才成全了这位孤芳清高的绝世女子。其家门出身也很奇特，据说是管仲的后裔。仲姬是字，原名道升，是家里的独女，颇同《牡丹亭》之杜丽娘，自幼便优游于诗词字画之间。

仲姬擅墨竹、梅、兰，又工山水，笔意自带清绝，墨韵有凛然之气，自成一不卑不亢之格。观其名，读其曲，阅其画，柔情似水中款款皆丈夫气也。

这是一对令人羡慕的翰墨夫妇，一个三十六岁寻得了一个不菲的栖处，一个二十八岁觅得一个不俗的依托。多亏借了墨香的牵引，这对眷侣就像律诗对仗般地“门当户对”，在两个人的沙龙里，你画我题，你题我画，爱情在自家的江山里，随着画轴铺展开来。

婚后，赵孟頫依旧要上京入侍，仲姬追随丈夫，香踪余韵从湖州到了元大都北京。除了艺术，赵孟頫在朝，于有益者一力担当，仲姬则努力保持着她在宣纸上的自家生活。从赵孟頫年谱看，二人诗词曲画几乎形影不离。性情爱好相近，融合几至无间。

一个阴郁的冬雪日，年届五旬的赵孟頫百无聊赖，忽然心血来潮，想起模仿名士纳妾，真是“天教你富，莫太奢”，饱暖思淫欲啊。不过，毕竟是个老实人，他不敢冒失面陈，便写了一首小曲，悄悄放置夫人房中。

我为学士，你做夫人。岂不闻，陶学士有桃叶、桃根，苏学士有朝云、暮云，我便多娶几个吴姬、越女，有何过分？你年纪已过四旬，只管占住玉堂春。

看了这首小曲，聪明的仲姬想了想，也赋曲一首《我侬词》，置于夫君“纳妾词”上。

你侬我侬，忒煞情多。情多处，热似火！把一块泥，捏一个你，塑一个我。忽然欢喜啊！将咱两个一齐打破，用水调和，再捻一个你，再塑一个我。我泥中有你，你泥中有我。与你生同一个衾，死同一个椁。

这是一个不惑之年的女人对爱的绝唱，单薄的身后突然空如深渊，但她不想万劫不复。爱在她的岁月里，已经过了青春期，情则早已积淀得越发浓郁醇香。正是人半百，情醇厚，剖白深处，有种沉郁之感，直往你生命的心坎里钻，那是一种形而上的悲剧美感。

她有信心，如果爱是泥的话，情就是水，仲姬用水和着泥吟唱，唱得百折不回，像她自己一样外柔内刚。

不见泪珠，不见断肠，只有生活在水边的人，才会想起用最清澈的水和最本质的土，将爱情揉捏到感天动地，揉捏得鬼神为之泣，揉捏到生死界。

“把一块泥，捏一个你，塑一个我。忽然欢喜啊！将咱两个一齐打破，用水调和，再捻一个你，再塑一个我。我泥中有你，你泥中有我。”我们一起破碎，用水再将破碎的你我揉合，再复活！还如何分得清你和我？“问世间、情为何物，直教生死相许。”元好问对大雁殉情唏嘘不已，感叹“天南地北双飞客，老翅几回寒暑”，最终难免“莺儿燕子俱黄土”！《雁丘词》真可为仲姬此时的心境做起搏。

仲姬是聪明的，但不是机心，是水一样的智慧。老子说“上善若水”，孔子说“智者乐水”，都是从清澈温柔的流水中，发现了“以柔克刚”的自然之理。江南水乡的小女子，这种智慧浑然天成。

在刻骨铭心处，仲姬本能地品出生命的一种水感，并在元曲的形式里获得了渐次明确的表达。依托念字的普白而诙谐，节奏的多变而刚烈，仲姬巧妙地保持了自己含蓄而清高的尊严。

也许她的情绪也曾有过“愤怒一把推开了理性”的瞬间，但她一旦表现，便精细得多，婉约得多，迷醉得多，幽默得多。一切都那么自然而然，顺理成章。她信手拈来那自由活泼的“街市小令”，抑或“村坊小调”，往里灌水注泥，便表白了她要与赵孟頫执子之手、与子偕老的决绝。柔情似水里她只想做个小“泥侬”，而不想做个“蒸不烂、煮不熟、捶不扁、炒不爆、响当当一粒铜豌豆”。她是那轻风斜雨，只细碎了水面的涟漪，而不是狂风怒吼，偏要掀天揭地。

如果说男人就像怪石嶙峋的大山，那么女人原本就是水做的。滴水穿石，任谁都无奈。女人水般的智慧就像一把刻刀，塑造着男人的意志。赵孟頫看了《我侬词》，再也不提纳妾一事，想必这首词感动到他入肉彻骨、愧心惭肺了。

一场家庭风波，就这样被仲姬用水化解了。想到严重的现实，不禁口干舌燥。如今水资源严重缺乏，水色女人也越来越少了。

人淡如菊

女人是爱情的魂，女人是家庭的神。

女人决定着家庭的格调与气质，女人制造着家庭的气场和氛围，而最终引导着男人。对此，所有男士都该做出让步。

作如是说，并非时下泛滥之女权主义，亦非男权主义之谦恭。胡适先生说：多研究些问题，少谈些主义。尤其是对女人要少谈主义，多谈艺术、人格以及尊严。其实如果男人和女人各按其本分顺乎自然，也就不用颇费口水了。正如本题“赵孟頫妻管仲姬”，并非有意偏颇“男权”，而是感叹仲姬在维护妻权的权利以及履行妻权的义务时凸显的灵质。

这件事，仲姬处理得颇具美学意义。形而上的美学不一定表现在某某“主义”里，女人也不一定就只擅长摆弄所谓“形而下者谓之器”的器。

艺术的种芽一旦在女人的心灵深处扎根，她的生命便会呈现出一种几近饱和的幸福状态。艺术绝少涉猎是非，它只会教导女人对生活的尊重以及对生存意趣的洞明，把家庭拾掇得墨香书香拂面，艺术的精髓常常因慵懒在茶香饭香里休闲而突发灵感，生活的过程是所有原创的机遇。

仲姬的字画刺绣，不是一般的出众，而是收藏级别的。京中达官贵人、富商游子，常常有索不到赵孟頫的字画者，以得到仲姬的字画而偷着乐。赵孟頫自称，夫人的翰墨、词章，不学而能。书史评道：“仲姬行楷，与孟殆不可辨同异，卫夫人之后无俦。”卫夫人是王羲之的老师，可知仲姬在书法上的功夫与位次。只可惜，现在很少看到仲姬的书法。倒是仲姬用发丝和锦线刺绣的观音像，为我们留下了可供观赏的机会，而且其精致和创意的艺术品位，是刺绣史上绕不开的一笔。

仲姬以她的艺术天分和学养，安于相夫教子，家居生活充满了艺术气味。儿子赵雍、孙儿赵麟皆为名冠一时的大画家。赵孟頫一门三代出了七位大画家，想必是仲姬留下的家风。她更愿意子孙在艺术的江山里优游，而不要在政治阴谋的斗争中牺牲。

仲姬一生多画，题材基本都是竹、梅、兰、石、山水，暗示了她的高洁与淡雅。兰灵动为心，竹超拔为智，梅石以秃笔为刚，山水则朦胧着家乡的烟雨，隐隐有一丝苦涩的美感。1308 年，仲姬绘赠楚国夫人一幅《烟雨丛竹图》横卷，烟雨微茫，云雾晕染，几丛疏竹，寄托了仲姬无限的乡情缠绵，那里才是她安身立命之所。

赵孟頫不同，早期多画兰石枯木，线条饱蘸着飞扬的精神，画面古意浓郁，纯净里透着心静。入侍新朝以后，内容画风颇多御用之味，肥马胡人，一派雍容。

元世祖父子皆喜好收藏赵孟頫、仲姬及其儿子的字画，除了给赵孟頫加官晋爵，还赐仲姬以吴兴夫人、魏国夫人的头衔光圈。但仲姬不以为然，小女子人淡如菊，生活中有大义。就在赵孟頫扶摇风光，官居从一品，贵倾朝野之际，仲姬填写了《渔父词》数首，劝丈夫与归。

其一

遥想山堂数树梅，凌寒玉蕊发南枝。

山月照，晚风吹，只为清香苦欲归。

其二

南望吴兴路四千，几时闲去云水边？

名与利，付之天，笑把渔竿上画船。

其三

身在燕山近帝居，归心日夜忆东吴。

斟美酒，脍新鱼，除却清闲总不如。

其四

人生贵极是王侯，浮利浮名不自由。

争得似，一扁舟，弄风吟月归去休！

这四首感发自由江山的好词，加上吴侬软语的吟诵，恐怕再一次揉碎了赵孟頫的心。他回爱妻一首词，道：

渺渺烟波一叶舟，西风木落五湖秋。

盟鸥鹭，傲王侯，管甚鲈鱼不上钩。

看来他也动了思乡之情，写得多好啊。这对诗词眷侣，用诗词感动彼此，这种爱情哪怕地老天荒，也不会审美疲劳。赵孟頫知道仲姬想回家了，他为仲姬的《渔父图》题款：“侬在东南震泽州，烟波日月钓鱼舟。山似翠，酒如油，醉眼看山百自由。”京城的富贵禄名不为仲姬所念，她牵挂的是自己的宣纸上的江山，是她和丈夫儿女能够平淡生活的美的江山。

在这个江山里，夫画《春江垂钓图》，妻依旧补绘墨竹；妻绘墨竹，夫仍然为之做《修竹赋》；妻画《梅竹卷》，夫照样为之题款。夫唱妇随，日日画中游，在那春风又绿的江南岸。

1319年，仲姬病倒了，赵孟頫终于获准辞官，伴随老妻双双南归。仲姬是幸福的，但她的病体却难以承受这份回家的幸福之重了。船行在大运河上，就要到家了，但仲姬终因脚气病复发而死，空留赵孟頫面对一江伤心水。

仲姬去世，赵孟頫给中锋和尚信云："孟頫与老妻，不知前世作何因缘，今世遂成三十夫妇，又不知因缘如何差别，遂先弃而去，使孟頫栖栖然无所依。"失去了方知可贵，正是由于仲姬夫人，赵孟頫才能在颠沛之世得以顺风顺水。苍天，赵孟頫幸也，得知肺腑知冷暖之独一夫人也，一仲姬也。

结语

旧朝逝者如斯，新朝坐都北京。赵孟頫似乎内功不凡，心里早已打理得明明白白，有传统儒家易姓革命、以夏变夷的使命垫底，就有了入侍元朝的底气。南宋王朝天命已尽，新朝天命高照，一家一姓如走马灯，见怪不怪了。再说古今王朝皆专制一家，不过改姓氏而已。

当然，以赵孟頫赵宋皇室的身份在新朝任职，遭遇的诟病可想而知。他内心的焦虑与抑郁，多在仲姬的体贴中如水般地流走了。得便他也会辞官。

大概在四十四岁到四十六岁时，他又处于辞官状态。生活困窘，在他的《罪出诗》中有所表达：“向非亲友赠，蔬食常不饱。病妻抱弱子，远去万里道。”他很痛苦很自责，奈何力耕不能活妻子。那时他的书画基本是送人，或自赏，还不习惯也不好意思出卖，而且在元朝靠卖画获利的市场实在太小。

还是夫人仲姬，曾帮他卖画赚了十锭银子。有自称居士者屡屡上门求画，赵孟頫厌烦，正待发作，管夫人说道：“相公不要恁地焦躁，有钱买得物事。”就这样，14 世纪中国元朝的一个画家在活着的时候，开始卖画了。而仲姬总是适时地做得尽可能地好，莫去空谈。

仲姬卒于五十八岁，三十年的“泥侬”直至地老天荒，还有三十年的乡愁，最终留在了宣纸上。

4. 云间词雨

满眼韶华，东风惯是吹红去。几番烟雾，只有花难护。　　梦里相思，故国王孙路。春无主！杜鹃啼处，泪染胭脂雨。——《点绛唇》

这是陈子龙的一首小词，题为《春日风雨有感》，写于抗清之日。

明末清初，太湖流域应该是中国士大夫最后的精神据点了。

文华绝代的华亭松江府，在满人的蹄下，碎影依稀，如破残的水中倩月。夜色云间，萧萧寒水，饮风呜咽“云间三子”因家国离乱而升沉变幻的遭际。

陈子龙、李雯、宋征舆，晚明云间词派三巨子，在松江府是“衡宇相望”的邻居，三日总有两日聚饮名园别业。诗词唱和中，有如花美女随侍左右，谈笑风流里，别有一番“风雨”情结。

有《云间三子诗合稿》传世，才知晚明士人于末世那心忧易代的沧桑之感。

笙歌艳舞，文人雅集，晚明尤盛。复社、几社是当时士人自由结社的团体。有阳明心学暗渡心性自由的支撑，更有李卓吾个性不羁的宣谕“我有耳目，我物我格；我有心思，我理我穷”破了理学障碍，文人率性而为，对于饮食男女，自然更见真性情了。

流风遗韵至晚明，松江府的文社，上演着《茶花女》之于巴黎社交界的别样风情。

有人说，这叫做“嫖妓不忘忧国，忧国不碍宿娼”。将“嫖妓”与“忧国”并举，色情之中，别有一番忧愤和悲悯。不要小看了青楼女子，她们能诗能文，堪称才女；她们敢爱敢恨，可谓烈女。

国难当头，她们成了书生的红颜知己。要书生来背负天下兴亡，已是国将不国的前兆；要妓女来担待爱国主义，就更是文化出了问题。在晚明世界里，帝王将相忙于自保，内政外交都已无能为力。但在美丽的江南，还有文人和妓女自觉砥柱中流，为保住文化的江山。

谈女人专注于声色，逼着你不得不重弹（肉欲性灵）的老调，尽管董桥先生已经说了《她们陪着忧国爱国》，但那为文人开脱的俏语，仍然未脱俗见地老调重弹。

大抵文人无行而有骨，晚明文人尤其铁骨铮铮，当然，这里包括那些已是文人生活一部分的妓女。文人货于帝王家，又要在媒妁之言的婚姻中修身齐家，只有青楼才是他们精神自由的唯一出口，妓女的精神户籍不在“两家”，相对自由。于是文人常常和妓女相依为命，文雅如诗，情浓似酒，这一份风流，虽有江南富庶托底，可哪堪国忧？

陈子龙二十一岁，与同郡夏允彝、徐孚远诸子，在松江立“几社”，与太仓“复社”相呼应。

文社聚议，离不开朝政，文人价值的标杆，如王权投射的日影，长短伸缩，与日影轨迹的盛衰恰成反比，日薄西山之际，恐怕是日影最长之时。王权的衰落，社会的动荡，一般来说，是文人畅伸心志、报君效民的大好时机，此绝非当事人灾祸之愉，食君之禄，担君之忧，才是他们的不二心曲。

然而，他们献出了头颅，开出的却是王权主义的恶之花，自由之果与中国文人无缘。

几社之“几”，其义深矣，取“绝学有再兴之几”和“知几其神”之大义，颇有几分天命的谶味，亦可见几社文人志趣。

经世致用，乃中国学问的正根。陈子龙幼读时，便不喜章句举文，他选编《皇明经世文编》，五百多卷，洋洋洒洒，多是议兵食、论形势的经世治国大典。当然，几社用世之志，非一本书便能了结，可文人经世，多半始于文字的预谋。诗文是书生的副业，词为诗之余，就更是副业的副业了，治国谈何容易！

若非甲申国变，清兵入关，恐怕几社文人的抱负，依然消磨在松江别业的温柔之乡里。

国变之前，松江府是江南文人的天堂。明代徽商黄汴编纂的《天下水陆路程》载：在苏州府、松江府和嘉兴府之间，有近二十条水路往来。而苏州与松江两府之间，竟有“松江府由官塘至苏州府水”“松江府由太仓至苏州水”“松江府搭双塔船至苏州府水”“苏州府由周庄至松江府水”“松江府由嘉定县三白荡至苏州水”“苏州由陶家桥至松江府水”等六条水路，真乃条条水路通松江。

明代松江府的棉织业，有“衣被天下”的美誉。印花布以蓝花为最，每年送往京师十万匹。一匹上好的松江布，价值百两银子。商贾逐利而来，花船画舫日夜流连，环乡绕镇，访购者不必上岸。

在这样的商业文明里，文人与商人辐辏，诗文与商品纷扰，交织着水乡泽国的漫漫锦绣。

想必柳如是，当年弱柳风尘，一桨欸乃，辗转松江、盛泽、常熟一带，在云间，寻觅她不菲的栖处和不俗的依托，秀扇轻扬，也多亏是借了这水路的东风，一路行来，香踪云间，留下情丝几缕？

其实云间之名，缘自西晋名士陆机、陆云两兄弟，华亭还遗有“二陆草堂”，陆云自称“云间陆士龙”，这古地荒山才有了名号。到唐设华亭县时，此地文脉已是荷角才露，风韵初展了；绵延至晚明，春光乍泻，风水已开，才俊名士辈出如春花秋实，别业园林参差似鳞次栉比，依山傍水处，纷纷词雨。

明末士人王沄编《云间第宅志》，记有松江府别业名园二百多家，时人称园林别墅为别业。徐阶之水西园，董其昌之醉白池，陈眉公居东佘，施子野泖上有别业，西佘亦营半间精舍。还有庄云山庄、东庄、松寮、适园、真率园、孙家园、熙园、啸园、文园、宜园等。云间词派、云间画派、几社的文人雅士，忽东又西，往来雅聚。

在陈眉公生日宴上，当如花似玉的柳如是第二次见到陈子龙时，便以为如是此生了。

柳如是与“云间三子”往来，均有挥之不去的灵肉遗恨。不过，她与陈子龙在松江别业短暂同居，应该是她才气美色“须尽欢”的温暖时光。陈子龙有首《蝶恋花》，从容地描写佳人：

袅袅花阴罗袜软，无限芳心，初与春消遣。小试娇莺才半啭，海棠枝上东风浅。　　一段行云何处剪？掩过雕阑，送影湘裙展。隔着乱红人去远，画楼今夜珠帘卷。

美人香草，乃文人消遣心境的惯用手法。总之，陈子龙当时的心情不错，尽管会试不中，可不妨碍他文史之暇流连声酒。有佳人唱和，他兴奋地填了不少“春令”小词，宛如悠悠春雨，水汽弥漫，凝结如玉，滴出“吴天五月水悠悠”的好诗，还有“画槛芙蓉一夜生，吴城雨过百花明”的好心情。

到李雯唱和时，已是云间的初夏了，“乳燕初飞水簟凉，菖蒲叶满小池塘”，连小家碧玉的惬意，都很随意地泛滥着富庶的文香。据说，李雯的笔墨与董其昌不相上下，而人品气质却傲视其昌。

然而国难将至，阴霾笼罩着温柔乡、繁华地。不久，“满眼韶华”的松江府，转眼便战火泽国半荆棘了，风吹雨打，残花褪红，离乱了“云间三子”的命运，可怜三人，各自飘零，各奔前程。

几社同仁起兵松江，响应太湖流域抗清。然而出师不利，夏允彝先死，可陈子龙还没死。

他上有九十岁老祖母在堂，下有黄口小儿嗷嗷待哺，何况史可法还托着大明的希望。

大丈夫不拘小节，陈子龙又前去为史可法谋兵，立了奇功，擢为南明小朝廷兵科给事中。但小朝廷党争不断，他直言不得用，再次心灰，便乞养归乡了。朝廷不可与谋，肉食者不可与谋，他要靠自己来挺文化的江山。他扮作和尚，自行起义，暗地结兵，终致事败而被执。

陈子龙了不起！不光他的诗文撼天动地，他的词亦为当时之宗家，开了“三百年来词学中兴之盛”的局面。更何况兴亡之际，他以一介书生投笔从戎，屡切兵要，乃清人必欲除之的三吴名士魁首。清军得手了，江南不幸矣！河山不幸矣！

他在被送押南京的途中蹈水，终于殉了大明。祖母和母亲都已经过世了，他便义无反顾地豁然解脱，求得忠孝两全了，可以无愧于先已而去的苍凉鬼雄。但不能说没有牵挂，他还有妻儿啊！

这个不惑之年的陈子龙，17 世纪的中国士大夫，不能为生民立命，便坦然地选择了死。

李雯最为悲苦，他忠孝的心志，一直被曲折的文火煎熬着。先是在北京为父亲蒙冤奔走，平反后，李自成进京，父亲刚刚昭雪，就殉了明；还未及料理父亲的后事，清兵已经进了京。他身陷北京，却不能死，因为他必须归葬父亲，完成儿子的孝道。可他身无分文，只好在京泣血行乞，叩头溅血，买棺敛父。

万不得已啊，万不得已。他最后还是在“行入门，泪交颐”的痛苦中，接受了清朝的嗟来之食。

据说，洪承畴劝降史可法的漂亮檄文，便出自他之手。人间恨，莫过于士之失节，女之失身。他日日恨，夜夜悔，写了一篇《发责文》，痛责自己剃发。欲忠不能，欲孝不成，他更不敢以不洁之身与朋友往来，孤苦伶仃，日日南望，夜夜长叹，唯在晚暮斜阳中，一个人悄悄地填了不少悲凉好词。

陈子龙是了解李雯的，他在《云间三子诗合稿》序中说：“燕市之旁，狗屠之室，岂无有击筑悲歌、南望而流涕者？”李雯知道后，泪如波涌。在滴尽“三春心泪”之后，李雯终于请假扶柩归乡。归葬父亲之后，李雯带着罪感与陈子龙一同尽忠了。这两位同年生的云间才子，又死于不惑的同年，不惑的四十岁。

三子中小十岁的宋征舆，反而是看破红尘的，这一年，他忙着结婚和举业。入仕了新政权，自有儒学革命理论作他的心理支撑，但寄身于异族篱下为臣，想来他也别有心情，一种烟波各自愁吧。

李雯本一介布衣，按陈子龙的说法，你没有明朝功名，未食官家俸禄，就不必“死君之事”。言外之意，你不是王朝江山里的人，而是文化江山的主人，要活下来保守和传承文化的江山。但是，李雯偏偏是读书人，他殉的不是明，而是天下。明亡后，顾炎武似乎想通了一件事：亡明可以，不能亡天下。而天下就是中国文化，读书人要守住文化的根，作最后的抗争。李雯被剃发，没有守住文化，他便以身殉之。

后来的读书人退而求其次，他们隐居在考据学里，以学问的方式，守住了文化的根。

5. 上海四马路上的“茶花女”

近代以来，上海开埠，我国文化便有了京派、海派之分。而海派文化的发源地，就在四马路。当年，英国伦敦布道会传教士麦都思在此传教，故称“布道街”。

他在四马路附近的望平街，开“墨海书馆”，雇佣了一批落拓文人——“秉华笔士”，来传教和传学。因此，谈海派文化，不可不谈麦都思和“秉华笔士”。

“秉华笔士”中，有几位中西会通，为我国近代文化开山的人物，如王韬、李善兰等，有了他们打底子，“墨海书馆”就成为海派文化的渊薮了。

此后，这些“秉华笔士”从“墨海书馆”放射出来，使总长不过一千四百五十三米的四马路及附近的望平街上，兴起了无数报馆、书馆、印刷所。

四马路一直在变，先是变成布道街，预示了海派文化的一方面，后来又变成福州路，展示了海派文化的另一面。布道街为什么会变成福州路呢？

因为第二跑马厅的兴起，将英租界拓展至西藏中路，工部局给新的四马路命名时，作为该局五董事之一的名叫马太提的英国人，建议改为福州路。

当初，他乘船来中国时，曾在福州码头邂逅一位中国女子，思之念之，当他终于抱得美人归时，便以这段艳遇为提议，其他董事居然也都同意。

就这样，他在这条路上播下风流艳遇的种子，不久便开花结果了。

上海开埠后，有秦淮河上的画舫入黄浦江和吴淞江游弋。后来，太平军据东吴之地，禁娼，南京、苏州、扬州的妓女纷纷奔沪，入租界，分布于四马路中段，以路北的会乐里和路南的同庆里为中心，东起中和里，西至大兴里，北起三马路公阳里，南至五马路庆云里，形成了亮丽的艳色区。

四马路，是开放的奇迹，我国近代文化产业在此沛然兴矣。

如果说上海是西方文化登陆我国的港口和集散地，那么四马路就是西方文化产业化的生产加工基地，妓业在此，理所当然成为文化产业之一隅。

不过，妓业不属于文化制造业，而是文化服务业的一部分。

四马路，东西向，文化产业分布一分为二，东段“福州路文化街”，为文化制造业，西段“四马路长三书寓”，为文化服务业——消费性娱乐业。

对此，英租界工部局有清醒认识。早在1854年，工部局董事会就两次决议，坚决取缔鸦片、妓女、赌博，并拆除其地面建筑物，侦探捉拿罪犯。到了1860年，工部局又重申了这两次决议，而且采取了措施。

这两次决议，都是“布道街”时期的政策，后来发现它们是文化产业的一部分，或者说是文化产业的催化剂和润滑剂，给他们带来滚滚财源，就开放了。

改名“福州路”是一个标志，暗示了妓业属于文化产业，不久，工部局就给四马路上的长三堂子颁发营业执照，还在执照上注明为“书寓”。

文人和妓女是共生的，正如男人和女人一般。文人卖文，妓女卖身，卖的对象和方式不同，身价也就不一样。

文人要将文章卖给帝王家，先要通过科举考试，入仕途，登天子堂，这条路太长，可只要上了路，似乎一生都有了保障——被王权一次性买断。相比之下，妓女还要相对自由一些，当然被鸨母买断了的除外。

那些拥有自由身的妓女，在性爱市场上出卖自己，零售还是批发，从良还是改嫁，自己可以选择，较之仕途上的文人，似乎要多一点“独立的精神”。

妓女，并非女人走投无路的选择，而是传统女性争取自由的选择。不是所有的妓女都因家贫而沉沦，都是“被损害，受屈辱”的一群，有的因为自尊。

她们往往自觉和不自觉地选择了“反求诸己”——自立的生存，不依赖男人和家庭，因此，男权社会的评价往往扼杀她们，否认她们的独立精神。

反倒是那些期待王权收买和被王权买断了的文人，他们成了王权主义的化身，哪还有什么“自由之思想，独立之精神”？真正是“受屈辱”的一群！

他们到妓女那里去，还能闻到一些自由的气息，听到一点独立的声音，还有人用性与爱，来修补其“被损害”了的人格，“受屈辱”的个体性。

妓女能给予的，不单纯是性的交易，爱的交流，更以微弱的自由之声，激活了男人的自尊。自尊，王权给予不了，妻妾也给予不了，它来自心灵。

自由的气息，吹拂心灵，我们内心，渴望永恒之女性。歌德诗曰：“永恒之女性，引导我们上升。”“永恒之女性”，在文人历史上有柳如是、李香君等。阅读《柳如是别传》，才知中国文化需要“永恒之女性”。

但近代文人已有所不同，他们的文章不一定要卖给王权，更别说让王权一次性买断了。那些自由撰稿人，从全国各地跑到上海四马路来了。

在四马路上，他们相遇了追求自由的另一群“她们”。同是天涯自由人，相逢何必曾相识？“她们”为漂泊的书生提供“书寓”，使“他们”安顿。

而“他们”却把四马路做成了文化街，不是像秦淮河畔那样的纯消费性的文化街，而是近代化的文化产业街，在不到三里路长的马路上，他们竟然开了一百多家私营的书报馆。有史以来，中国的文人何尝有过这般盛世？

上海四大报纸——《申报》、《新闻报》、《时报》、《神州日报》，都从这里印发；我国三大书局——中华书局、商务印书馆、世界书局，也在此地出书。

这里出的书，不仅有《四部备要》和《古今图书集成》等古籍，还有严复译的《天演论》和林纾译的《茶花女》，可谓古今兼收，中西合璧。这些私营的报业和书业，就矗立在书香和花香飘逸的四马路上。

这里是文化的产业化基地，也是文人的自由化基地，有了这样的基地，文人何必“应帝王”？货与帝王家，何如靠自己！以王韬为例。

四马路文人，王韬可算代表，请看：

他是第一位翻译《圣经》的中国人，是第一家华文报《循环日报》的创办人，是第一家华商出版社中华印务总局的创始人，还是第一个登上英国牛津大学讲坛的中国人，第一个在报纸上发表连载小说的人。

这几项第一，今天看来都很了不起，可在当时，没人认为是正经营生，因为，哪一项都与王权无关，不过，他靠一支笔，证明了自由的价值。

他难以成为王权主义者，便落得去做一个自由化的文人。

起初，王韬也像所有的传统文人一样，都有一种圣化情结，有一番政治抱负。十六岁那年，他考中了秀才，乳臭未干，就夸下大口：“他日当为天下画奇计，成不世功，安用此三寸毛锥子哉！”

这样的王权主义口吻，道出了对刀把子的向往和冲动，不需要有什么异禀，大凡念了几句“修身、齐家、治国、平天下”的人，都会说这种大话。

可是一年后，他乡试不中，就跑来上海，原本是消解郁闷，没想到一来就被迷住了。

五光十色的上海，在他眼里，“几如海外三神山”，他不想回去。

从此，他不再参加科举，因为他发现，他的“三寸毛锥子”在上海有戏。他先是在墨海书馆做笔士，一边翻译《圣经》，一边狎妓。红袖添香夜译经，这是四马路上才会有的故事，人生如此足矣！

追求自由的文人与追求自由的妓女，在四马路上相遇。某一日，他下了班，从报馆出来，换一身衣服去吃饭。四马路上有西餐，最有名的是一品香，他找了个位子，临窗而坐，一个养眼的女子，从目下悠然而去，让他难忘。饭后，他到处打听，知她亦是苏州女子，名陆小芬。

于是，王韬轻车熟路，去找了鸨母，不料，被拒绝。因为陆小芬已被苏州丝绸大王顾永年包了。但王韬还是想见她，陆小芬便下了楼来，一问，才知是王韬。王韬的名头，挂在书报两界，四马路上，谁人不晓？

一年后，王韬听说顾永年破产了，于是，他旧地重游，来寻佳人陆小芬。

两个追求自由的沦落人，宛如他乡遇故知，大有相见恨晚之憾。然而，好景不长，阴差阳错，就在此时，因王韬曾给太平军献计划策，朝廷要捉拿他。太平军失败，他也败露，只好连夜逃走。没想到，却连累了陆小芬，被官府捉拿了。

陆小芬虽是妓女，却忠贞不渝，受尽了折磨，而始终不屈。关了好几年，才被释放出狱，从此身价扫地，只能做“流莺”。

二十二年过去了，王韬回来了。期间，他曾流亡香港，逃难英国，后来，经李鸿章批准，终于回到上海。回到祖国第一件事，就是找陆小芬，他终于找到了她。

可她却不相认。她活着，苦不堪言，就为了等这一天，见她所爱的人一面。如今相见了，知他平安归来了，足矣！那又何必相认？万般羞辱后，经历难启齿，曾经沧海难为水啊。

于是，她突然消失，四马路上，留下了这篇“茶花女”的故事。

6. 赛金花出走以后

我要学做一个人

“首先我是一个人，跟你一样的一个人——至少我要学做一个人。”这是娜拉离家出走时的话，她的摔门声惊动了欧洲，传到中国，唤醒了那时的思想者。当“娜拉主义”不胫而走时，鲁迅问道：出走以后怎么办？

这著名的一问，问出了两条路，是堕落，还是回去？面对如此严峻的拷问，思想界沉默了。鲁迅本人则在《伤逝》中，通过“子君”作了回答。子君像娜拉一样，从旧家庭、旧礼法中出走了，可结果呢？

对爱的追求，却经不起日复一日的生活的煎熬，当美丽的憧憬泡影在眼前消失时，她终于意识到自己不应该用爱来拖累着爱人一起下沉。于是，她像当时出走那样决然地回去了。回去不是出路，是死路。

鲁迅用子君之死，回答了“娜拉出走以后”的问题。可明明还有另一条路，他指出来了，却根本不考虑，整个思想界对此都视而不见，那就是堕落。

如果有可能学做一个独立的人，那为什么还要称之为堕落？鲁迅先生在此停止了思考，思想界也跟在先生的后面裹足不前，没越出他画的两个圈圈。

堕落五花八门，但针对独立女性而言的，一般是指做妓女，这毋庸讳言。可为什么做官就是青云直上，就能光宗耀祖，而做妓女一律就是堕落呢？

鲁迅先生说，自由不是钱可以买到的，却可以为了钱而卖掉。思想的重锤，砸在现实的铁砧上，真理响当当！可做妓女卖的是自由吗？今天看来，先生误矣。

做妓女卖的是性，而非自由，当然很大一部分妓女，对于自由还缺乏自我意识，是连性和自由一起出卖的，但有了自由意志的妓女，则是卖性以求自由的。

那些卖入帝王家的士人们到妓女那里去，还能闻到一些自由的气息，听到一点独立的声音，还有人用性与爱，来修补其“被损害”了的人格，“被屈辱”的人性与尊严。

他们是性交易中的买者，妓女能给予他们的，不单纯是性，还以自由化激活了他们的自尊。自尊，王权给予不了，旧礼法也给予不了，它来自爱情。自由是天赋予人的权利，是人的本性。王权主义下，文化的江山是士人精神自由的美丽出口，还有青楼，至少给士人一个现实自由的寄托。读陈寅恪先生的《柳如是别传》，理解了他为什么要在妓女身上树立“自由之思想，独立之精神”，文化的伤心人啊，他的寄托甚深。

就算是堕落吧，如果堕落能多少维持一点她的独立性，哪怕仅仅是提供一点独立人格的憧憬，何不就让她堕落呢？这总比“回去”——死路一条的好。

为此而挣扎，而奋斗，近代以来不乏其人，赛金花可算一个代表。

赛金花一生，有两次出走：第一次出走，是去寻找状元，为此，她上了花船；第二次出走，状元死了，她失落了目标，命运的惯性使她退回了青楼。

几度挣扎，她再显风流。当慈禧太后带着被囚禁的光绪皇帝，在洋人的枪口下逃走西安时，她却挺身来救国了，因为她来自太湖流域，那里的妓女有大义爱国的传统。

明末清初，太湖流域的名士和妓女，那些热血香艳的往事，早已进入她的生命里，化作潜意识。妓女卖身救国，而太后却卖国救身，两者相去，何啻云泥？

经历庚子变故，她看清了朝廷的本质，第二次出走，便与一位追随孙中山先生的革命者相依。

她第一次与状元的结合，那是女儿家内心里“光荣与梦想”的结合；而第二次与革命者的结合，那是在饱经忧患、阅尽人生之后，洗尽了铅华的真性情的结合。

唯有这次结合，她用了自己的真姓名，自我意识已然觉醒。她说，我一生难忘两个人：一是洪文卿，一是魏斯炅。洪状元爱我年轻貌美，只是救我出火坑，是恩情；魏先生爱我风尘知己，却是还有一个“人”的尊严，是真情。对比起来，两任丈夫，魏比洪更多几分情。

她跟着洪状元，锦衣玉食，做过公使夫人，却像娜拉一样，只是个玩偶，从未获得人的尊严；跟着魏斯炅，粗茶淡饭地过日子，却有人的尊严。

状元丈夫死了，她“梦想”破灭，再次出走，因为状元对她的爱，没有给她一个做“人”的尊严。革命丈夫魏斯炅死了，她用尽自己的余生为革命者守节，不再出走，因为她有了人的尊严。因为革命者的爱，使她修成了“学做一个人”的正果。她用了自己的一生，来“学做一个人”，一旦修成正果，便为此贡献余生。人间的爱走了，可天上的爱还在，她为革命者守节，守的就是那份天上的爱，纯粹的爱。

鲁迅先生曾说，易卜生是个问号，不失绅士风度；萧伯纳是惊叹号，像个斗士。易卜生笔下的“娜拉”也是个问号，思想界谈起来不失绅士风度。

而赛金花的一生则是惊叹号，思想界对她嗤之以鼻，因为已有鲁迅先生的一句“九天护国娘娘”的评语，而被存封在那里，思想在这里稍息了。

娱乐业却对她感兴趣，还有流言蜚语，贴在她身上，如附骨之蛆。

当娜拉的话题在中国流行时，没有人对赛金花究竟是如何“学做一个人”感兴趣，更没有人对如她所言的，是否真的修成了“人”的正果感兴趣。好事者，饭后剔着牙，说起她的往事，从牙缝里往外剔。

娜拉在西方出走，成了一个世界性的话题，而赛金花在中国出走，却成了饭局里的谈资。没人把她的出走当做一个问题，只是对她的遭遇好奇。人们关心的是，她和瓦德西，是否睡过太后的床第？从八大胡同到中南海，她在哪条路上走来走去……

妓女爱国主义

赛金花一直很火，上个世纪就火。写小说的，搞戏剧的，拍电影的，都瞄准了她。她是美女，还是妓女，而且能说德语，真是很有戏。

作为一个花街柳巷的女子，她也很迷离。连出生年月都是谜。谁叫她爱吃“状元饭”呢？苏州人称红苋菜盖浇饭为“状元饭”，吃多了“状元饭”，生活在梦想里，梦想将时间扭曲。

她的出生地在苏州，这一点没有问题，可在哪个巷子里，还有分歧。苏州状元多，远了不说，就说清代一百一十二位状元，仅姑苏小城就有二十四名。

小荷才露尖尖角，她就上了画舫花船，亭亭玉立地展出，单等那识货的“蜻蜓状元”。她年龄很小，虽说被人引诱，但没有被人拐骗，因为她心甘情愿，家里人也知道，睁只眼闭只眼。

姑苏城里，佳丽如云，吴侬软语，轻声轻气，话语软软甜甜，可以听，还可以闻。听起来，似莺歌之婉转，闻一闻，若茉莉之香软。

妓女，则别有风味，除去色香，还有诗文，似水柔情里，或蕴刚烈，或植孤傲，婀娜小女子，谁敢小觑？没了她们，那个时代的天下事，哪还有诗情画意！

史书记载，太湖流域各县、府之间，水路往来方便，仅仅苏州府、松江府和嘉兴府，就有水路二十多条，妓女穿行其间，形成一道道红颜流水线。

书生遇红颜，两厢唱和，平时在“杨柳岸，晓风残月”里纵情释怀；国难当头时，即便吴侬软语，也要“仰天长啸”！赛金花是从这样的文化背景里陶冶出来，这文化，当然也就成了她的宿命。

明末清初的国魂，在东南太湖流域惨烈而香艳，才子佳人的故事，轮番上演着爱国主义。那时，好像中国的美女，都汇流在江南一隅，真个是文采天，风流地，然而天下兴亡，却偏偏跟着文采风流接踵而至，选中了佳人和才子。

当满人的马蹄突入江南，本以为用金戈铁马踏破温柔乡会易如反掌，没想到他们在这里，才遇到了真正的抵抗，那是寸土必争的抵抗，抵抗的动力来自文化的自觉。亡一家一姓可矣，但不能亡文化的天下。

昆山顾炎武有言：天下兴亡，匹夫有责。不要小看了青楼女子，她们能诗能文，堪称才女；她们敢爱敢恨，可谓烈女。国难当头，她们成了书生的红颜知己，情色之中，另有一番忧愤和悲悯的情怀。

在晚明世界里，帝王将相已休，才子佳人砥柱中流。文人和妓女相依为命，文雅如诗，情浓似酒，这一份风流，虽有江南富庶托底，可哪堪国忧？伤心人柳如是，后来嫁给了钱谦益，受了陈子龙在天之灵的感召，劝钱氏反清复明，反清未果，复明无望，便一死了之，死也惊天地。

国土沦丧了，可太湖流域依然会不时上演妓女爱国主义，秦淮八艳的哀婉传奇，流芳往事，沉潜为一方水土，流为血脉，养育了一方儿女，灌溉了赛金花的心田。

赛金花后来给话剧《赛金花》题词“国家是人人的国家，救国是人人的本分”，就基于这样的爱国主义。太湖流域的妓女，才有这样的文化根底。

曾国藩复兴“娼”业

1853年3月20日，太平天国攻陷南京。

秦淮河两岸的妓女纷纷逃往扬州、苏州和上海等地。接着，太平军又先后占领了扬州、苏州，妓女们纷纷逃往上海。不过，还是有相当一部分留了下来，城市要繁荣，毕竟还离不开妓女。据说，管仲相齐，设女间——官妓于临淄，繁荣了临淄。

1864年，曾国藩克金陵，这一年，赛金花也出生了。其时，江南因战争百废，生灵凋敝，如何振兴？曾国藩仿效“管仲之设女闾”，他先在南京发布弛娼令，并亲自设六家娼院于清溪、苏州一带。这位理学家还为妓女大姑赠一联：大抵浮生若梦，姑从此地销魂。

六家娼院受宠若惊，纷纷公开营业，“招四方游女，居以水榭，泛以楼船，灯火箫鼓，震炫一时，遂复承平之世”，一时士女欢笑，商贾云集。曾国藩豁出自身做榜样，鼓励消费，多次携幕僚、带宾客，游览“白舫红帘”之地，召如花似玉之妓作陪，使“寓公土著风闻而来，遂大有丰昌气象矣”。

饶有兴味的是，平日里，曾国藩不苟言笑，没想到，他居然会以复兴娼业为饵，钓来繁荣，复苏市井。在北京看来不可能的事，放到秦淮河畔就很自然了。秦淮河之名与秦朝有关，据说，秦始皇时，凿通方山引淮水入城，故名秦淮河。秦淮河分内河和外河，内河在城中，号称“十里秦淮”。

十里秦淮，有两处引人注目，一是夫子庙，本来应该板着面孔矗立，可不知怎的，它却引来川流不息的小吃；还有多姿多彩的青楼，竟然簇拥着夫子庙。脂粉气与儒巾气相伴，使书生带有脂粉气，而妓女则有书卷味。

曾国藩两手抓，两手都很硬。一手复兴儒学，一手复兴娼业。他看起来像“夫子庙”，在理财方面并不“夫子”，而是很“女子”。女子虽说“难养”，但“反”过来用“女子”来“养”呢？老子说：“反者，道之动也。”曾国藩深谙此道。他用夫子庙来“养”青楼，当然难养，可用青楼来“养”夫子庙呢？这一问，便问到了金陵文化的根柢。

各地都有孔庙，除了曲阜的孔庙不好拿来比，其他孔庙，哪个有南京的夫子庙“跑火”呢？夫子庙红红火火，风光无限，还不是靠秦淮河两岸的青楼“养”得！有人说，金陵水太多，将王气泄了。其实，祸不在水，而在青楼供养夫子庙，书生意气泄了，天下之志泄了。“画船箫鼓，昼夜不绝”，连曾国藩都不得不利用这里的青楼。

自到金陵以后，曾国藩立刻裁军，将天下之志托付给左宗棠、李鸿章，自己却“得缩头时且缩头”，一路低开低调低走，先是剿捻失手，继而天津教案又大触霉头。

曾国藩复兴“娼”业，虽然泄了金陵王气，但仍不失为老成谋国之举。由此，太湖流域养不住王气，却滋养出正气、独立、自由的精神之花。

不久，就有一个奇女子，从娼业里脱颖而出，先是做了状元娘子，后来搞定瓦德西，再次挽救了清皇室。正是曾国藩复兴娼业，预先伏下了这步棋。没有他复兴娼业，洪钧状元哪敢喝花酒？何况还在丁母忧？没有洪状元的风流，奇女子将如何出头，清皇室谁来挽救？他的复兴娼业政策，通过这位奇女子不可一世的风流，与国运神秘地连在一起了。

她唤醒了“中国风”

赛金花终于如愿了，成了洪钧状元的娘子，还随洪钧出使欧洲。在欧洲时，德皇宫举办盛大舞会，给清使馆送来请帖，邀请公使及夫人，她很幸运，蒙德皇威廉一世和皇后召见，成了公使夫人。

淡雅如青花瓷，飘逸如丝，身着孔雀毛披肩、二十四条飘带的湘绫裙，悬系着小银铃，小巧的宫鞋，鞋后跟的凹形里藏着香草粉包，莲步迤逦，银铃追随步拍，清脆悦耳过后，香痕袅袅，“中国风”飘然而至德国宫廷。

18 世纪，欧洲曾流行过“罗柯柯”风格，它与古代中国文化的契合，在于一种纤细入微的情调，如淡色的瓷器，飘逸的丝绸。瓷器与丝绸，是“罗柯柯”风格的典型材料。

赛金花花瓶式身段，丝绸样肌肤，细瓷般气韵，复活了“罗柯柯”风格，那些轻歌曼舞的男女，被她引向对18世纪“中国风”的回忆。

西方美女，以骨感和肉感之和谐而言其性感美。东方美女，美不离风水，披衣驭风，飘忽山水之间，尤以我国江南女子，如《诗经》所谓，杨柳依依，秋水伊人，则是一种灵感美、气韵美。难怪日本人把西方流行的“中国风”称作“柳模样”。

赛金花向德皇和皇后，行西式鞠躬礼、吻手礼，她把西方礼仪融入东方气韵中，高贵的礼仪和优雅的风度结合了，引来一片赞美。她在“新世界”里，唤醒了早已沉睡的“中国风”。俾斯麦和她握手时，这位红面银须、目光炯炯的老人，用洪亮的声音称赞她“美丽”。

礼尚往来，清驻德使馆开宴会，宴请德国要人和各国使臣。中国菜色、香、味、形俱全，洪状元对于饮食很讲究，也最有研究。他带来两名厨师，做江南文人菜。文人菜的特点，要能使菜品如女子，秀色可餐，因而要讲究眼感和口感，最后，还要在味蕾上沉鱼落雁。餐桌上，香气袅袅然，如苏州女子之绵软，徽州女人之委婉。云雾缭斑斓，似有江南女子，朦朦胧胧，从山水中、小巷里，迤逦而来。

从美食到美人，从美人到山水，由山水而兴江山之感，而起天下之志，此乃江南文人的饮食文化——以美人起兴，以美食开胃，而志在山水。宴会开始后，赛金花按例出来奉陪，和客人握手，用刚学会的德语，向他们一一问候，然后，再按中国之礼的规矩，所谓儒教

"齐家"之礼，退下去。瓦德西来了吗？按理他应该来，洪钧遍请德国要人，不可能遗忘瓦德西，因瓦德西继毛奇任德军总参谋长，在德国算是要人中的要人了。

赛金花应该认识瓦德西，在德皇威廉一世举行的宴会上，瓦德西应该在场；在出席吊唁威廉一世逝世的追悼会上，瓦德西不可能不在场；在参加德皇威廉二世登基典礼上，瓦德西无论如何也要在场。在这样一些场面上，他们也许认识了。她的"中国风"令俾斯麦赞美，肯定也给瓦德西留下了深刻印象。

从状元之家出走

洪钧任职期满，归国复命，可不久便遭人攻讦，黯然去世。状元已死，她这只梦想的鸟儿还能飞吗？当年钱柳姻缘，钱谦益一死，柳如是毅然以死明志。死，她能做到吗？做不到，她与柳如是迥异。钱之于柳，并非梦想，而是归宿，柳的梦想是陈子龙，而陈子龙却囿于名节，未能与柳如是结合。梦想与归宿，能一致当然很好，可现实往往并不一致。

陈子龙的才情与英雄气概，曾是柳如是的梦想，可梦想并未成真。就此而言，赛金花更幸运，她终于嫁了状元，是名副其实的"梦鸾"，可状元是归宿吗？在梦想里，这不是问题，梦想死了，这问题就拔地而起，耸立在她跟前了。如果状元是她的归宿，她该怎样抉择？守节，还是去死？在旧家族里，妓女守节，无异于被凌迟。本来寡妇门前是非多，何况出身妓女？刚烈如柳如是者，亦不敢一试，唯求一死，反正死是最后的归宿。

赛金花呢？既不能守节，亦不想去死，剩下一条路，那就是出走。出走以后怎么办？鲁迅那个著名的问题，也在拷问她的意志。这是柳如是连想都不愿意想的问题，可赛金花还年轻，她必须想。回去，当妓女，也要有勇气。她决定走自己的路，让人说去，她要活下去。

在中国传统文化的规定性里，男人要上进，却没有退路，妓业不属于男人，起码在文化上，是这么规定。可男人有时很苦，也想找个退路。退隐“林下”吧，没有收入；归去务农吧，太辛苦。而女人，命中注定了比男人多一条路。她进有家庭，退还有自身。她自身，就是自己的退路。

赛金花一次又一次出走，从传统文化的规定性里出走。她的每一次出走，其实都如孟子所言，都是退到自身的“反求”。她的“反求”，不是儒家的道德“反求”，而是自由的存在“反求”，她要独立自主，依靠自己活下去。

人是文化存在，被文化规定本质，而“反求”，就是存在先于本质。她的存在很具体，首先要有饭吃，能活下去。还有问题，对于如何“学做一个人”的问题，那是她的“存在主义”，她必须“反求诸己”。

柳如是选择死，放大了说，并不全为了钱谦益。她的梦想——陈子龙早已死了，她的归宿——钱谦益也死了。属于她的那个世界已经不存在了，活着还有什么意思？不如死去！

陈寅恪写《柳如是别传》，他笔下写着柳如是，心中却在怀念另外一个人——他的朋友王国维。这两人先后殉死，中间隔了两百多年，但精神何其相似！明末清初，国亡而天下未亡。天下者，文化中国也！其时，志士皆“以天下为己任”，留住文化根。柳如是敦促钱谦益为拯救天下而抗清，钱死了，她的天下亡了，一个弱女子以何担待天下兴亡？她便以身殉之。王国维亦如此，以天下沉沦，而独自难以担待，终以一死而鸣之。在陈寅恪看来，他们都以一死，证明了“独立之精神，自由之思想”的价值。这一价值，感于文化甚深者自觉之，文化不论中西，皆以此价值为根柢。

赛金花虽未自觉，却从本能中听到了此价值的召唤，因而毅然出走。

她从未提起的情人

曹聚仁曾有一文，谈起戊戌六君子之一林旭曾遗札友人，信末附语说：“曹君小照，前留在尊处，想必收存，千万记着，带出来，至要至托。此人已成广陵散矣，顷忽记起，不偶然也。”此信一寄出，便慷慨赴死。林旭友曾跋云：“曹君即曹梦兰，后改称为赛金花。”林旭《晚翠轩集》里，有两首诗是为她而作的，寄托颇深，其中有两句：“生不逢时尚倾国，也将续命托琵琶。”以汉宫王昭君喻她，后来竟不幸而言中，她也担了“和亲”使命。

《西洋风》里谈到，光绪年间，照相已传入中国，照相时，摄影师一般要连数二十个数字，冲着端坐的照相者拍一下木板，喝一声“拍”，于是，魂就被摄了，据说，“拍照”就是这样来的。老上海人大年三十那一夜排队去照相，为的是除一年的晦气，因此，一般都不取照片。可青楼女子就不同了，她们拍照要印照片，馈赠相好。

魂在照片上，馈赠照片，就是托魂于人，那是刻骨铭心的。她与林旭那一段隐情，唯有他们自知，她至死亦未吐一字。

林旭，字暾谷，福建侯官县人，18 岁时，乡试冠全省。慕康有为之学，往谒康氏，为受业弟子，立保国会。光绪帝知其为康先生弟子，因信任之，遂与谭嗣同等皆授四品卿衔，入军机行走，参预新政事宜。新政期间，光绪帝频频颁发上谕，多由林旭草拟。光绪帝赐康先生密谕，令林旭速出京师，往上海去。

林旭既奉密谕，与谭嗣同等跪诵而泣，无不悲愤填膺，誓欲挽救皇帝。当时，适逢袁世凯在京，谭嗣同只身往法华寺，暗访袁氏，出密诏示之。行前，林旭曾作诗一首，致谭嗣同等，诗曰：“伏蒲泣血知何用？慷慨何曾报主恩。愿为公歌千里草，本初健者莫轻言。”诗中所言，指东汉何进之事。东汉末年，外戚何进谋诛宦官，事泄，反被宦官所杀，而其同谋者，乃诗中“本初健者莫轻言”之袁本初，即袁绍，林旭以“本初”暗指袁世凯。

人皆昏昏，何以林旭独醒?“莫轻言”，分明是劝谭嗣同等勿以秘诏示袁氏。而林旭对袁世凯的警惕，很可能是来自赛金花的暗示。当时，赛金花在袁世凯身边，她已知袁氏勾结荣禄，欲出卖皇帝了。谭嗣同来见袁世凯，遇见赛金花，寒暄两句，便匆匆回去。过了两天，趁皇帝再次召见袁世凯，赛金花赶忙写了一封信，派人去谭宅，信中将真相一一道出。

其时，袁世凯正信誓旦旦效忠皇帝呐。等他一回到法华寺，立即带上赛金花赶往天津，到了天津，先打发赛氏，接着就直奔总督府，向荣禄告密。于是，荣禄搜捕帝党，谭嗣同仰天长啸：“有心杀贼，无力回天；死得其所，快哉！快哉!”林旭临刑，叹曰：“君子死，正义尽!”大笑而死。

瓦德西向她行军礼

对于妓女来说，性不是隐私，爱才是隐私。妓女少有真爱，可一旦爱上了，就如火烈烈，成为贞女。贞不是性，而是心，每一位拥有爱情的妓女，心里都有一方圣域，这圣域才是隐私。性是用来做交易的，而心则用来爱，因此，妓女的真爱多是“明心”，而非“见性”。

她们不缺性交易、性生活，妓女之爱往往淡化性。唯有心心相印的爱，能生纯粹之爱情，超越了性，升华为精神。在精神层面上，维系生死，与爱人相依，因此她守望着爱，尤甚于她的爱人。

男子往往被性羁绊，在爱的纯粹性方面难免要打折扣，精神的强度，反而不如妓女坚韧，看看明季国难时，李香君与侯方域、柳如是与钱谦益。《桃花扇》里，李香君守望侯方域，被奸党所逼，她一头撞在石柱上，血溅香扇，化作傲骨桃花，怒放扇面。但侯方域最后却背叛了她，做了一名清廷官员。她失望啊！当着侯方域的面，她撕毁了那把桃花扇，出家了……

柳如是与钱谦益，相约赴死，慷慨而去。两人载酒游湖，遍告亲知，表示要像屈原那样沉渊明志。太悲壮了！黄昏时，太阳下山去了，热血已不再沸腾。钱谦益摸了摸湖水，说：太冷了。柳如是不等他说完，便奋身一跃，却被钱谦益一把拉了回来。重又归来，便投了清廷。柳如是不甘心，以忠贞不渝之爱，一遍又一遍呼唤他反清复明……

赛金花在国难中，谁知其心？她就像一朵牵牛花，从深渊里向上攀升。她爱的人为国捐躯了，她也献出了爱情。爱能弭兵，瓦德西理解她的苦心。她坠马受伤，卧床三月，还缠绵在病榻上，瓦德西就来辞行了，榻前握她手，惜别。他说，我今去了，明年牡丹花放时，还想来，你呢？她含泪而望，执手而泣曰：祝望你们平安，恕我病在榻上，不能送将军走一程了。如还有缘，不愁后会。瓦德西向她行了一个军礼，掉头便去。

瓦德西不曾再来过中国，她更是颠沛流离，此别不啻永诀了。瓦德西回国后不得志，给赛金花写过信，没有回音，不两年，便郁郁而终了。而赛氏之于德语，只会说，读写还不行，对于瓦德西来信，也许没有办法回信。她说，后来瓦德西的外孙来了中国，想见她，那时，她已白头困境，懒得见人。但经朋友转达，说他很坚决，定要相见，她便和他见了。

相见的那一天，他还在陕西巷口的一家西菜馆设宴相待赛金花。西菜馆前不远，便是她当日坠马之地。席间，说起德军当年人物，今仍健在者，尚有几位，晚辈们对她庚子和议的斡旋功绩，仍表示感激。他们的父辈，远别妻儿来到中国，倘若和议不成，两国交兵，将士效命沙场，死亡定多，裹骨还乡，便不堪设想，而且感戴和平恩赐的，不独是德国。一番话，说得白头赛金花无比欣慰，如饮醇浆。

从深渊里向上攀升的牵牛花

1903 年，京城有三大案，赛金花居其一："赛金花虐婢案""泄露机密案""纵兵扰民案"。从被人瞻仰之白云，变成被人踩踏的污泥，不过"势利"二字。王权之下的北京，从来就忘恩负义。袁崇焕是怎么死的？当年他血战救了北京，却被皇帝猜忌，被北京唾弃，这也就罢了，还要将他处死，甚至凌迟。

赛金花不敢说自己救了北京，只是作为一分子尽了自己的力而已。相比之下，大清朝是多么仁义，居然留了她一命，还不感激？与她同狱的“泄露机密案”主犯沈荩，就被慈禧密令，杖杀于囚室。《大公报》还报道了杖毙过程：杖毙时，骨已如粉，未出一声。及至打毕，堂司以为毙矣。不意沈于阶下发声曰：何以还不死，速用绳绞我……清廷何以要逮捕沈荩？原来沈荩系六君子一路人，戊戌维新失败后，同唐才常一起组织自立军，自立军败，潜居北京，任一家日本报纸的记者。1903 年，清廷与帝俄密约七条，将东三省及内蒙古一带路政、税收及其他权益拱送帝俄，沈荩从清廷亲贵大臣处获悉密约，刊在日本报纸上。

据铁屑编《中国大运动家沈荩》说，沈荩死于刑部后，血肉狼藉余地，狱卒牵“纵兵扰民案”犯者苏元春入，元春不忍睹，请以三百银别易一室。狱卒又牵赛金花入，试以血腥恐吓赛氏，要诈她的银子，不料，赛金花叹曰：“沈公，英雄也！”于是，弯腰自掬其碎肉，拌以灰土，然后行礼如仪，埋之窗下。

据李伯元《南亭笔记》载：“苏下刑部狱，狱卒乃以杖毙沈荩之处居之，苏见地上血迹斑斓，大为骇异，询知其故，因以银三百两贿狱卒使迁焉。”狱卒如法炮制，“以待苏元春之法待赛金花”，赛金花毅然说：“沈爷我是认得的，为什么要怕他？”狱卒没有办法讹她了。

伯元叹曰："夫赛金花一贱妓也，其胆气竟高出久历戎行之大将，奇哉！"

其实，何"奇"之有！苏元春杀人如麻，岂能见血而晕？此种旧官僚所惧者，乃革命党人之血也，与革命者之尸同居一囚室，碎尸亦革命矣。而赛金花视沈荩似故交也！其魂欲随六君子共翱翔，这也是赛金花之心也。故其入沈荩之囚室，目睹碎尸，如见故人，而顿时觉悟。朝廷杀死了她的爱人、恩人，这还不够，还要陷害她。经此一狱，她才真正懂得了她的爱人、恩人为什么会被朝廷处死，因为朝廷本身就是监狱，身在其中，连皇帝也朝不保夕，何况忠臣？她效忠朝廷，追随她的爱人，结果呢？

不仅没有给她一个名分，让她从无尽的漂泊中安定，反而夺走了她的一切，将她掷入苦难的深渊，她分明是深渊里的一朵牵牛花呀，只能向着阳光往上爬！

革命给她带来了转机，朝廷倒了，她终于找到了自己的归宿。那时，已是民国二年了，一个革命者，像幽灵一样，突然就出现在她眼前。襁褓中的共和国，落入袁世凯之手。她知道袁氏为人，当年袁氏出卖了皇帝和维新党人，现在，为了自己，袁世凯同样不会放过革命党人。

曾有一位名叫双松的上海《申报》驻北平记者来采访赛金花，她说：那天晚上，她爱人逃难到上海，来"京都赛寓"，要见她。起初她不肯，因为："我历来规矩是星期六亲自接客，那天是星期日，我怎么能破例呢?”当她一听说是革命党人，因二次革命失败逃难至此，便立即安排食宿。她说：“我平生最敬佩社会名流和豪杰之士，愿在茫茫尘海中物色知己。”

初见爱人，她的印象是：他身材魁梧，谈吐亲切，话语不多，但都实实在在。谈起她的爱人，她两眼闪烁着异样的光彩，说：有一次，北洋兵要缉捕他。他脚上负了伤，忍着疼痛爬到我家后院。我把他救了起来，睡在我床上养伤。躲过风头，我又让他化装逃去东洋避难。谁知他一到英租界，又被英国兵扣留，我亲自到租界用英语交涉，他才被释放。

这一回，她亲自送他过海关，上了日本邮船。在码头上告别，两人手拉手，流泪眼望着流泪眼。她祷告上苍，保佑爱人平安出海。她爱人先是一言不发，老半天只说了一句话：等我，我会回来娶你的!

她为革命者守节

她的爱人，姓名魏斯炅，籍贯江西金溪人。民国二年，同李烈钧在江西发动二次革命，兵败，流亡至日本。赛金花信了他的话，真的在等他，等了五年，他终于回来了。1918 年（民国七年）6 月 20 日，她用了自己的真名“赵灵飞”和魏斯炅在上海新旅社举行婚礼。婚礼主持人是大将军李烈钧，证婚人是信昌隆报馆经理朱先生。参加婚礼的来宾都是社会名流和报社记者，还有她的旧时姐妹们。

赛金花嫁人了，嫁的还是一个有学问的革命党人！消息不翼而飞。这是她一生中最为重要的时刻，在这个时刻，她开始意识到自己作为女性的自豪和尊严，一种神圣而又幸福的感觉弥漫全身，一说起来就滔滔不绝："上午八点，我浓妆艳抹，披着洁白的文明纱，手捧一束红玫瑰，装饰着霓虹灯的彩花马车把我送到上海新旅社大厅。军乐队奏乐，证婚人宣读婚约。" "就这样，我在晚年（还不到五十岁）找到了真爱，嫁给了魏先生。"

不久，他们回北平，住在樱桃斜街。提起当年那场官司，她觉悟了："庚子年国家遭难的时候，那些王孙贵族公台大人们躲到哪里去了？他们用完了我就加倍地侮辱我，伤害我，要我老死在监狱里，遮盖他们的丑。""我偏不死！押回原籍时是苏三起解啊，我暗暗起誓，赛金花有命回乡就有命回京，我还要回来的！"是的，她回来了，"纨绔王公皆猪狗"，皆猪狗啊！可回来的不再是赛二爷，而是魏太太——"魏赵灵飞"，被流放在深渊里的那朵苦命的牵牛花，自我意识终于觉醒了：状元诚可贵，爱情价更高……

可命运又将她撕破了，魏斯炅奔走革命，竟暴病而亡。目睹着爱人死去，她大呼：……天哪，我无路可走呀……魏家的财产我什么也不要。我只取出我和魏先生的结婚照和他给我的定情物——翡翠珠花儿，搬到居仁里，租了四间平房，为他守节。我虽已珠黄，但开窑子，树艳帜，买几个小姑娘，钱不就来了……可我不能再走回头路！钱一滚，人也滚，滚来滚去就下地狱了，我怎么见魏先生？不，我决不能再这样做！十三年来，我伴着遗像度日。

她坚信，她的爱人，还有她的恩人，都在天上等她，她要去了……1936 年，她在贫病交加中宁静地走了。这一年走的，不止她一人，还有鲁迅。

假如他俩在天上相见了，她问鲁迅：你是那么同情女人，写了《娜拉出走以后》和《伤逝》，为什么要指责我这个不幸的女人呢？就因为我是妓女吗？

鲁迅会怎样说呢？他还会说“我一个都不放过”吗？

7. 相识何必曾相逢

——重读三毛

认识三毛，正是个好季节。

三毛在撒哈拉为安顿那颗自由的心灵，布置了一座精致的精神家园。

一个二十岁出头的小女生，用手指画着浪漫不安的年轮，在大学校园里梦游。等了很久，《撒哈拉的故事》终于传递到手。

一头扑进帐子里，当东方的鱼肚白刚一亮相，被泪水浆洗了一夜的灵魂又一头钻出帐子出逃了。

一时间，追随三毛的流浪，成为一代女生的憧憬。与许多人一样，我们都经历了一种自由美学大逃亡，让流浪伴随我们生活、衰老。而今天命之际，重读三毛，相契依旧。

以流浪的方式出走

鲁迅先生曾问“娜拉出走以后怎么办”，他想到了像赛金花这样走向“堕落”的出走，却没想过娜拉为自由还可以去流浪。的确，娜拉除了回家和因无家可归而“堕落”，她应该还有第三条路，那就是流浪。我们不知娜拉的结局最终如何，易卜生喜欢留下问题，不喜欢提供答案。其实现实有许多自由的心灵，已经迫不及待去试验了，答案已经有了。

三毛来了，她不是带着有关娜拉出走的社会问题来的，社会对她来说太大，她只是一个爱想入非非的女孩，不知道自己从哪里来，却晓得要往梦想去。可通往梦想的路在哪里？

娜拉的问题，就像流行的红木家具，是个又贵又重的女权问题，而三毛的问题很轻，轻得如林中小鸟活泼泼地飞，如山间小溪哗啦啦地流，都是些她个人的心思和日常茶饭事。问题不大，她很认真，要自己面对。她不愿意个人问题被体制化，让自己去背诵一份统一的答案。

爱情是最有女人味的问题，如果被体制化了，便毫无滋味可言！

曾经有过的，思想要汇报，吃饭要请示，连爱情也要向组织申请，婚姻则需要领导来批示。这些历史情景的胶片，没有发生在电影《肖申克的救赎》里，而是发生在我们身边。

生活在异化里，荒诞紧随之，常识消失了。相对来说，肖申克监狱的异化，因着文学的想象力，变态毕竟要受制于人性的底线，而权力异化则往往会突破人性的底线，所以，现实比想象更离奇。

想象的肖申克监狱里有一位囚徒，那是完全被监狱体制化了的囚徒，他的生命与监狱融为一体，不可分离，以至于当他从监狱出来时，竟然无所适，不知自己从哪里来，往何处去。

所以，他只好去死，好让我们以他的死为契机，认识一下被体制化的悲剧。

如果这位囚徒还有梦想，还能流浪，他便不会把体制化当做自己安身立命之所，也不会因为不适应自由而去死。

被体制化是残忍的，三毛很早就体验了这种残忍，她不是在监狱里体验的，是在学校里。要知道，在一个滥用权力的国家里，学校多半是教化的工具，连教师面对孩子也会滥用权力。

小三毛是个没有被体制化的流浪者，她的精神流浪在文化的江山里。不知者便以为她是在泡闲书，今天看来是天才，而她的老师却以为她发呆。

一次月考下来，她居然四门不及格，父母警告她，再不收心，要留级了。又说，看闲书不能当饭吃，将来自己到底要做什么，也该立下志向，这样下去，做父母的怎么不担心呢。

以她个人的趣味，只知看书是世界上最最好玩的事，但又觉得成绩不好，愧对父母。

于是，勉强收心，跟每一位老师合作，凡书都背，凡课都听，连数学习题，都一道一道死背下来，三次数学小考，居然得了满分。数学老师无法相信，怀疑她考试作弊，拿来她的考卷逼问。面对人格尊严的逼问，三毛一定会坚决捍卫的："作弊，在我的品格上来说，是不可能。就算你是老师，也不能这样侮辱我。"

但她还是被老师严重侮辱了……有好一阵，她一直想杀这个老师。

一个尚在初中的小女生，面对如此严峻的问题，有了这么沉重的心思，她不敢对活人说，便去公墓向死人言。想到了死，而且常与死人交谈，这反倒引起她对人生的思考。

三毛不是一个刚刚觉醒的闺门怨妇，而是一个执著于人生的追问者。她闹学、休学，直到后来她跑到西班牙马德里大学哲学系学习，就是想弄明白"人"以及自己的人生价值究竟是什么？但哲学的追问却让她放弃了哲学。

“哲学并没有使我找到生命的答案，我唯一学到的是分析。研究哲学，对我是一种浪漫的选择，当初以为它能解释很多疑惑，事实上，学者的经验并不能成为我的经验。”

人是什么？这个答案既然是不能写的，她便换了一种姿态，沙漠便给了她答案。

不记得哪一年，长发半遮的脸，在下午的光线中懒散，一本美国《国家地理杂志》在手指间不经意地翻，撒哈拉沙漠就这样闯进了三毛的领地，命运的硬币抛向大漠深处，黄灿灿很耀眼。

三毛说：我只看了一遍，我不能解释的，属于前世回忆似的乡愁，就莫名其妙 、毫无保留地交给了那一片陌生的大地。撒哈拉沙漠，在我内心的深处，多年来是我梦里的情人啊！

三毛出走了，三毛的文学出走，带来一小块儿沙漠色调的个性生活以及平易温暖的叙事风格，再一次引发了我们对美的人生思考，以及为自我的美学人生而出走的愿望。

一粒纯朴本分的沙子

她几乎抛弃了过去的一切，在沙漠里与她的爱人荷西“白手成家”。结婚那一天，新娘伸头去看了一眼新郎，荷西穿了一件深蓝的衬衫，大胡子也修剪一新。于是，新娘也决定："好，我也穿蓝色的。"她找了一件淡蓝细麻布的长衣服穿起来，没有新嫁衣的扎眼，旧得温顺，有一种朴实优雅的格调。一双凉鞋，头发放下来，一顶草编的阔边帽子，没有花，去厨房拿了一把香菜别在帽子上，没有女用皮包，就两手空空。打量一下，新郎乐了："很好，田园风味，这么简单反而好看。"两人锁了门，就走进沙漠里，到小镇上去，领那一张结婚证。

"每想你一次，天上飘落一粒沙，从此形成了撒哈拉。"带着爱情，三毛在沙粒上艰难地构建着她的精神家园，还有她的很小资的蜗居。轮胎里的红布坐垫，渲染着微弱的波希米亚情调，但它的象征意象却异常醒目，那是三毛的精神社区。

还有拾来的深绿色大水瓶，抱回家来，上面插上一丛怒放的野地荆棘，那感觉有一种强烈痛苦的诗意；拾来不同的汽水瓶，她买下小罐的油漆给它们厚厚地涂上印第安人似的图案和色彩；拾来快腐烂的羊皮，用盐和明矾硝出来，是一张名贵的坐垫；骆驼头骨早已在书架上了，她还让荷西用铁皮和玻璃做了一盏风灯……

能在荒原里玩出风花雪月，这便是三毛。在这里，她找到了"人"，也找到了自我。她成了沙漠的一分子，一粒纯朴本分的沙子。她再也离不开这片没有花朵的荒原了。

对此，二十多岁的小女生，根本不存在人生功利的机心去追问三毛把自己搁在沙漠里风蚀的动机，只有羡慕、崇拜与追仿；而立之年开始疑惑并为三毛惋惜；再后来，经历了逐得名利繁华日，落下文明的病根儿，才明白三毛的用心是何等的简单，又何等的高贵与艰难。

真理在都市里，被文明一层又一层地包裹着，而在荒原，在大漠，所谓“真理”，就那么明明白白、简简单单地向人显现了。关于女人的真理，并非当下很流行的所谓“女权主义”，而是有关文化品位。我常说，有关品味，决不妥协。那话的源头，就从三毛那里来。三毛就如此，有关品味，她既不向都市妥协，也不向荒原妥协。有一天，她家里来了一位客人，观光后，叹为观止：“请转告你的先生，你们把美丽的罗马造成了。”她回答说：“罗马不是一天造成的。”这是西方人的观点，在我看来，她是从中国把一座文化的江山搬来了。

撒哈拉，那个让三毛有着前世乡愁的地方，连上帝之手都不愿撒播种子的沙漠，却是三毛的生命底色。沙漠是生命的原色，人性的原初。一切所谓文明的雕饰，在烈日风吹下，都会还原为赤裸裸沙粒；也会在月夜朦胧中还原为原始的生动。自由自在而又缺乏诱惑的单一状态不仅淹没了欲望的苦恼，而且为精神提供了另一种审美的体验。撒哈拉是审美的而非文明的价值所堪比。

这是三毛的需求，她的生活状态是围绕着人性本色展开的，她的生命过程也是围绕人性本色的展开。

一棵橄榄树的尊严

三毛很认可荷西称她作“异乡人”，的确，对于一个灵魂流浪者来说，这实在是再合适不过了。

一曲《橄榄树》从天而降，感动了大江南北，便是对这位流浪者的盖棺论定。

不要问我从哪里来/我的故乡在远方/为什么流浪/流浪远方/流浪/为了天空飞翔的小鸟/为了山涧奔流的小溪/为了宽阔的草原/流浪远方/流浪/还有还有为了梦中的橄榄树

这首歌被当年的台湾当局禁唱了十几年，除了“远方”是指“大陆”这一说辞外，恐怕令“当局”尤为恐惧的是歌词里洋溢着丰满的自由的气息。

流浪多半是为了保守自由的尊严，而“橄榄树”则是超越国界乃至文明界限的具有普世价值的寓意。这一普世价值就是人的基本价值——自由。获得自由是一次自我实践，重在剥蚀掉层层束缚、还原一个真正的自我的过程，无需外来的力量，也没有主义附丽其上以增加它的崇高意义。

不需要口号，也没有主义，脱却政治秀衣，自由就是一个普普通通的人的特殊性生活，具有常识性的生活，为自我而活，这便是人生而自由。当三毛感到不自由时，感到将要失去自我的危险时，她只好放逐了自己，让灵魂流浪，去寻找能够安顿她的灵魂之所，回归人之初。她在撒哈拉找到了自我，就找到了自由。对于三毛来说，自我和自由是手心和手背的关系。像她这样能够放下文明赐予的一切，在沙漠里回归原朴状态的人，才能将自由处理得得心应手。自由就像日常茶饭事一样，自由离我们还会远吗？

三毛成长于热带雨林般的台湾小岛，一年四季绿意浓得化不开，还有不送寒冷只送温暖的风。沙漠和绿岛，这天地间的两极，也是生命的两极，生活的两极，三毛在其中找到了中庸平和的平台，人的本能的生活在哪里都一样，而要享受干净单纯的精神生活却不一样，后者对环境的品质要求很高。这倒不是说精神不能承受欲望之重，而是说能从欲望之重中逃脱出来的人，没有巨大的勇气则难以做到。

三毛在沙漠苦到尽头时，看到一张自己的照片，穿了长礼服，披了毛皮的大衣，头发梳得高高的，带着长长的耳环，正从柏林歌剧院听了《弄臣》出来。她感叹道，生命的过程，无论阳春白雪，还是青菜豆腐，都要有所体验，而且都是一场不同凡响的体验盛宴。当时三毛连青菜豆腐都没有。生命在荒僻落后而贫苦的地方，一样欣欣向荣地滋长着。它，并不挣扎着生存。这是三毛的通透。当然，沙漠不是理想国，三毛也有很痛苦的时候，生活上最起码的欠缺，造成了情趣的枯竭。“我非常痛苦，非常寂寞。”精神生活的需求，真是沙漠黑夜的一盏明灯，再次照亮她自己，她开始写作了。

她清醒，所以她孤独；她孤独，因此她清醒。孤独是个自由问题，归宿是个哲学问题。

她说，在这个世界上，向来不觉得自己是芸芸众生里的一分子，我常常要跑出一般人生活着的轨道，做出解释不出原因的事情来。

其实不仅三毛，我们每一个人都不是芸芸众生里的一分子，我们都有独特的禀赋、独到的心灵和精神需求，很个人化的生命选择和生活状态的表现。但是我们或多或少没有自觉，或者根本不愿意自觉，因为我们更清楚，自觉是要付出巨大物质代价的。我们一向习惯于被安排一切，在家听父母安排，在学校听老师安排，在单位听领导安排，我们这些被安排的众生。

大概三毛倔强的禀赋格外，一旦认定了的事儿决不妥协。她觉醒了就不想再糊里糊涂地睡过去，而且人生而自由恐怕是她在五岁读《红楼梦》时就“附体”了。于是她执著于自己的真实需求，不虚妄，不矫饰。正如她所言，她常常出轨犯规，异于众流。也许这正是她的福分和幸运，让她没有被文明体制化。她的出走就是一次回归。这是我们每个人的必由之路，只是有些人轻装远行，有些人重负难为。

当然，我们大多数人是在文明的价值体系里讨生活，安于惯性的驱使，随波逐流是最安全的港湾。三毛不太在乎他人是否认同她的生活选择，更没有要求他人一定要像她这样生活才是最好的选择。她只是一个管好自己的人，在众多挣扎着不被文明体制化的异数中，三毛最彻底，彻底到连死的形式和时间都要自己来选择，而没有交给上帝。

灵魂的流浪需要载体，它既不坐火车，也不乘飞机，它要求三毛以皮囊载之。于是三毛的皮囊便成为她的灵魂坐驾，载着她的心灵和精神走在回家的路上。多么高贵的皮囊！她用这高贵的皮囊换取了灵魂的流浪，这价值倾国倾城。她在医院的输液架下坐忘了，我想这样评价她的死，才不会委屈三毛。

三毛曾说："如果选择了自己结束生命这条路，你们也要想得明白，因为在我，那将是一个幸福的归宿。"她只想做一粒沙子，一粒天然去雕饰的沙子。自然，本色，不需要装饰的人生，却有着源源不竭的精神快乐，这才是三毛的需要。

真理别老用枪杆子来说话，要用生活来说话，用梦想来说话，这样说来，女人就有发言权了。

相识何必曾相逢，还没有见到三毛，她就走了，是她自己的选择，我相信她。我的生活很像她，是她教会了我生活。

8. 女性的政治文化

在中国现代史上，"妇女解放"的口号很是张扬过一阵子。然而，从男女关系的实在情形来看，这口号很有些文不对题。

有人说中国的妇女历来就受压迫，这是对的。但是，中国的男人又何尝不受压迫？又有人说妇女受压迫的分量要重一些，她们毕竟还要受父权和夫权的统治。这也是对的，可是男人又何尝不受母权和妻权的制约？

说到母权和妻权，若以为是笔者的杜撰，是“无中生有”，那就让我们先看看历史，再看看现实。

李敖在《独白下的传统》中说，中国家庭有一个特点，就是“爸爸系统”源远流长，而“妈妈系统”却只能上溯两代。这当然也是对的。但真要追本溯源，你就会发现，我们的祖先在追溯其血缘的来龙去脉时，总也找不到那个原始的“爸爸”。这不仅使殷周人迷惑，也让秦汉人颇费周折。他们只找到了“妈妈”和“妈妈”的神话，什么吞了玄鸟蛋啦，踩了雷神的脚印啦，梦见太阳入怀啦，与真龙交媾啦。

在神话中找不到“爸爸”，在历史中总该找到了吧，可是偏偏有那么多的障碍，使男人找不到爸爸。孟母很有名，可孟子的爸爸呢？就像断了线的风筝。汉高祖刘邦，身边原本就有一个爸爸，可偏偏是个假货，雷雨中，龙附其妻，遂生高祖，可怜老爷子，只好退避三舍。还有人考证，秦始皇的生身父亲是吕不韦，但为了做皇帝，他情愿要那个戴了绿帽子的异人做爸爸。这时身份比血缘更重要，而真假则无所谓。岳飞是个大名人，岳母刺字更是一段千古佳话，而岳飞的父亲则无人问津。蒋介石也可以算做现代中国的一个大名人了，他的爸爸更是扑朔迷离，竟使唐人先生弄出一篇郑三发子的笑话来。当然不能全怪唐人先生，蒋先生也难辞其咎，谁要他只宣传妈妈，不宣传爸爸呢？

在中国人的心目中，找不到爸爸实在不算什么，连帝王都找不到亲爸爸，凑合过日子的寻常百姓，就更无须那么认真了。西方人说，人类的始祖是男人，而女人只是男人身上的一 根肋骨；西方人还认定，女人偷吃禁果，是男人不幸的根源。这实在是阳刚气十足的男性社会才会有的思想。而中国人认定，人类的始祖是个女人，她不仅能造人，还能补天。不知女娲造男人所依据的经验是什么，总之她把我们男人造成了现在这个模样，使他们在女人面前尴尬不已。

中国古代有一位对人性最有研究的哲人说过："牝常以静胜牡。"牝指女人，牡指男人。根据这一原理，他发展出一套克敌制胜的"弱用之术"。女人的人际策略和处世艺术，与"弱用之术"实在惟妙惟肖。弱用之术的要点，就是要自居于弱者地位，"以下取之"，以弱胜强。女人的生存方式与男人迥异，在传统观念中有男人压迫女人的一面，而女人则更有其报复和制约的手段。所以男人惧内，皆源于女人驭夫有道。中国的男人找不到爸爸，大抵也都是女人捣的鬼。

谈到男人压迫女人，人们自然会想起裹小脚。但似乎并没有人考证，裹小脚的发明者究竟是男人，还是女人。不分青红皂白，认定那就是男人压迫女人的铁证，实在是冤枉了男人。女人裹小脚对男人有多少好处，难以说得清。像辜鸿铭那样有特殊癖好的男人毕竟如凤毛麟角。有一点可以肯定的是，男人对于脚的大小似乎无所谓，而女人却不能这么洒脱。如果当面对某位女士的脚信口开河，或许会招来很多麻烦。就女人的审美心理而言，她们似乎还是以脚小为美。女人求美，更多的与时尚有关。现代女性文眉、割双眼皮、穿耳朵眼，没有人认为是男性压迫所致。自残肉体的美，更多的是出自女人的本性。中国文化的女性化倾向，多半就是从男人认同这种残缺美开始的。

那个疯疯癫癫的贾宝玉，恨不得来世修成女儿身，可以说是这种文化认同的代表。还有京剧中的花旦艺术，可谓国粹中的国粹。“女人看见男人扮，男人看见扮女人。”使多少佳男妙女，如醉如痴。这种男女互补的“中和”性的花旦或小生，才是中国人心目中的风流偶像。如果说西方文化是一种男性文化，那么中国文化则是一种两性互补的中性文化，而花旦便是这种中性人格体系的象征。花旦艺术只是中性文化的形而下的证明，太极图才是中性文化的最高表现。所谓“一阴一阳谓之道”，阴阳分别指男人和女人。道家更是将女人捧上了天。老子说：“玄牝之门，是谓天地根。”将女性生殖器，比作生生不息的“道”，奉为最高存在。黄仁宇先生在《万历十五年》中说，明代满朝文武都患有惧内症。其实，历代男人，上自帝王，下到百姓，惧内者比比皆是。“男主外，女主内”，不管男人在外面多么威风凛凛，回家来必服服帖帖；不管女人多么温顺，骨子里却信奉男人都是女人捏出来的。

有面子，没里子，是男人的空虚，“金玉其外，败絮其内”，实在恰如其分。在外面道貌岸然，端着架子做人；回到家里却成了“气管炎”（妻管严）。大概由于某种自虐心态在作怪，男人们比女人还热衷于“妇女解放”运动。他们不仅默认女人当家做主，还大肆鼓励女人冲出家庭，与男人平分天下，一争高低，一决雌雄。于是“主外”的男人拱手让出“半边天”，围着“主内”的妇女“锅台转”。这种中国式的骑士风姿，虽无大丈夫气概，却颇有几分小男人的雅致……

女人天生就是玩政治的材料，她们从小玩娃娃，大了便操纵男人；男人从小只知道玩兵器和工具，大了便去打仗和卖苦力。男人一刀一枪地拼杀，争夺天下；女人只凭一张漂亮的脸蛋和花言巧语，便可玩天下于掌股之间。历史上女人执政的时间并不比男人短，除武则天外，垂帘听政，幕后操纵，无计其数。汉武帝是个有雄才大略的君主，但窦太后在世时，他却不敢乱说乱动，老太太死了，他才敢翻案；光绪帝想脱颖而出，可最后也没有逃出西太后的手心。女人的富于柔软性的辩证法，常常打败男人的形式逻辑。

中国文化要求男人在两个女人之间安身立命，在孝与爱两种价值中作选择。所谓的齐家、治国、平天下，首先就要处理好与两个女人的关系。孝子与忠臣，便是在女人的夹缝中培养起来的。如今我们终于意识到，中国要发展，光有妇女解放还不够，还要解放男人，要将男人从孝与爱的夹缝中解放出来，恢复其固有的求自由的意志和敢冒险的勇气。这两点便是我们常说的大丈夫精神。男人固有的价值，既不是孝，也不是爱，而是自由与冒险，这两点正是中国文化所缺乏的，也正是现代中国的男人应该时时反省的。

9. 迷你男权主义的闲话

老单，是不说闲话的。纸上不说，嘴上也不说。

平日聊天儿，他说的话，跟纸上说的差不多，都是些大实话，幽默话，机智的话，回味的话，效果与纸介上的一样。念他的字儿，你会时不时地发笑，听他说话，你更会忍不住哈哈大笑，虽然有失淑女风范，却也没办法。谁让你身临其境，他那祖传的罗马式大鼻子的两边肌肉，笑脉起伏，纵横交错；声带就像被西北风沙干燥处理过似的，笑声中总带着些劈柴干裂味儿，但妙语连珠决不断线，想必得益于他那罗马鼻腔音的磁性共振。

老单为文，不是苦思冥想爬出来的，而是提笔就来。所以要想大干快上的编辑，多多地约稿没问题，这一点我敢担保。老单在《闲话女人》的后记里说的没错，做《男人视界》栏目时，我第一个想到的作者就是老单。老单看女人，果然字字如诉，篇篇热闹，而且绝非闲话。

拿到书，我质疑老单。老单无奈，说如今编辑们都要抓眼球，都想用一根丝线牵着读者的眼光走，这丝线得迷你、晕你，一迷一晕，书名就有张力。端详书名，仔细琢磨，没迷没晕，倒觉得责编纵华岳先生挺懂老单的嘛。闲话女人与迷你男权主义，有上下呼应之效，异曲同工之妙。“闲话”，闲聊而已，本有小觑之嫌、不正经之意，以为谈论女人，只当休闲，不能算学问，也不能当做诸如“伊拉克战争”“布什竞选总统”等堂而皇之的话题。闲话，短斤少两无所谓，逻辑不足也成立。然而，闲话还有主义，则又另当别论。“迷你男权主义”，貌似谦虚。话题的轻松，加上老单的休闲姿态，小指一拨，大嘴一咧，就足以显示其“迷你”风采。自由旋转，纤纤如芭蕾舞鞋，只要双足一点，老单的思想就舞起来。

女权主义在中国喊了多少年？我没有考证。不过，从中国妇女史来看，女性解放运动，有目共睹，也有半百余年了。可女人成为社会主流话题，还是得益于近年来商品经济的那只看不见的手，那只手怂恿女人成为女权主义者。你想赚女人的钱？你就得接受女权主义，女人主宰消费，当然就是上帝。对女人来说，商品的叫卖比政治的诱导更具有魅力，至少在目前的中国，女权主义充斥着浓郁的香水味儿。商品唯物主义加女权主义席卷而来，于是，老单开始小声呼吁“男权主义”，还要“迷你”，以便女士们放在她们的化妆盒里。

不难看出，本书隐约暴露出老单的某些忧虑和不安，那就是他对女性成长的关怀，对男性不男的遗憾。因此，我对本书谈论女人的态度虽有所保留，但对其中的部分立场和观点，却是一个积极的拥戴者。它让我在大笑之余，除了喷饭，还有所感动和警惕。其立场，其表白，亦有足以感动女人者：

男人的不幸主要表现在男人这个物种蜕化得过于厉害，以至于现在面临严重的生存危机。挽救男人当然要靠男人自己，但离开女人也不行。因为说到底，男人也是女人生的。女人如果能进化得更优秀，那么将来的男人也许还有救。而要达到这个目标，女人改善她们的性格品质也是很重要的。这是我谈论或者挑剔女人的根本原因之所在。

原来，不但“闲话”非“闲”，主义也非“迷你”，女人问题，关系到男人，是个人类性的终极问题。问题不但大正经，而且很棘手，因为撼江山易，撼女人之本性难。老单则明知其不可为而为之。

老单的“闲话”都是大问题，人家说“战争，让女人走开”，他说女人是战争的终极原因。虽然事实并不是所有的战争起因都与女人有关，但战争会使女人两极分化。为了父兄、爱人和儿子，凡女俗妇会不惜浴血炮火。战争撕碎了她们的美丽，但却给予了崇高。硝烟纷纷中，所谓闭月羞花、沉鱼落雁，皆为等而下之之俚俗香艳。时尚女人本与战争无缘，不过一旦起腻，红颜祸水便也汹涌滔滔。帕里斯王子猎艳贵妇海伦，悲壮的特洛伊战争，起因竟如此无聊。妲己、褒姒玩酷，烽烟四起，“惟家之索”。因此，老单冒女权之大不韪，说：政治，最好让女人走远点儿！再美丽的女人，也不堪政治的异化。所谓登高更哪堪寒风乍起，处暖又怎奈它阴柔多变。无尽的心理整容，花容失色在所难免。当然，今天的小女人就非常聪明，她们宁愿追赶潮起潮落的时尚，哪怕只抓住一次档期的酷点，也不愿对政治嗅它一鼻。

这两种女人，都令老单太过失望。

女人与政治尔尔，女人与学术又如何呢？读到老单谈女人与学术时，我竟至于好久不敢思想，拿起笔来手就颤抖。“异数”的林徽因，我不敢攀比，此外就别无选择。要么做一个被学术风干的丑女学者，要么做一个把美丽当做学术资本混学者饭吃的漂亮的女骗贼。既然政治、战争、学术都与女人的美丽无缘，那么这份儿怜香惜玉之情，女人，领吧，尽可能向着自己的终极责任靠拢。不过，在需要美丽的领域里，老单不惜为女人鼓吹。伊拉克战争时，闾丘露薇大盖水均益的帽儿，令老单叹服女人的机智，于是，他把“媒体”二字，拆成“本、人、某、女”也。

古人云：形而下者谓之器。老单别出心裁，把女人下放到“器”里。这份灵感，来自法国医生兼哲学家拉美特里，他说：人是机器。老单认为，这一论断尤其适于女人，女人把自身当做机器，不停地打造、维修、保养，用各种美容美体的方法人造美女，外加项链、口红、婚纱、皮鞋、比基尼。她们渐行渐远，与终极目标背离。老单如雾里看花，看在眼里，心里着急。中国文化，对男女定性曰：女人是水做的，男人是泥捏的。水和泥，女人养育滋润男人。如今水资源严重缺乏，水色女人也如珍稀动物，沉溺于昔日风雅、重温英雄鸳梦的浪漫骑士，众里寻她，千呼百唤，蓦然回首，竟空茫茫一片！

柔情似水、水色可餐之秋水伊人何在？老单发现，用性别区分雌雄男女，是上帝对偷吃禁果的人类的惩罚。女权主义强调女“性”生活方式，以此为自由的标志，然而，女人对“性”再讲究、再解放，也不能越出“本能”的范围吧！在中国，从婚姻自由，到女“性”解放，嚷嚷着已过耳顺之年，如果说争取婚姻自由，还有那么点女士英雄主义，那么女“性”解放，则使女权运动的格调荡然无存。不信，让我们闭着眼睛，都会为时不时地蹦出的美女作家，为她们用身体写作的“性为艺术”而瞠目。

所以，我赞成老单的挑剔：女人的风情有万种，何必斤斤于“性”一种呢？

我们常说：一个正常的社会，形状像一颗橄榄。上下一富一贫小，中间不富不贫却队伍庞大，他们是社会的主流——一个优雅的中间阶层。他们主宰着社会生活的趣味、价值评判的标准、国民品德的质量；他们还承担着财富创造的重任。他们就像一片绿地，舒展在沙漠和大海之间，那是贫富平衡的地平线。他们是使社会充满活力的灵魂。撑着半边天的女人就是他们其中的一半，小资也好，中产也罢，那份儿教养似乎始自女人的内心，而不是身体、性及其他。

老单在书中，闲话“女人与资本主义”，实在是妙论。资本主义的发展得益于女人对物质欲望的升级和花钱水准的提高。花钱花出了主义，也算女人对“资本”原始积累的一大贡献吧！《闲话女人》在提升女人的同时，其实同样也具有红粉经济效益，老单此时恐怕也不在乎掉进温柔的红粉经济陷阱里。赵文竹先生《汉字禅解》，释“另类”二字，乃以“口力”赚“大米”谓之。如今，时尚汹涌，固守古典为“另类”，以学识为稻粱谋，以提升女人为稻粱谋，则不妨看做是高级的资本原始积累。

老单送我《闲话女人》，扉页上，写着“冬君批判”。于是，我就遵命了。

10. 沙发上的浏览

夜，床上，辗转难眠，进口铜版纸上每一页闪闪发光的图片，都是一个新的物质理想的呼唤。

阅读图片，很流行，很休闲。

男人看报，女人看杂志。眼底下立着、躺着的，大都是图片。

男人的阅读方式也雌化了，跟着女人去时尚。广告语“做女人挺好”，而事实上，做女人真好！做时尚女人简直好上了天!!

虽然为男人办得好的“新闻纸”不多，但为女人创办的各种极为精致考究的图片杂志却铺天盖地。不信，用直升机当传单一撒，准遮天蔽日。抬望眼，花花世界，真乃天上人间。

家居、服饰、化妆、旅游、前妻俱乐部等等，时尚扑面而来，林林总总，不一而足。甚至任一类中，都有数十家同行相聚，多如春天的花儿，色彩缤纷，竞相开放，决不亚于即将偃旗息鼓的选美大赛。

你方唱罢我登场。欧典花园别墅，豪华气派；小巧居舍，典雅别致，日式韵味悠长。T台女模，妖冶妩媚，风情万种；护肤美面的各种黏稠液体，在玲珑剔透的各式玻璃瓶里香气四溢，朦胧了岁月的残忍。

只要你愿意，下班冲出抑郁不堪的办公大楼后，花上十几二十元钱，买上一两本时尚杂志，赶快离开尾气、人气混杂的大街——回家！

甩掉高跟鞋——放松脚，洗个热水澡——全身放松。

换上优质棉睡袍，听听悦耳的轻音乐、流行曲，蜷曲在柔软的沙发里，开始翻看刚买的图片，当然还要边喝点什么 Tea 、Coffee、Juice 之类的混合水，至于吃一片面包或方便面什么的都无所谓，只要不发胖就行。

伴着每一幅美轮美奂的图景，眼放异彩，沉醉无已，图我交融，似忘烦忧。

此时，若窗外热气袭袭，或大雨咆哮，或雪花飞舞，配以眼前的豪居锦衣、袖珍的青山绿水，自我感觉简直惬意无比，内心还隐隐地泛着幸灾乐祸的胃酸。

衣食住行，俱爽矣！慵懒至极！温柔至极！

沉醉里兀自醒来，已是夜半时分。

立即吞两片维他命，抓紧入眠，为的是明天职场上十二分的打拼。

却又辗转难眠，进口铜版纸上每一页闪闪发光的图片，都是一个新的物质理想的呼唤。

心灵被时尚的图片塞满，眼睛为缤纷的色彩充斥。

当心啊！心肌梗死，眼睛溃疡。

于是，想在图片巨无霸的空当处，寻几篇美文补白，来一点人性的思考，添一份人文的关怀，或许就此诞生一种新的理念——图片灵魂?

今天，我们有幸勿需在哈姆雷特的“活还是不活”的精神煎熬中徘徊，但任何时候我们都不能放弃精神，读几篇美文，让心灵休闲!

阅读时尚图片，的确赏心悦目，而且多半不用消耗大脑的能量。

然而用眼不用脑的阅读方式一经流行，真怕满大街都是直勾勾的“眼突脑瘪”的火星人。

其实并非耸人听闻，花花绿绿的铜版纸，早已成为上班族的一道风景线。其下意识潜伏着的市场“阴谋”，将生活方式缠绵为“白痴模块”，外加广而告之升级版：人之初，喝母乳，读图图。

紧急呼吁：铜版纸不环保，插图书痴大脑。

11. 阳台阅读

有些书在阳台上阅读，会让精神在情境交融的享受中放松下来，于是，放下经史子集，或者哲学逻辑，捧着满纸的性灵文字，字如珠玑，摩挲不舍。

一定要在风清月朗之夜，月光穿透竹帘，清风翻书，字字凉意，透心透背。转换了一个阅读领地，心灵若饮春雨，精神如披光芒，思想恍然走进了乡间小溪。看来，阅读要经常换个姿态，尤其是反复阅读经典。

《牡丹亭》里儿女情长

听昆曲《牡丹亭》，“水磨调”若水之婉转，流丽悠远，荡人心魂；在简洁的舞台上，“冷板曲”总能让你热烈的情绪沉浸在优雅的心境里，将你的阅读欲望带入一种清冷的空间。

杂剧，在勾栏瓦肆正上演着市井民生之际，转眼便脱掉了宋元戏服，换上明朝服装了。真是王朝如衣裳，江山是本体，随时换衣裳。换了秦汉换魏晋，换了唐宋换辽金，换了辽金还要换宋元。到了明朝朱家皇帝穿上蟒袍，戏剧则在士大夫手里升华，开始上演另一番情怀了。他们把一个明朝时代的社会生态、文化精神、艺术关注深深刻画在剧本的文化江山里，把王朝的舞台和士人的精神空间区分开了。

元明家国易代时，南戏昆山腔已经开始流行，嘉靖、隆庆年间，寓居江苏太仓的才子魏良辅，得益于水乡之灵启，改革了南戏昆山腔，唱腔有流水的形式感，时人把这种充满水韵的唱法，很形象地叫做“水磨调”。汉语的精妙也许不在逻辑，而在于将审美以及情感恰当地宣泄在拟物的描摹上，形象地完成耳闻艺术的审美过程。至于“冷板曲”的称呼，据说是吟唱时，故意把节拍放慢，以便降温热烈的氛围，突出清冷的效果，烘托优雅沉郁的心境。“冷板曲”的效果与“水磨调”一样，有一种视觉的饱满。

明朝万历年间，苏州吴江的沈璟，二十岁中进士，官至光禄寺丞，三十七岁辞官归乡，在自家江山里做起自己喜欢的事儿来，写下了《属玉堂传奇十七种》戏本，有《埋剑记》《十孝记》《分钱记》《义侠记》《桃符记》《坠钗记》等十七种，流传下来的文字本，仅存七种，被称为中国戏剧史上的里程碑。

沈璟对戏曲声律非常有研究，他编写的《南九宫十三调曲谱》二十三卷，是南曲曲谱中最有影响也是最重要的著作，是后来昆山腔传奇创作者所共遵的一部格律范本。曲兴之余，他还把汤显祖那震撼天下的《牡丹亭》改为《同梦记》，将原本佶屈聱牙的句子，改为本色朴白的唱词，以吴侬软语的雅腔，赢得一片喝彩。他反对刻意雕琢文字，非要语不惊人死不休，但却坚持“合律依腔”的华美形式，唱腔上坚持优雅的品位，决不妥协，开创了昆曲吴江流派。

同时代的汤显祖，江西临川人。在创作剧目上才气非凡，《紫钗记》《牡丹亭》《南柯梦》《邯郸梦》，是他留给后人的精神遗产。“临川四梦”，不，还有更雅的称呼——“玉茗堂四梦”，至今滋养着各种的舞台人生，其中的《牡丹亭》因成为昆曲的经典范式而名满天下。

汤显祖的戏本与沈璟的主张完全不同，他认为，写剧本应当有士大夫的意趣风雅，还要有社会生活填料的生动，再润之以人性之灵气，才堪称为文学的本子。应该说汤显祖首开明代性灵文学风气之先，他的文风充满了浪漫的意趣，吹拂着河边之柳，摇荡得春光如线，牵着阅读的思绪，滑翔到牡丹亭的一个角落里，倾听一个为自由抗争的声音。

杜丽娘，一个年轻完美的生命，在一张纸笺上，删抹揉捏到断肠处，汤显祖拍案决然惊世骇俗，让杜丽娘死去活来，在一个春雷惊蛰时重生，为中国文化留下一笔永恒的风雅遗产。

《桃花扇》扇来虚无之风

当优美的水磨调在江南水乡咿咿呀呀低吟着明朝世相的“冷板曲”之际，《牡丹亭》的精致优雅，在明末重又跃水而出，化为一柄血溅的桃花扇。

真是铁打的江山，流水的王朝。跑龙套的明朝脱却了蟒袍戏服，民为国戏的舞台轰然坍塌，清兵入关了。孔尚任怀着悲情写下《桃花扇》，那一番国破家亡的“风雨”情结，成了晚明文人心志的绝唱。

复社文人侯方域与秦淮名妓李香君的爱情，在南明小朝廷的党争中沉沦。朝廷大半个供养之地都没了，权臣们还在走马灯式地粉墨登场，明争暗斗。一曲桃花扇孤吟，李香君溅血明志，对远在扬州追随史可法抗清的爱人忠贞不渝。但南明小朝廷的阴冷让她绝望，便顿然飘入空门。当史可法投河、侯公子归来时，一对曾经的爱人，相对无语。

王朝逝者如斯，可以忽略不计，可文化呢？文化已经被马蹄踏碎，那从文化的根柢里生长出来的飘逸长发即将被剃。曾经沧海难为水，精神支柱坍塌了，爱情何以安身？抛头颅洒热血的价值追求，不过是民为国戏。

幡然醒悟，李香君已然青灯古佛，侯方域呐，挥一挥手，迈开脚步，那也是通往空门之路。悲剧之后，小舞台永远消失了。这真是借离合之情，写兴亡之感，实事实人，有凭有据。晚明，有多少士人踏上空门之路？于此，才知士人于末世，那心忧易代的沧桑之感。

读到侯公子与李香君爱情的结局时，挥之不去的悲情，悲之悲之。虚无的结局是为阅读留白，一柄桃花扇送来了空灵之风，吹醒了被优越的文化宠爱惯了的士人。王国维把《桃花扇》作为士人的精神范本，他在《文学小言》中说："元人杂剧，辞则美矣，然不知描写人物为何事。至国朝之《桃花扇》，则矣！是范本。"于此，才明白王国维为什么自沉昆明湖了……

《红楼梦》是一部女儿家兵法

王朝浮沉，晚明这台戏唱不下去了。曹雪芹晚生矣，时光的模样，已从春柳如二八女儿青丝垂腰，转换为寒冬般凛冷的清朝男人后脑勺上的大辫子了。曹雪芹可以冷眼回眸。"局外指点，知三百年的基业，堕于何人？败于何事？消于何年？歇于何地？"于是筑大观园，接着将文化中国这台戏唱下去。

曹雪芹是高手，他把中国文化最美好的事物和中国政治文化中最腐烂的东西融为一体，然后把它们放在时间里去对比。四大家族就像流水的王朝，转瞬即逝了，而铁打的江山则在大观园里沉淀为文化的经典。

《红楼梦》是一部百科全书式的巨著，曹雪芹以一人之力完成。书中人物都没有辫子，几乎可以认定，就是明朝的那些人和事。大观园多美！那是对已经亡了的家与国的回忆。明朝死了，可中国亡了吗？没亡！曹雪芹在大观园里，向我们展示了一个文化中国的样式，唤醒了人们渐已忘却的国破家亡的潜意识。有了《红楼梦》，顾炎武辈可以安息，“天下”从此不亡矣！

曹雪芹在大观园，留住了中国文化的根，文化中国从物质文明到精神文明的方方面面，从中几乎可以看到明季中国社会的全貌。物化形态的有建筑、园林、服装、饮茶、珍馐、花草鱼鸟……文化形态的有诗词歌赋、琴棋书画、诸子百家……制度形态的有家国一体及其纽带科举制、由四大家族联姻形成的利益集团及其宗法伦理结构与婚姻制……社会形态的有围绕四大家族而展开的形形色色的社会众生相，还有集中反映在大观园内的家族化的男女及其子弟们的种种趋利活动及人情世故……精神形态的有不容于旧社会、旧制度的新人类及新思想出现，当然，四大家族结成荣辱与共的利益集团的趋利景象，借助了那些物化的以及精神化的载体才得以煊赫。

在一座百科全书式的花园里，各色鲜活的个体穿梭如织，经营着人性的欲望。尤为耀眼的是那一座会游移的花团锦簇，簇拥着十二金钗的女儿家们，更是各个完美鲜活，但锦绣华丽包裹着的则是一部女儿家兵法的集大成。

只有宝黛是清醒的，一个在葬花中还原了时间的真实，人生再美也不过是落花一瞬，不要为世俗所污、心计所累，要为真情而活，为真情而死。林黛玉在睥睨平庸的同时，塑造了一个孤傲的永恒女性的审美象征。另一个在锦玉利禄的压迫中抗争，最终遁入空门。贾宝玉以无证明过度追求有的现实，终归还是无。

与《红楼梦》同时出现的，还有乾隆搞的《四库全书》。两书比较：一为官修，乾隆一朝举一国之力为之，另一出于民间，曹氏以一人之精神力量；一为文化工程，以王朝为主体造就文化长城，那是造一座思想的围城，将中华民族精神围在城里，关闭起来，如裹脚布，裹住了一个民族走向近代化的机运，另一则抒写性灵，不仅抒写了宝、黛那样自由的个体性灵，使之成为独立而富于诗意的文化性灵，更以其对于悲剧性的新人类的提撕，使中华民族具有了新的民族性的性灵，那性灵犹如电火行空，真理一闪，就突破了围城；一以修书为名毁书，以文化工程造“文字狱”，抹煞我民族“自由之思想，独立之精神”，而另一则以对中国文化百科全书式的描述，造就了一座新性灵的文化大观园。

胡适为什么要来考证它？就因为看到了它为新文化

运动的到来提供了文化个体性的精神原点，新文学不光有鲁迅，还有《红楼梦》。

《水浒传》里的英雄最气短

《红楼梦》那么儿女情长，《水浒传》却终究英雄气短。宋朝是个不需要英雄的时代，没有英雄的出路。英雄要么落草，要么揭竿，要么接受招安。

一句替天行道，不仅能造就一代王朝，还能造出一个梁山泊来。有了这句话垫底，所作所为，就有了合法性依据。

至于天道是什么，则不妨见仁见智。晁盖以义气为天道，搞了个聚义厅；宋江以忠义为天道，就改成了忠义堂。这一改，就多出一条路来，他可以为义杀人，也可以为忠投降，把个忠义信手拈来，放在自个儿肚里掂量，拿捏豪杰，揉碾英雄，或阴或阳。《水浒传》里不乏英雄气概，但缺了草野自由精神，所以，终于还是被招安了。以忠义的名义，给英雄穷途末路一个大悲大痛的结局。

花果山是孙悟空的桃花源

《西游记》里的孙猴子呢？他不是一度也被玉皇大帝招安了吗？从石头里蹦出来的猴子，生而自由，花果山是他的家园，玉皇大帝的天宫可不是他的祖国，而是压迫孙猴子的金字塔，于是，他终于造了玉皇大帝的反，却被如来佛的手掌镇压了。

《西游记》的文学价值不用我们来说。说到《西游记》的文化价值，最有价值的，就是那只猴子。中国的王权主义，本来为那只猴子安排了一条通往佛法修成正果的路，那猴子似乎也走上了这条路。起初，还以为那就是他的归宿，是自由的末路。在故事的终结处，那猴子究竟终归何处？他会留在西天成佛作祖，还是重上天宫作威作福？王权主义给他留了这样的出路。

可他自有去处，那就是花果山。花果山，是自由的江山，那是他的必然归宿。当年那只大闹天宫的猴子，还是个无拘无束自由自在的自发性的猴子，而西天取经的猴子，则已变成被契约约束且以内在性的道德自律的自觉化的猴子了。那只束缚他的金箍，有如契约，被他戴在头顶，是头顶上的契约约束他前行。而奴役他的紧箍咒，看似出于唐僧口，实则隐于他内心，并非咒语的鞭子抽他，而是内心的道德律在驱使他的运程。

西天取经的既定目标，对于唐僧来说，具有终极意义，对于孙悟空来说，不过一段故事而已。但在这段故事里，他必须履行承诺，不仅要将外在的束缚转化为自我约束，这是信用原则，还要以报恩的心情接受奴役，这是道义原则。被压在山下时，他本不死，却生不如死，因为，不自由，毋宁死！唐僧来了，不是救他性命，而是还他自由，他是为了最终的自由而走向奴役。一旦目的达到，目标实现，人至西天，经归东土，奴役就要结束时，金箍自然脱落，他终于自由了！《西游记》至此结束，留下耐人寻味的问题：那猴子最终是被体制化了，成佛作祖呢，还是回花果山去，继续从自发的生而自由的猴子转变为自觉的自由主义战士？看来他会选择后者。

《三国志》的两种读法

三国志有两种读法，一种是士人读法，一种是民间艺人读法。

士人读法首推苏东坡，民间艺人读法以罗贯中为代表。

坡老生于宋代，一个与艺术气氛共氤氲的朝代。史眼开在词里，史心在月夜波涌。淘尽赤壁沧桑，怀古之情奔放，一阙《念奴娇》，可抵一部《三国演义》。请看——

大江东去，浪淘尽，千古风流人物。故垒西边，人道是：三国周郎赤壁。乱石穿空，惊涛拍岸，卷起千堆雪。江山如画，一时多少豪杰。　　遥想公瑾当年，小乔初嫁了，雄姿英发，羽扇纶巾。谈笑间，樯橹灰飞烟灭。故国神游，多情应笑我，早生华发。人生如梦，一樽还酹江月。

坡老自有史观，以审美之眼读史，眼光穿透千堆浪花，来看赤壁古战场。美的历史要有美的抒写，坡老与周郎笑谈间便涤荡寰宇，将那充满自由的气息，滋润了那一年的历史，一句“羽扇纶巾”，便将三国英雄定格为美的恒在。

在美面前，一切机谋都暗淡了。小乔初嫁，如悬崖一枝花，专为英雄开放，呈现了历史刚性博弈中的人性之柔美。

曹操立于“樯橹灰飞烟灭”的岸边，那真是水深火热、无逃于天地之间的“哀美”表情，却以其“古直”，稍入坡老笔端。

词因江山起兴，以生命的感慨吟诵历史，以豪放之词眼观三国局面，便“江山如画”：审美呢？英雄放达，枭雄率性，更有美少年纯真矣！自由呢？像神一样俯瞰，大地分裂，却有新力量的元素凸起；历史裂变，自由在驰骋中流动着美的韵律；割据在自治的原色中，必因竞力而带来多元的浓彩。悲悯呢？千里无鸡鸣，白骨露于野，悲天悯人方知史。三国天下，单单周郎打开了三国魏晋玄味浪漫之美之先河，才有后来的谢安，颇得此中真昧。

历史上阴郁的故事各不相同，而美的传说必有同等的水准。世界史进入古典轴心时期，希波大战便有这种战地浪漫的传说。战前黄昏，晚霞是玫瑰色的，两位雅典城邦的将军把盏的液体也是玫瑰色的，他们在笑谈争论着关于“玫瑰色的脸庞”这句诗的修辞学问题。还有淝水之战，八公山上谢安围弈，把个周郎优雅淡定的名士风采发挥得淋漓尽致。任何时候，哪怕是最残酷的战争，都不能阻止人性追求美的力量，何必津津乐道于计呢？

罗贯中生在明代，朱元璋可没有宋朝皇帝的风雅，单是他取消喝茶的美仪，便表明一个实用粗鄙年头的开始。罗贯中在市井中说书，演义三国尚其智，一环扣一环用计，取悦听众，在“且听下回分解”中将包袱里的计谋抖开。价值观不同于坡老，他放弃了审美而酷要计谋，一部《三国演义》，无计不成书。一脚跌进王权主义的陷阱，诱使我民爱读三国之炫智，而不知其美也。

诸葛亮初出茅庐指点江山时，堪与周郎比肩。“一时瑜亮”，本为美谈，后人附会，竟成恶言。“既生瑜，何生亮”，为小说家戏言，不足为凭，但为三国确立了一个炫智模式，诸葛亮从此成为善用计谋的形象大使，“一时瑜亮”竟成了中国用计文化的代表。

古往今来人道尽，一部三国史究竟被演义了多少计，不知道是否有人统计过，军人用计，政治家用计，家庭用计，同事用计，商业用计。如今还有孙子兵法与企业管理，将用计提升为形而上之学术，我们真是个用计大国。

用计，本来是在人性的幽暗处玩雕刻，把它拿出来，放到光天化日下，让幽暗的玩意儿成为文化，应该说，这是罗贯中对中国文化的贡献。

三国志炫智，行仁义也以权术。刘备用计，以仁义为饰，难免扭曲；而诸葛亮用计，以忠义为本，有时很感人。

《三国演义》崇尚用计，使诸葛亮成了中国用计文化的圣人。

然而，治国之本是用计，还是建设？当然是建设。国家建设，包括国土建设、国防建设、制度建设、民生建设、文化建设，以建设增强国力。

刘备集团从未有过像样的政权建设（“隆中对”不是建设而是规划），而是忙于用计，因为打仗要用计。用计是刘备集团的核心竞争力，用计是单纯的军事观点，以用计代替综合实力竞争，会走向军事冒险。刘、关、张是草根化人物，他们的影响不在士林，没有本钱，也只好用计。

幸亏有坡老之赤壁怀古，消弭了历史的阴森之气，为三国平添了一缕阳光。一如司马迁写鸿门宴之项羽。鸿门宴上，他占据了历史制高点，让阴谋退出，人性放光。喝酒，管它明朝剑戟蔽日，还是血如残阳呢。微醉的欲望浮泛着青春的嫩色，那是人内心固守的一方净土，留给爱人，也留给敌人。让权力的异化、计谋的蹂躏，统统见鬼去吧，这是项羽的魅力。史人观史，从司马迁到坡老有自己的传统。

罗贯中之三国，乃用计之三国；而坡老之三国，则审美之三国也。一俗一雅，罗贯中与坡老之较，如诸葛亮和周瑜之较。

然俗文化之弊，其弊在向下，有一种下行的价值取向。从雅文化里“羽扇纶巾”的周郎，到俗文化中“羽扇纶巾”的诸葛亮，再往下去，“羽扇纶巾”就变成“摇鹅毛扇子的狗头军师了”。鲁迅批评罗贯中“状诸葛多智而近妖”，过度炫智，反而巫化了诸葛亮，倒不如有缺点的周郎，其智有限，其美无疆。

坡老读三国，唯美也；罗读三国，炫智也。如何读三国，还是见仁见智吧。

合上书，皓月当空，竹影摇曳，飘过竹帘，捕捉书香，一次很享受的阳台阅读。

12. 随风说书

民间传说，不立文字，就像随风说书一样地便利，轻风掠过，吹遍江河两岸、山间市井，悠游了几千年。

乡间，山坳里，袅袅炊烟，晕染了夕阳的光芒，洒满茅屋顶，错落着乡村的温婉。牧童吹晚笛拉长了荷锄的归影，村前溪边的水鸭步蹼憨痴，一步一摇地走向温馨的蜗居。柴扉两边的黄花摇曳着轻风，暗香弄犬，一个喷吠的长调，拉出主人贪恋把酒话桑麻的得意和早已准备好的古老话头，说与那院落树下如盘盏般盛满心灵的期待。

期待七夕鹊桥日，搭建一座人间自由精神的廊桥，在牛郎织女相会时，让爱情丰收。为了爱，仙女可以下凡，尝遍人间苦难，如七仙女之于董永；人死可以复活，如杜丽娘之于柳梦梅；可以历尽劫难，“千年等一回”，如白娘子之于许仙；还能视死如归，为情而殉，如祝英台之于梁山伯，化作蝴蝶，双双飞去……

市井陋巷，茶肆喧嚷，一支小曲婉转，唱那孟姜女哭倒了长城的小女子，也能哭倒秦始皇。她那一哭，哭出了人民所愿所想，谁知道民心里有着多大的力量？不知道已经听了多少遍，唱腔里，哀婉催生着反抗，感动了举到嘴边的茶杯凝在空中，茶博士的泪水和茶水忍不住一起流淌，滚烫着茶客们的心房。以自由精神的热度，给历史以温情，温暖着即将冷却的性灵。

勾栏瓦肆，粉墨登场。白娘子爱得百转千回，她被人伦的篱笆隔离在兽性一边。人类的历史似乎忘了《山海经》，忘了人类的始祖也曾有过人首蛇身。也许从蛇进化成人，是人类进化的另一条路径？也许她从《山海经》里来，被天理人伦的法宝打回了原形。兽的本性善良，没有为社会化的价值观念所褊狭，但经历千难万难，她还是被压在了雷峰塔下。传说要给听客一个交待，自由和爱情永不言败！整个观众都似愚公移山，无论如何，要把自由与爱情拯救出来。白娘子的命运，深入每一位听客的内心，从白娘子身上看到了自我的原型，于是，听众与白娘子一起坚持，一同担待，等待着她的儿子到来。母亲多么伟大！因为除了她自己，她还有儿子。儿子来拯救深陷地狱的母亲，那也是一次轰轰烈烈的自我拯救。

传说中的女子，具有爱的伟力。雷峰塔倒了，自由与爱情胜利了！爱情在人性里发酵，自由在因果中欢笑，一种苦涩的美感诞生在苦难中。

自由与爱情，是民间传说的主题，正如治国平天下是王朝史的主题。民间传说的主角，多半是女性；男性的地位，突出在王朝史里，在民间传说中，多为配角，作为背景，衬托永恒之女性。

人类最高贵最美好的情感，都在民间传说里，不在二十五史里。二十五史里，只有阴谋诡计和打来打去，所以，朱熹不教人读史，他批评陈亮说，提倡读史，只是教人打来打去，坏了心术。陈亮反唇相讥，说，你教人读经又如何呢？还不是教得人食古不化，不知变通，不会办事。男人就喜欢争，不管是战争，还是论争，都要争，不管以什么方式争，争的目的其实只有一个，那就是霸权。百家争鸣，说到底，也就是百家争霸。经也好，史也罢，都是争霸的产物。

而民间传说，尽管也有忧愁、哀婉、愤怒、抗争，甚至最后是死一样的沉寂，这一切，都是悲剧发生时，无助的女性最强烈的情感特征。但她有如冰川，可以等待，可以忍耐，直到化成流水奔向大海。《山海经》里，男神打仗打破了天，来补天的却是女娲；秦始皇为了打仗而筑长城，却被一个爱好和平的小女子哭倒了。“孟姜女哭长城”，民间一旦有了如此哀痛、悲愤的传说，那暴秦能不二世而亡？

到民间去，才会发现，民间传说可能是表达社会需求最好的文艺形式。人民口耳相传，通过感官建立精神的联系，草根气质里透出活泼的智慧，以美与慧颠覆了王朝史。于是，人民成为荷马，人人都是诗人。在人民的思想广场，古老的传说游吟在嘴边，随风说书，一代又一代人，为了最真实的人性——自由与爱情而传唱。

民间传说，具有民族化的能量，它能造就一个民族的梦想。

“民间”是什么？是国家的社会形态，是人民的空间存在，是生产方式的群众性分布，是经济要素的市场化组合。国家的自然形态，叫江山，民间坐落于江山；国家的文化形态，叫历史，民间承载着历史。民间非“野”，无须与“朝”相对，这是王朝中国时代的说法。如果从文化史观来看，民间可以取代王朝代表中国，却没有哪一个朝代可以自称完全代表中国，那些曾经这样自称过的，如今早已灰飞烟灭，可“民间”还在，不会因秦亡而亡，也不会随汉衰而衰。三千年来，王朝走向没落，而“民间”还在发展，从君主中国发展为民主中国，从王权中国发展为民权中国。

三、送 秋

——考古的美学与意味

1. 牛河梁人“白骨启示录”

从燕山南北、长城内外，到渤海湾一带，那是红山文化板块。在东北辽河与内蒙古老哈河之间的两河流域，还在六千年前，它就哺育了中国的玉文化，这一带出土的玉器展现了红山人精神生活的样式。

在辽西，大凌河源头“凌源”，燕山支脉努鲁儿虎山南麓，考古工作者在山梁上有了新发现，山梁因山下流过的那条牤牛河而得名，叫“牛河梁”，遗址就叫“牛河梁遗址”了，是红山文化的典型。

一把小小的洛阳铲就像钟摆，一铲定格在积石冢之第二地点一号冢第二十一号墓。墓中未朽的，有累累白骨，还有玉。玉是不朽的，经历了六七千年的白骨难保不朽。但墓主的白骨仰卧平躺一丝不乱，看起来安详愉悦。从头到脚，还有腹部，都摆放了玉，头枕一件斜口玉管，两耳、两手、两脚边均摆放了多个玉璧，腹部中间的那件大眼睛玉牌饰端庄而炯炯依然。

白玉依护着白骨，白骨的骨髓，也许早已沁入玉中。纳髓入玉，生命的精髓在人死后转化为灵魂，灵魂以玉为载体，获得了不朽，玉是牛河梁人灵魂最后的据点。

头枕斜口玉管，那是灵魂的出口；头枕精致的玉凤凰，不用说那是灵魂的坐驾。人死了，再也不能在大地上自由奔跑了。一具不自由的石棺里，却有着一具快乐、满足、自信的白骨，因为它相信，借助玉这高贵的灵媒，他的灵魂已经自由飞翔在蓝天之下了。

又一具白骨，姿态优雅安详，与腹部有一块大眼睛玉牌饰的那位一样，这位胸前一对玦形玉猪龙安然自得。尽管它们已经守护主人六千多岁了，但依旧憨态可掬，一长鼻子的褶皱，勾勒出一脸的幽默，首尾相接的姿态生动一圈，在“玦”处戛然而止。

躺在那里的那位牛河梁人，看得出他的安葬，是不光要安顿身体，更要安顿灵魂的，过了六千多年，肉体已化，化入土中，沁为玉色。瞧他那一副完整的骨架子，多么舒展，可以想见，他生前是如何的矫健。这是一个从身体到灵魂都已安顿好了的人，头枕玉，手握玉，脚踏玉，胸前还挂着玉猪龙，玉猪龙里面就住着他的灵魂。他的身体在石棺里死得其所，他的灵魂则在玉里找到安顿的家园。

牛河梁人生活在一个幸福的国度里，才能死得如此尊贵无比，他们的灵魂从躯体沁到永恒之玉里，他们的躯体化为白骨才会那么安详。在一个没有文字的史前空间里，人的精神可以借助玉之灵媒而永恒。也许牛河梁人预见了考古学会来临，才为我们准备好了精神传承的密码。

“玉”在甲骨文里，看上去像个“丰”字，在金文里，同“王”字，到了隶书以后，才加那一点，区别于“王”字。《说文》指出，“玉”字本来是三玉相连，以一竖“丨”贯穿其中。这一解释会让人产生联想，那一竖就像那具颇具尊严的白骨，三横就是那沁着墓主灵魂的三段玉饰，看那架势，很有点“一贯三为王”的自由意志；而看他那么安然地躺着，就知道他已将自己的灵魂安顿好了。有精神者为王，王之初意就是玉。

有人认为，“王”与“玉”还是有区别的，区别在于，“王”字中画靠近上面那一横，而“玉”字则不偏不倚，三横均匀。明朝魏校撰《六书精蕴》中就提到了“王”和“玉”的区别，他说：“帝王之王，一贯三为义。三者，天、地、人也。中画近上，王者法天也。珠王之王，三画相均，象连贯形。俗书不知帝王字中画近上之义，加点于旁以别之。”王和玉那样微妙的区别，其实是没有的，是被王权体制化的人，偏要将王凌驾起来的奴性作怪。

最起码，《说文》里就没有提到过，司马光编《类书》，说过“王”字加点为“玉”，而未有“中画偏上为王”说，魏校之说有些迂，他硬要把“一贯三为王”与“一贯三为玉”区分开来，而忽略了它们的统一性。魏校认为，“一贯三为王”的“三”，是指天、地、人，而“一贯三为玉”的“三”，则为三块玉，所以要分开。可如果王通天、地、人要以玉为灵媒，我们为什么还要把它们分开呢？

事实亦如此，当玉被作为祭祀礼器的时候，巫觋因通天、地、人而掌握了话语权，政教合一为王权。于华夏开国时，玉就作为政教合一的标志，担负着国家起源的使命。据王国维先生考证，繁体“禮”字左偏旁“礻”，是祭神台，右“豊”就是祭祀所用的玉器。

石之纯美者为玉，可《说文》里非说玉有“五德”之美，则是倾向于道德理性的一种说法，这是文明被体制化以后的说法。

关于死，考古学不能太唯“物”，不要过于看重遗址遗物的“物”的一面。不妨问一问，人死为何要安葬？人之初对于死的那一番心情，并非出于动物本能，而是出于人之所以为人的人本性。

生对死要有个认真的安排，死对生要有个满意的交代，人生的过程才会生出道德感。牛河梁人提供了一种死后的精神安顿方式，对当下是一个“白骨启示录”，死得其所不仅指肉体，更重要指精神的安顿。

唯物主义告诉我们，那是石器时代，而石头却说，还有神灵，它就附在我体内。人之初，人所能掌握的物质很有限，石头是最早也是最重要的一种，那时，人的精力和精神，都集中在石头上。

没有文字的凭依和媒介，我们认识石器的世界有多么困难。幸好还有精神，拉近我们之间的距离，解除我们的迟疑。

其实人类历史传承的不就是那点精神吗？回到原点

一看，“神马都是浮云”，唯有精神是蓝天。

如今我们再也无法安宁了，承载我们精神的躯体，就像老牛拉车一样，走到人生尽头，它将化为灰烬。同时它将因没有腐朽的机会而不能参与自然循环，我们死后的自然性被剥夺了，不再是自然的一部分了。号称天人合一，死后还是被老天开除了。还有什么比死后的绝望更绝望呢?

这一切的起因是由于九百六十万平方公里的土地上已经没有安放有尊严的白骨的一小块儿土地了，即便它已经化为灰烬，那存放骨灰的合成材质的小盒，也因代价巨大而随时处于踌躇犹豫尴尬困窘之中。如果再想想那一点儿灰烬里是否还搀杂了他人的一不小心遗漏的“飘零物”，于是灵魂开始不安。在人类生存了万年之后，我们终于遭遇了土地紧张带来的灵魂危机，我们再也不能死得其所了。

关于精神和灵魂的那些事儿，还真不能太唯物了。

你有玉吗?让它安放你的灵魂，而不是你的钱财。即便你无处可死，骨灰随风扬弃，但灵魂不死。

2. 彩陶文艺复兴

历史学里，有一种史观叫做“地理决定论”，曾经很流行。

然而，在全球一体化的今天，它有些过时了。因为人类的生存状态已不再受制于相对封闭的地理空间，地理因素对历史的影响也不具有决定性，信息化生存超越了地理性的历史空间。

不过，20 世纪以前，地理因素对人类文明的影响是举足轻重的，但地理因素再怎么重要，也比不过人自身。

虽说"一方水土养一方人"，但人生而自由，却不是由一方水土养出来的，而是放之四海而皆准的。正如不管在地球的哪一方水土，所有的人都要直立行走；不管受怎样的地理因素影响，几乎没有人不会自发地使用石头。在决定文明的基本面上，一方水土的作用，理应排在人的本质之后。

可不同的水土还是会产生不同的文化。文化类型，一般来说，跟产生它的地理环境有关。人的本质虽然决定文明的基本面，但文化还是人类适应环境的产物，有着鲜明的地域特征。

例如语言。人类无不使用语言，这是文明的基本面，但地域不同，人的语言也不同，这就属于文化范畴。地理环境的制约性更多地反映在文化的类型方面，而非体现于文明的基本面上。

还有，人的植物性使人类从采集走向农耕，人的动物性使人类从狩猎走向游牧，这些都是文明的基本面。但不同地域之人，究竟以农耕为主，还是以游牧为主，则取决于地理环境，并由此形成与之相应的文化类型。

从文化的地理环境开始谈原始文化，首先要明确那些原创原始文化的人，并非进化论中所言的类人猿，而是那些选择了勇敢地站立起来、创造人类世界的人。

距今五千年到八千年以前，中国大地上，从东到西，由南而北，分布了多少这样的原始文化，它们密集于东南沿海、两河流域、渤海湾，几千年来，山与海的升降和进退，决定了文明的基本格局。

有多少这样“生而自由，死亦自由”的原始人在天地和山海之间自由地奔走？

那时候，中国的海岸线与现在大不相同，渤海湾西岸凹在燕山—太行山山麓，海岸线沿山麓西南行，在今天的蓟县—宝坻—保定—石家庄—邯郸—安阳一线，海湾显然比现在要大很多，就像个地中海。那时，如果活动在太行山一带的仰韶人登山眺望东方，应有一番“面朝大海，春暖花开”的景象。

那时气候也温暖，人类走出冰期，正在进入全新世的文明的春天。如果我们相信，人类文明还真有过那么一个黄金时代，那时代一定是在距今六七千年前，原始文化遍地，如春暖花开一般。很多学者称那一时期为“中国全新世大暖期”，如以文化来标志，又称“仰韶温暖期”。为什么要以仰韶文化来标志呢？不光是因为它遗址多，分布广，还由于它的分布由西向东，渐次降低，犹如三级阶梯之地貌。其分布范围，西起陇山，东至渤海，北达阴山，南抵江汉，以华山为中心，以关中、陕北地区为重镇，分布着仰韶文化类型。

仰韶人的活动范围，就在后来汉人的地盘。因此，我们一开始就习惯于将仰韶人视为汉人先祖或汉地初民。仰韶人是幸运的，他们从高原走向大海，在一个最宜于人类生息的周期，生长在一个最宜于人类居住的地区，天气是那么温暖，而大地又那么富饶，生为仰韶人，当时应该是最为富有而自由的。

随着地球自转，从东往西带来大温暖期。人类走出冰期当然也是从东方开始，东方在八千年前率先进入“仰韶温暖期”，西方跟着变暖，直到七千年前，暖风才吹进被西方学者称为“大西洋期”的温暖时代。

从“仰韶温暖期”到“大西洋期”，中间有一千余年，人类很可能有过一轮大波浪似的、后浪追前浪般的从西向东的大迁徙，“仰韶文化西来”说。多少摸到了它的一脉气息。

1921 年，瑞典考古学家安特生在中国河南省渑池县仰韶村发现了彩陶文化遗址，提出了“仰韶文化西来”说。谈起文化来源，他认为河南与甘肃出土的彩陶，同中亚土库曼斯坦的安诺文化彩陶有密切联系，而中亚彩陶文化来自西亚，所以，仰韶文化“西来”。此说一出，便随着近代“西化”流行起来。

那年头，正是新文化运动席卷中国、西化思潮弥漫东方之时，西方人纷纷来华，除了传道，还考古，在中国大地上，发现了一处又一处史前文化。仰韶文化，可以说是最重要的一处，因为这一遗址不仅地处中原，作为一种文化类型分布甚广，而且还源远流长，突破了太史公建立的以黄帝为始祖的“炎黄子孙”的历史谱系，以至于我们不能不相信我们除了是炎黄子孙还是仰韶文化的传人。可安特生却告诉我们，仰韶文化“西来”，我们的远祖同安特生的祖先居然一样，都是“西来”人。

在新旧交替之际，东西方冲突之时，这种说法无疑对中国传统提出了严重挑战。安特生为了进一步证明他的“西来”说，又跑到甘肃去考古，发现了马家窑文化。他兴奋极了，以为自己找到了比仰韶文化更早的“西来”文化。因为他注意到甘陶比豫陶更发达，而且遗址里未见有中原特征的陶鬲，所以他认定彩陶来自西方，当东行到达甘肃时，尚未受中原固有文化的影响，传到豫地，才与以陶鬲为代表的中原固有文化相结合。

然而，就在安特生将东西方在文化上的纠结带进考古学时，研究表明，仰韶文化比马家窑文化在时间上要早，有种种迹象显示，甘肃、青海一带的彩陶文化反倒是从中原传播过去的。中国考古工作者发掘了更多的遗址，拿出了更多的实物，来证明中国文化由本土起源。

进一步的发掘证明，是东西方两种最古老的彩陶文化在中土相会，给中国带来了第一次史前文艺复兴。温暖使冰川融化，海水上升，驱使渤海湾、山东以及太湖流域携沿海文明向中原迁徙，寒冷的西方则由于暖期迟到而被迫向东，东西方两大文明体系就在这个春暖花开之地相遇。

从大地湾到马家窑，仰韶人在彩陶之路上大约走了三千年，在与西来的彩陶交流中，形成了一条彩陶文化带。如果说石器还只是对自然物的加工和利用，那么陶器则是人用水、火、土三种元素加以形式化的造物，使人从自然物的天然加工者转化为自由的造物者，从直接利用自然物转向以自然物为原材料创造自然界里原来没有的新事物。仰韶人以一种新的生产方式及其产业造物，也造就了神话中的神——以造物者为原型加以放大和提升。神的职能是造物，三皇五帝、尧天舜日的传说，或由此而来。

我们不知道仰韶人怎样以口述的方式在传说中造神，也不知道后世以图文载录的神话有哪些属于仰韶人，但我们从仰韶人留下的彩陶文化中依稀可见造物者的自我，以及造物者以造型和绘饰发表的宣言："我就是神!"看看那件青海马厂出土的浮雕裸体人像，像不像史前的自由女神?

仰韶人用毛笔画纹饰，奔放的线条如大地流水，水里有鱼，似天上行云，云中有鸟。那鱼和鸟，上下与天地同流，从漩涡来，回漩涡去，通过漩涡，向我们展示了他们的人文思想和宇宙意识，用彩陶工艺向我们讲解了他们的自然哲学。还有那件"人面鱼纹盆"，人在做梦，鱼游梦里……

陶器为媒，远胜于石。石头只能雕刻，表现受到限制，而陶的表现性则相对丰富，可雕，可塑，可以书写和刻画，能表现更为复杂的符号化思想，提撕更加深刻的形式化精神。

当陶器取代石头成为传媒材料，东西方才开始了广泛交流，交流的标记留在陶器上。安特生等人发现了陶器上西来的那一部分，我们将其视如自西向东的右旋之“卐”，而从长江流域及东南沿海过来的那一部分，则视如由东往西的左旋之“卍”，它们仿佛就是史前那一场文艺复兴运动的标志。

有两次文艺复兴运动兴起于中国西域。一次在汉唐西域，那是以敦煌为中心的河西之地，据说，英国历史学家、哲人汤因比就神往于此。另一次在仰韶西域，那是更靠近中原的陇西洮水岸边的小村子，是史前的敦煌——马家窑所在地。如果允许我们像哲人汤因比那样来选择，我们愿意在更温暖更自由的仰韶西域安居。

3. 一双史前的眼睛

石头上，眼如繁星，良渚人有多少玉器，就有多少双眼睛，良渚的玉器在哪里出现，哪里就有良渚人的眼睛闪烁，一种渴望超越原生态自我的自由精神在眼中传播。

良渚人为什么将眼睛镌刻在玉器上？作为它的欣赏者，我们需要开支脑力，花费思想，穿透彼时温润的时光隧道，去阅读“大眼睛”烙印在玉石上的文明初创期的精神价值。

“玉眼”很大，有很多圈，如树之年轮，更像今人的近视眼镜。距今约五千年前，天目山余脉的一块谷地，有一双大眼睛在杭嘉湖平原上仰望星空，在余杭良渚一带逡巡原野。那是一双灵眼，不光在看，更在发现。于是良渚人首先发现了眼睛在第一时间里的妙用，眼睛里一定有神灵，于是他们便把眼睛镌刻在坚硬而又温润的玉石上，与神永恒。

眼睛是认识自然的开始，也是人模仿自然的前提。就在人猿相揖别的那一刻，怕是浑身长满眼睛也不够用。第一次这样看世界吗？人站起来了，哈，抬头望天，低头瞧地，还可以将脖子扭上一扭，环顾左右而南北东西。

曾经的一双眼睛，目光忐忑在二维射程里，即便将惊异极目到地平线，恐怕距脚趾尖也不太远。人一站立起来，就抱定了要么从万物中消失，要么成为万物的尺度，自己赋予自己选择的权利，用人自己的方式，而非自然给定的方式，去发现一个新世界。

人站起来了，眼睛显得多么的重要。在观察中，视觉搜索了大量的信息成就了模仿，孕育了想象，制造了梦想，给心灵供给情感的养料，给思想提供理性的元素。也许这过程很漫长，但它终将人从自然原创的兽类束缚中解放出来，一个自由的突破，将自我塑造了一个天地间独一无二的自由的人，自由是人成其为人的第一个原始基因。终于明白了，人为什么那么渴望自由，是因为人生而自由。

人站起来了，人和人可以用眼神交流。那是一种心灵的感觉，是两颗心灵在自由荡漾中交流。眼睛是心灵的窗口，就这样，心灵的情感从眼睛的窗口流出，在还未被“非礼勿视”体制化之前，是那么的纯净和直白。

这样的眼睛当然是给神的。神在哪里？在瞬息万变、流转不息而又触摸不到的时空里，而神的眼睛在石灵时代就藏在玉石的背后，玉则是祭神的礼器。

这件玉琮是良渚人祭祀用的“琮王”，出土于余杭反山遗址。反山在良渚文化遗址中规模最大、规格最高、玉器最多，因而引起了考古学界的许多唯物主义猜想。古书上说“玉璧祭天，玉琮礼地”，从现有的考古发掘来看，这种用玉祭天礼地的规仪，也许是良渚人的原创。玉琮上用浅浮雕和阴刻线两种技法雕刻了八个神人复合像，表明了良渚人的神性内涵极为奇特而丰满。

神人头戴大羽冠，倒梯形脸，两只长臂几乎取代了羽冠人的身体，控制着那双架在鼻子上一圈一圈放大的眼睛。两耳鸟头纹，两只利爪卧在下巴底下。天真中的威慑力，让它成为“良渚神徽”。

用文明的眼神与它凝神对视，视觉冲击力还是那双充满神性而透明的大眼睛。在余杭瑶山遗址出土的玉牌饰，表面浮雕的是“良渚神徽”的简约版，线条简洁明朗，笑容将嘴角拉长至两耳边，鼻孔凸起如两只小圆豆，洋溢着美学的感染力，也是一种精神感染力。

精神就是精神的事儿，孟子说的不错，人与动物的区别就那么一点儿。动物也会看，那眼神绝不亚于人类，天上的鹰眼，地上的狼眼，其目光之锐利，岂不令人胆寒？可它们除了察看猎物，还能发现什么呢？那是大自然一次性给定的眼，一次性给定的看。

而人用眼睛不光发现了世界，还发现了自身，自身同世界相对，但它也是自然的一部分。人又通过眼睛进入自身，那返观的目光，悄然洒落在自身上，同自身的目光相碰撞。“良渚神徽”的眼睛，就是这样一双眼睛，它们被赋予了良渚人的精神期盼。

因此，比起同时代的各种图徽符号，“良渚神徽”以其眼睛早已超越了图腾动物的原始期，比如“龙凤”。“良渚神徽”驾驭着超越的清风，进入了一个原创精神的时代。精神，是人类独一无二的精华通过神性表现出来的心灵需求，“良渚神徽”也许是第一个对这一神性需求进行了良渚方式的叙述。

带着神意的每一笔都极为精致，表明它并非粗陋，亦非挣扎在生存线上的慌乱乞求者，而是一个系统结构和概念形式。戴着大羽冠的神人位居脑门，它是代表心灵的神灵。脑门之下凸起一双眼睛，随时与心灵互动，共同认识这个世界，发现一个适合自由生存的存在。眼睛，让我们想起来一段神话故事，还有一个汉字。

《山海经·海外西经》里有一位大英雄，与黄帝大战，头颅被砍，滚落到常阳山谷。英雄找不到头颅，愤怒中以乳为目，以脐为口，操干戚以舞，愈战愈勇。他是刑天，没有头颅可以，但不能没有眼睛。刑天是南方炎帝的属将，于是这个崇拜眼睛的南方方国，将刑天传说成以乳为目的战神。那故事有自由的基因，在随风说书中流传。

也许是一个夏日的傍晚，有一位游吟诗人来到良渚。很像《易经·系辞》里的那位伏羲氏，仰观天象，俯察地法，观鸟兽之文与地之宜，近取诸身，远取诸物，于是始作八卦，以通神明之德，以类万物之情。垂法作宪，制定规则。这一文明的法则是“良渚神徽”精神的延伸。

仓颉“双瞳四目”，是良渚神徽的族亲，追随伏羲，依据神徽造了一个“憲”字。从下往上看，最下面的“心”，是心灵深处，人类从心灵深处睁开了灵眼，用灵眼来看世界，便是《说文解字》里说的“从心从目”。眼睛上面，还有一只手，那高高举起的手，手里握着的，是石头，是棍棒，是猎物，是产品，总之，那是一只作为万物尺度的手，向苍天举起来宣告人的自由。这就是人的灵性为自然立法，灵的宪法就是神话。

良渚人，人人有玉，因为人人都有精神，哪怕是殉葬者身上也有一两件玉器。玉是神器，表明人人可以通神，在神面前人人平等。多么好呀，人人有玉，人人有精神；人人有余，人人物质丰满。精神有余，物质有余，他们可以把大量的时间用于精神生活，他们是自己的神。

有一种解释，说洪水来了，将石器时代最先进的玉文明淹没了，良渚人不得不迁徙。一支北迁与山东龙山文化融合，商代青铜纹样直接来源于良渚神徽那美的启迪；与东北红山文化发生了联系，红山文化遗址出土了一件玉牌饰，虽然精神标准已经下滑，但多少保持了良渚风格。一支向西或西南迁徙，经过江西到达广东沿海。在江西落地生根，过了两千年进入吴城新干大洋洲青铜时代，大眼睛在文明的载体发生转变之际，被火热的青铜液体凝固为“臣”字。

这样的眼睛还有精神内涵吗？还是心灵的窗口吗？

4. 金币之国

有人说，楚文化与古希腊文化相似，不知从何说起。不过，楚以金币立国，也许与古希腊确有相似之处。古希腊金币上，比较常见的是女神雅典娜侧面头像。看来流通中的信用，起初要靠信仰，货币的价值要由神权来保障。可仔细一想，雅典娜是什么神？是战神，看来货币还与战争有关。同一时期，波斯帝国铸币，正反两面都铸有弓箭，益见其以金币为国之利器，宣示军国主义。

在中国，黄金一说或可上溯至夏，《史记·平准书》说“虞夏之币，金为三品”，或有黄金。虽未见实物，但《山海经》中，多言“金玉”可为佐证。

广泛使用金属货币并留有实物，是在春秋战国时期。不过，中国货币理念迥异，既没有神圣化，与信仰挂钩；也没有崇尚武力，作为战争的标志；而是由生产工具演化而来，以货币来提倡生产。三晋“布币”，“布”为铲，是农业生产工具；燕齐“刀币”，“刀”为削器，为手工业工具；战国后期出现的圜钱，则与古代妇女使用的纺轮相似。这些都是青铜货币。

楚有金币，称“爰金”。“爰”为称量单位，支付时切割成小方块，再用秤称其重量。今所见出土的楚国金币版上，当时交易的割痕还很明显。“爰金”上镌有“郢爰”或“陈爰”字样。“郢”和“陈”皆为楚都之名。郢位于今湖北荆州纪南城，陈位于河南淮阳。“郢爰”或“陈爰”皆不作工具状，而以都城名，表明国家意识已觉醒。楚先都郢，秦军破郢后，又迁都于陈，很快发行“陈爰”。

楚人用金币，大约与古希腊人同时。管仲早就说过，楚有汝汉之金，“使夷吾得居楚之黄金，吾能令农毋耕而食，女毋织而衣”。“夷吾”，即管仲，语出《管子·轻重甲》。楚人拥有金币，但他们只做不说，没有留下关于货币的理论，更没有以金币为本位发展出重商主义。谈金币，始于《管子》。

《管子·轻重乙》说：“五谷粟米，民之司命也；黄金刀币，民之通货也。先王善执其通货，以御其司命，故民力可得而尽也。”重商主义要法先王，以金币“守财物，御民事，平天下”。“守财物”，即言国家财政；“御民事”，指生产与消费；“平天下”，应该指国际贸易，如今之所谓“全球经济一体化”。

先王“币分三等”，珠玉为上币，黄金为中币，刀布为下币。刀布之类，可以“守财物”“御民事”，却难以“平天下”，因为国际贸易还得靠金币。金币多少，与国家大小有关，通常“万乘之国必有万金之贾，千乘之国必有千金之贾，百乘之国必有百金之贾”。此“贾”，泛指奉行重商主义的商战之士。人君坐庄一国，操盘天下，乃国贾。

还是在《轻重甲》里，管仲对齐桓公说：我以为，有可能成就王业的国家有三个，齐国是其一。桓公问：你凭什么这样说？管仲回答说：楚有汝汉之金，齐有渠展之盐，燕有辽东之煮，金和盐，都是能成就王业的本钱。

于是，桓公煮盐于海，“成盐三万六千钟”，召管仲而问曰：安用此盐？管仲对答：一要专营，令“北海之众无得聚庸而煮盐”；二要专利，让有钱人行盐，且获利，“盐必坐长而十倍”也。果如其言，齐“得成金壹万千余斤”。

桓公又问：这么多金子，怎么用？管仲回答：你要带头用，有人来献礼、进贡，你要他们都用金子，你赏赐臣下，也要用金子，你一用金子，齐国上下跟着用，各国跟着用，大家都来用，就“金重而万物轻”，使金价“坐长而百倍”。

金价“坐长而百倍”，获利最大的并非齐国，而是楚国。据说，齐刀流通，不出山东，而楚币，东往齐，西至秦，北上三晋，遍及吴越，覆盖黄河长江两河流域，多用于国际贸易，包山楚简中，还有“关金”记载。

楚币国际化，如美元之于当下，在那时的中国化世界流通，使楚国在长江黄河之两河流域一体化进程中发挥作用。还在孔子向老子问礼之前，楚国就想来主宰中国化世界，以三大主义解决中国化问题。谈地缘政治，楚是蛮夷帝国主义；论商品经济，楚是蛮夷资本主义；言思想文化，楚是蛮夷自然主义。孔子作《春秋》，谈到“荆楚”之处，约有一百四十三次，堪为各国之最，说明楚国在当时国际活动之频繁。

这样说，是因为迄今为止，所见出土货币，各国均为铜币，唯楚有金币。然而，楚以一国，如何能满足各国对于金币的需求呢？《管子》只提到楚有“汝汉之金”，没提到另一条来路，即来自西南川滇一路的丽水之金。司马迁在《史记·西南夷列传》中，提到楚人庄乔王滇，未言采金，“黄金来路”一说，由近人徐中舒于《试论岷山庄王与滇王庄乔》提出，后因秦军入蜀，才断了这条金路。

管仲毕竟高明，其高明在以黄金捆绑食盐，如当下石油与美元，切入各国国计民生，以贸易战为帝国主义的本钱。后来，楚灭越国，亦煮盐于东海，更加强大起来，但历史已进入新时代——不是金盐合一，而是耕战合一；不是尊天子，而是自为帝；不是称霸诸侯，而是赢家通吃，主宰了国际。

总之，重商主义已过时，新生代兴起了军国主义，比着搞君主专制。在中国，重商也要有前提，那就是君主专制。专营、专利都要靠专制，拜金主义也是要有君主带头才能兴起来的。但是，重商主义的君主专制，终归还要受制于货币流通和市场机制，毕竟要借用经济杠杆并符合价值规律。如此，便决定了重商主义的世界观要王权与金权并行，不可能搞绝对的君主专制。

搞绝对君主专制不能靠重商主义，要靠军国主义，管仲的后学商鞅比他的前辈更明于此道。谈帝王学，必言管、商之术。管子重商，故齐多商战之士；商君重农，故秦以耕战合一，而全民皆兵。管子以重商主义治齐，开了春秋争霸的先河；商鞅以军国主义强秦，则是战国兼并时代到来的标志。霸权时代，霸主还要以《周礼》为国际法，“挟天子以令诸侯”，当个“阴王”就行；而兼并时代，则列国以兼并战争杀人灭国，而求能“定于一”。

军国主义战胜了重商主义。因为在重商主义的旗帜下，真正富强起来的，不是各国诸侯——所谓“公室”，而是“私家”。

秦终于灭了六国。然而，绝对的君主专制亦物极必反，使权力更彻底地下移——农民崛起。自从耕战合一，农民成为战士，王权便触及了农业文明的底线。秦的胜利便是在文明的底线上把农民发动起来了。秦二世而亡，也是由于秦以暴政破了农业文明的底线。六国之人皆不畏秦，纷纷刺秦，唯楚人大举义兵，何也？以楚人多金，还有民间起兵的资本。楚人再一次从文明的底线崛起，发动农民，先是陈胜、吴广，后有项羽、刘邦，直到开天辟地，农民中出了一位皇帝，权力下移才告终止。王权从此禁用黄金，后来，民众又选择了白银。请记住，要守住文明的底线，不仅要有能耕战的农民，还要有发动农民的黄金白银。

5. 快乐的临淄

齐国都城临淄，乃海岱之间一都会，华丽而殷实。

海风从东北渤海湾吹来，送来海鲜的滋味，还有随风而飘的自由气息。南部泰山自古为钟鼓礼乐之地，庄严而又厚重的人文熏染，与海风交融，培养了临淄人快乐而不过度的务实性格。

他们很自信，以齐地为中心快乐着。他们天真地以为，齐州之齐，是脐之意，即天之脐也。

就这样，他们世代生活在天之脐上。城东南有个湖，就叫天脐池，或叫天脐渊。城北有两条东西向的大道称“庄”，宽十五米，可六辆马车并行；中部一条东西向的大道称“康”，宽十七米，可陈师列阵，在康、庄大道之间，是城中最繁华的地带——“国市”。

在这座繁华的都市里，其民无不吹竽、鼓瑟、击筑、弹琴、斗鸡、走犬、六博、蹋鞠。看来齐国的娱乐业还蛮发达，人们快乐地享受着城市生活。这种快乐遗传到今天，并感染着全世界。2004 年国际足联发表了一个“足球公告”，称“足球起源于临淄”。

这样一个人性化的都市，引得天下熙熙皆为利来，天下攘攘皆为利往，使“临淄之途，车毂击，人肩摩，连衽成帷，举袂成幕，挥汗成雨”。国际化的移民城就是这样炼成的，当然，还有稷下学宫因宽容和自由而吸引的思想精英之移民。因此，在齐宣王时，临淄城内居民七万户，可供出征的男子就有二十一万，加上驻军共有六十多万人，在当时，算得上是大都市了，它与当时的赵之邯郸、楚之郢都，并称国际商品的三大集散地。

难怪策士张仪对齐的富庶啧啧不已。他说：天下强国无过齐者，大臣父兄殷众富乐，无过齐者。但他话锋一转，说此皆为一时之乐，而非社稷之长利。所谓长利当然是与秦连横了。张仪就是张仪，齐王真的被他说动了。居然先拿出“鱼盐之地三百”，权当一件小小的礼物送给秦国。

看来，区区“鱼盐之地三百”，对齐王来说不过是“洒洒水”而已，齐国是商品经济，又有丰富的海洋资源，国家的表情是充分开放的，及时行乐，它有实力行乐。可这些都不足为奇。

中国历史上，有比临淄大的城市，却没有它的乐趣；有像它一样快乐的城市，却没有它有思想的魅力。《清明上河图》里，有市井乐趣，却没有思想者的乐园。《姑苏繁华图》里，有康雍乾盛世的繁华，却没有士人杏坛的清风习习。明清紫禁城里，有规矩，没有乐趣，有帝王气象、阴谋诡计，就是没有自由的效率和灿烂的阳光。

齐人也善战。战车之精良，士兵之精干，打起仗来，疾如锥矢，战如雷电，解如风雨。不仅如此，打仗，也要有思想，齐人还喜欢在战争中炫智，在炫智中盛产兵法。齐人打败魏国，就用了孙膑兵法，在兵法里找到了乐趣。

秦国和齐国不一样，整个国家从上到下都板着一副战争机器的脸。农业经济，绷着的也是一根耕战合一的弦，一刻都不敢松懈。身受苦难折磨、终年辛苦劳作的人们是不会娱乐的，说的就是集权高度发达的秦国。齐人不一样，不是为战争而存在，而是因为存在不得不进行战争，他们的存在，有另外的目的，那目的就是行乐。

当临淄人吹竽、鼓瑟、击筑、弹琴快乐时，秦人表达快乐的方式还停留在单音节上。秦赵渑池之会上，秦王欲仗势欺赵王，强迫赵王为他鼓瑟助酒，然后命秦御史记下：某年某月某日，秦王与赵王会饮，令赵王鼓瑟。以示侮辱赵王。见此，赵国智者蔺相如上前道：听说大王善秦声，请击缶，否则五步之内，得以颈血溅大王。并召赵御史记下：某年某月某日，秦王为赵王击缶。

哈，这里所说的“秦声”就是敲击陶罐。秦人偶尔一乐，顺手就击缶拍股。股，大腿也。难怪秦始皇向往东方的礼乐之声，甚至连秦人的陵墓都是坐西朝东的。2008 年秦人张艺谋回归秦声，再造击缶辉煌。但颇为雷人的不是浩大的排场，而是他将秦人的瓦罐换成楚人的“冰鉴”（冰酒器）了。当时秦人可没有这么先进而又时尚的物质享受之乐，想必击缶一声闷响，众声皆“郁”，于是“郁闷”一词的流行，专制社会不用申请就拥有对这一词汇的专利。

古希腊人创造的概念，多与人的快乐相关。其中“学校”就是“闲暇”之意，有闲暇养着才有思想的可能，闲暇的广场就是学校，学校在雅典城的广场上自由地制造思想的快乐。而现在我们的学校是战场，是培养考试战士的地方，绝对不允许拥有闲暇。

临淄有一座城门叫稷门，齐桓公田午在稷门附近建了一座学宫，名曰“稷下学宫”，吸引天下学士，不问国籍，不问身份，更不问思想观点、政治倾向，当然也没有人会问你是什么资历或学历，来者不拒，可谓“东方的雅典广场”。

这里常常会有思想家、学者名流的身影流连。奴隶出身、赘婿身份的淳于髡，号称天口骈的雄辩家田骈，道家接予，赵人慎到、荀子，满口锦绣牢骚的楚人屈原，邹人孟子等，皆赐列第，为上大夫爵。司马光曾在《稷下赋》中说稷下“致千里之奇士，总百家之伟说”。这就是后世所称羡的“百家争鸣”了。

稷下还有一个可贵之处，那就是在经济上提供自助餐，而非提供饭碗；在思想上提供论坛，而非提供论点。游士们吃完了，可以自由来去，国家为他们买单；想说话时，可以自由发言，国家不要求统一观点。据当时情形来看，以一国之力，养士不难，可游士作为个体，任其自由，还让他们“不治而议论”，这很难。

将“治”与“议论”分开，将“治”者与“论”者分开，这样，就能使政治对舆论作选择，而不受舆论干扰，而理论，就能跟着思想走，不必围绕政治转。因此，稷下学宫里，没有像商鞅那样的能一举扭转乾坤的法家，也没有像吴起那样的战无不胜的兵家，这两人，是既要“治”，又要“思”的。

将“治”与“思”融为一体，使思想者与统治者合一，往往酿成悲剧。一旦王者逝去，皮之不存，毛将焉附之？吴起在楚如此，商鞅在秦也如此。这种悲剧在两千年专制政治中循环往复。

齐人思想多用隐语，就像苏格拉底的追问。对于思想的评价，要看其中含有的乐趣；思想的交流，用互相启发的方式，而不是教训人，讲大道理。

这就是齐国人为什么喜欢淳于髡而不喜欢孟子。思想正确与否并不重要，关键是思想要能给人带来启示和乐趣，像孟子那样一脸正气的滔滔雄辩，即使句句是真理，也没人当回事。

齐人喜欢用这样的方式来交流。淳于髡对齐威王说：飞来一只鸟，就停在这院子里，它三年不鸣，三年不飞，为什么？威王回答说：它呀，三年不鸣，一鸣惊人；三年不飞，一飞冲天！没有大道理，快乐飞矣。

还能见到那样快乐的表情吗？还好，山东诸城出土了一盏人形铜灯，双手各擎一竹枝状盏托，上置一圆形灯盘，立于蟠龙身上。那人姿态多么生动，因快乐而生动；表情何其幽默，因炫智而幽默，还真有点淳于髡打隐语的模样。

临淄，没有比它快乐的城市。

6. 有声有色的古墓

武汉附近的随州擂鼓墩，有一座墓葬很有名。

墓主名叫乙，是位小侯国的国王，其国名曾，所以叫曾侯乙。

擂鼓墩之名，得益于一个传说：楚庄王讨伐随国时，曾在这里擂鼓激战。《史记·楚世家》有楚昭王奔随的故事，说公元前 506 年，吴王阖闾得楚人伍子胥之助，五战五胜，一举破楚，楚昭王慌忙逃到随，被随侯接纳并保护。

1978 年，就在这个擂鼓墩下，忽然冒出个战国初期的曾侯乙墓。从墓中，出土文物 15404 件，有礼器、乐器、兵器、车马器、金玉器、漆木器及竹简等，大部分都是曾侯生前所用之物，而非死后陪葬的冥器。

那套震惊世界的 10 米长的编钟，就出自这座古墓。65 个青铜钟，大小有序，依次排列在彩绘漆木横梁上，呈曲尺形摆放，分三层八组。每一层的钟形各有不同。上层的叫钮钟，19 件，中间及下层的叫甬钟，45 件，另有一件是楚惠王赏赐的镈钟。钟的重量，轻的才 2．4 公斤，重的有 203．6 公斤，整套有 5 吨重，由六位青铜佩剑武士托起，挂在三层漆木架上，威武中透出华丽的巫风。

演奏时，三人双手执丁字形小木槌，敲中、上层编钟，另有二人，各持长215厘米、粗6．6厘米的彩绘木棒，撞击下层编钟，高中低音交响的声波，层层扩延，加以战士欢呼、丽人曼舞、众人合唱，一曲王侯欢乐颂便奏将起来了。

这套编钟，每个钟体上都刻有错金篆体铭文，正面刻“曾侯乙乍时”，意为“曾侯乙作”，背面有相应的乐律名，铭文共约2800余字。有一件编钟，悬挂在钟架下层正中，地位显赫，是楚惠王所赐的镈钟。上有31字铭文，说的是公元前433年，楚惠王熊章专门为曾侯乙做了这件镈钟，让曾侯永世享用。

楚惠王是楚昭王的儿子，赐镈钟给曾侯乙，也许是为答谢他当年的救父之恩。随侯做事，曾侯受赏，曾、随两国名，同时同地出现，有研究者认为，其为一国。不过，随侯、曾侯是否为同一人？还不好说。“随”改“曾”，谁来改？“随”为周天子所封。当年楚昭王奔随，吴王追来，对随侯说，周天子分封的子孙，都被楚国灭了，你也是周天子的后裔，何不将楚王交出来？吴王这样说，自有其道理，因为吴王本人也是天子之裔。

还在先王时代，就有泰伯奔吴，居有吴地，以东南一隅战于江淮，牵制殷商主力，为武王乘虚伐纣提供了战机。灭商以后，泰伯之裔，或封于吴，或封于虞。“虞”为北方之吴，其象形者，是吴人披着虎皮。虞与晋为邻，仍被晋人目为夷，终为晋所灭，以其不智，还留下一段唇亡齿寒的故事。

子曰："郁郁乎文哉！吾从周。"不过说说，真去做的，还是吴王。阖闾入楚国郢都，欲尽收复周天子封地，劝说随侯，随侯回答：随与楚乃世好，一直被楚国关照，今楚有难，我不敢背叛。你先去搞定楚国，我再来追随你。当年江汉流域曾分布着不少周天子分封的姬姓小国，多为楚国所灭，而吴破楚，是以小胜大，以弱胜强，难以独吞，所以想发动诸姬姓小国复国，以裂楚、分楚、亡楚。

吴王煽动了一番，看到煽不动，就撤兵了。也许楚兼并诸姬姓小国，非以残酷打杀，很可能是以收买为主。楚乃金币之国，且为青铜原料产地，有足够的资本来收购。姬姓小国，原来靠周天子，天子靠不住了，转而傍大款，楚强而富，为各国之翘楚，当然靠得住。孔子著《春秋》，以楚为帝国主义，可他周游列国，也跑到楚国去。人在流通领域，跟着通货走，是不知不觉的。

吴王号召姬姓攻楚，为何无人响应？从曾侯乙墓可知。墓内竹简、木简，记载了乙去世的日子，还有随葬品清单，足见其生前之荣华。

墓如地下宫殿，中有四个墓室，中室为正殿，东、西、北各有一室，南、西两壁，除有两套编钟，还有一套编磬，另有 125 种乐器，琴、瑟、鼓、笙等，各安其位，将它们合奏起来，就是古人常说的"钟鼓之乐"

"金石之声"了。东室还有琴、瑟、笙、鼓多件，依傍墓主，多半是在寝宫内的"琴瑟之音"。

这么多的乐器，谁为之抚弄？随乙陪葬的，还有21位妙龄女子，使得本应是阴森森的墓里，却居然成了有声有色、轻歌曼舞的多情世界。

墓主乙约45岁，入殉美女，小的13岁，最大的，也就25岁。仲尼曰："始作俑者，其无后乎！"人性觉醒，人道初立后，连以俑殉葬都因其"象人"而被诅咒，何况以真人殉？所以，其时陪葬，多以牲殉，这墓里就有狗殉，还配了一副榆木棺。人殉之棺，也是榆木的，饰以彩绘，彩绘之美，一如美眉。

乙如此爱美，似非残忍之人，然以美人来殉，便在当时，也是残忍之举。乙之棺，为青铜架楠木彩绘，旁置"九鼎八簋"。可见礼崩乐坏，不但坏在时势，更坏在人心，恰如这位曾侯乙，生不敢问鼎，死了也要过一把僭越君王之礼的瘾。

按礼制，天子九鼎八簋，诸侯七鼎六簋，大夫五鼎四簋，作为随侯，他为天子所封，只能享受诸侯待遇。楚王早就在光天化日下向中原问鼎之轻重了，曾侯乃楚王所封，他跟随楚王，在地下弄个九鼎八簋什么的摆放一下，况且还是天知地知我知，也就无所谓了。由此可知，饱暖思淫欲，更思权欲。

随侯和曾侯，据我们猜测，应该就是一人，很可能是两种称呼并用，对外称随侯，在楚国内部称曾侯，脚踩两只船，一人挂了两块牌子。

随侯那块牌子，借了阖闾之光，被历史的一瞥照亮。曾侯乙的名头，史无记载，却被考古发掘出来，谁能想到这个像阿斗乐不思蜀那样乐不思周的家伙，能在历史上留下如此分量，连不可一世的楚惠王也要来借他的光？

平心而论，我国黄河、长江之两河流域，出土了不少青铜时代的重器，论到“精美绝伦”四字，还要数曾侯乙墓第一。楚国虽富，再富也经不住穷兵黩武，所以楚王反而不敢厚葬，反倒是那些被解除了武装的小国，在金币之国的庇护下，活着积累财富，死了带走财富，不图建功立业，但求为一富乐侯而自足。

儒家主张厚葬，墨子却说，厚葬亡国。厚葬好，还是简葬好？要看怎么说，就当时国之存亡而言，当然是简葬好，可从文化传承来看，还是厚葬好，让后人发掘出来，未尝不是一种“存在主义”。当思想要偷懒时，我们不妨借助黑格尔的一句名言：存在就合理。存在放出温润的光芒，那是美留住了时光。

历史，是文化价值对人类活动所作的选择和记录。不是一切活动都能载入历史的，要有选择。厚葬的小国，没有被历史学家选择到历史当中去。在《春秋》里，我们发现，一百五十多国，仅有七十个国家入选到历史进程中。用历史的眼光来看时间，是一种很高的智慧。只有在历史中，时间才是具体的。

那么空间呐？历史在空间中才会具体生动，选择在什么样的空间形式中死去，是一种更高的智慧。曾侯乙显然还不具有这样的智慧，但这并不妨碍有这样的智慧来选择他。如今不提倡土葬，如何将我们的财富留给后世子孙呢？

那就都送到博物馆去吧！可不，曾侯乙墓出土的文物，就送去了。可还是出了问题，问题果然就出在“九鼎八簋”上。2000 年 2 月 6 日上午 10 时许，“九鼎八簋”壁龛顶上玻璃垮塌，将两鼎两簋砸损。博物馆对壁龛结构、照明线路以及文物都进行了修复，计费约 30 万元。当年违制，如今违规，还有人行贿受贿，违法犯罪。看来，历史真的有原罪，身陷其中者，难以一笔勾销。

7. 慈善是一门政治艺术

衡量之器是政府根据社会交换的传统而制定的标准载体，人们据此进行公平交易。有些人很会在衡量之器上做文章，动辄短斤少两，人称奸商。也有特例之奇人会多斤多两，这人，就是子禾子。

春秋时代，齐国的量器有豆、区、釜、钟。国家公量标准，以四升为豆，四豆为区，四区为釜，十釜为钟。人民向政府交税，基本用谷物，粮食就是通过这些量器一豆、一区、一釜、一钟地流进齐侯的公家粮仓。

不料，出了个子禾子，齐国的一位卿大夫政客，私家对公门，他把自己的家量改成五升为豆、五豆为区、五区为釜、十釜为钟。除钟之外，每一种量器都比公家的多出一份，然后以家量施贷，借粮给人民，再以公量收回。这在齐国是一件大善举，于是齐国人民纷纷抛弃公家，转换门庭，奔走于子禾子的家门借贷，竞入子禾子彀中，子禾子家因此而实力大增，公家则空虚了。

民心所向，是一个政权的风向标，子禾子的慈善行为在齐国引发了私门胜公家的政治事件，让人想起了孟子以民为本的王道思想。

公元前368年，田和将齐康公流放到海上。田和就是子禾子，古字“禾”与“和”通用，子禾子是田和做卿大夫时的称呼。而齐康公则是那个空虚的公家，最后一位姜姓的齐国侯君。

文王翦商，姜太公用了多少计？大概他没想到自己的后裔会被人这样算计。一部姜太公兵法，教人用尽了阴谋诡计，子禾子只用最“善”的一计，就从大斗出、小斗入开始，他亏损了粮食，却赚足了民心。

粮食与民心，孰轻孰重？历史已经掂量出一二了。

子禾子釜的出现具有划时代的意义，它标志着战国时代的来临。田氏代齐与三家分晋一样，是历史走出春秋进入战国的先行者。只是子禾子来得更加潜移默化些，不动干戈，便改换了门庭，以和平演变取代了姜氏齐。

当时新兴的军功势力多半采用暴力革“公家”之命，看来子禾子略胜一筹，他重新“衡量”了一下民心，只需调换一下大斗与小斗的位置，推行仁政，人民便趋之若鹜了，还真的就“天听自我民听”了。

有人说，一个人做点好事并不难，难的是一辈子做好事，不做坏事。子禾子做好事，能几十年如一日，还真不容易，可他不像“雷锋”，而像孟子，没有稀里糊涂地做齐康公的“好战士”，却别有用心地成了“诛一夫”的好汉。

慈善事业，一旦与“阴谋论”挂钩，好事还真就做不得了。为什么在中国搞慈善难？难在此矣！

当时，一些高瞻远瞩的极权政治家，已经看到了这种慈善的潜在风险，像墨、法之徒，都看穿了这种慈善袖口下隐藏的政治动机。

墨家子弟就批评儒家鼓吹仁义有犯上作乱嫌疑。他们认为，行仁义是王的专利，要以公行之，由王特许。以私行仁义，久而久之，人民万一拥戴他，就必然导致田氏代齐的结局。

法家把这一观点发挥到极致。他们认为，行善是一种“利”的推广，只有君主才有资格以利恩泽万民，大善人也只有君主才能做得。如果人人都有行善的自由，都可以收买人心，就会导致民心浮动，社会不安，结果就会有无数个齐康公倒下。因此，商鞅说，利出一孔，其国无敌；利出二孔，其国半利；利出十孔，其国不守。

还有刘邦，他要出征灭那几位功臣，却不发兵。他想啥呢？萧何明白，赶紧多行不义，夺人田地，搞得刘邦来找他，他虽挨了骂，可刘邦放心地出兵了。显然，刘邦不像齐康公，没忘利出一孔，没能让子禾子的幽灵钻了自己的空子。

历史的机缘就有这么巧合。一个幽灵，一个慈善的幽灵，在中国的历史上徘徊，没想到，这幽灵居然出土了。

1875 年，齐国故地山东胶县灵山卫古城，出土子禾子釜，印证了田和的这段历史。同时出土的还有陈纯釜和左关铆三器，可见量器对子禾子的政治生命以及前途的重要意义，他要以此量出并转移民心的朝向。铸造子禾子釜时，正是他酝酿慈善计划及开始落实的山雨欲来之际。

子禾子釜外壁有铭文 9 行，约 109 字，有些字已锈蚀不清，但大意明了：

子禾子命人往告陈得，左关釜的容量以仓库之釜为标准，如左关官员舞弊，加大或减小其量，均当制止。如左关官员不从命，则论其事之轻重，施以相当的刑罚。

孔子说，惟器与名，不可以借人。子禾子当然懂，何况他把对齐国全部的野心重量都押进这件铜釜里了。

他也要防患于未然，决不允许自己手下的官员擅自改变他制定的度量衡，不能让他的作为落在他自己的身上。

子禾子釜，不算太大，高38．5厘米，口径22．3厘米，腹径31．8厘米，底径19厘米，容20460毫升。它承担着主人的律令之重，具有宣示法令的意义，就像当年子产铸刑鼎，也是当时的一件法器。

铸器示法，大概是春秋战国时期一个普遍的法治观念及政治行为，量器关系到国计民生。

战国初期，是魏国的黄金年代，三家分晋的魏家首先富起来了。魏也有一件颇为讲究的法器，叫“安邑下官钟”，其形制、纹饰、铭文，雍容华贵，显示了丰富的历史内涵。在当时，它可是将魏国的富裕和自信，量入量出的。

钟为圆壶形，敛颈，鼓腹，圈足。盖上有三环钮，绘饰云纹，腰身两侧有铺首衔环耳，从器肩到器腹，饰有四道横带纹，带上镶嵌松石。腹部铭文27字，自名为钟，并记造器年代、官吏及容量。颈部刻一横线，有“至此”二字，为度量标记。表明了它的不俗以及政治经济地位。

可魏王却没有像子禾子那样，在量器上做收买民心的文章，从未让利于民，相反的，将人民的财富量进侯门，显示了政治对经济以及对社会的超经济强势。所以，尽管齐国比魏国繁荣得多，看一看临淄城那“天下熙熙，皆为利来”的情景就知道了，可魏王还是比齐王要富，富得忍不住要炫耀一下。魏惠王对齐威王说，我有宝贝呀！齐王问，你有什么宝？魏王说，我有十颗直径一寸的夜明珠，你有么？齐王摇摇头说，没有。不过，我也有宝贝。魏王问，什么宝？齐王说，我的宝贝，跟你的不一样，我以人才为宝。

可见魏王并不在乎民心，当然更不关心民生了。而此时的齐威王、齐宣王，已经开始效法其祖，设立稷下学宫入彀天下士人了。

在这件钟的口沿上，另有五字记容积，字体与腹部铭文不同，为秦人字体。这是一种历史的提示。

可以这么说，两种字体，表明两个国家都使用过这口钟。安邑原是魏都，可此钟却在属秦地的陕西咸阳出土，说明它是自魏入秦的。商鞅攻打安邑时，魏惠王投降，这口钟随之流入秦地。

这口钟，见证了秦、魏两国的兴衰，如今，人已去，物还在，物虽是，但人已非。魏国既没有像子禾子那样让利于民，也没有像商鞅那样将“放利”权收归国有。魏文侯当年见证了子禾子的慈善业绩，子禾子还委托他代为禀请周天子周安王昭诰天下田和为齐侯。而商鞅就是从魏惠王手里流失的人才。天不假魏以时运呀。

商鞅在秦国，于公元前 356 年、公元前 350 年先后两次变法，在这两次变法中，他铸造了量器“商鞅方升”，长方形，没有任何修饰，显示了国家控制“利源”的恩威。在第二次变法的第二年，他又铸造了一把兵戟，上有铭文“十三年大良造鞅之造戟”十字。“十三年”，应为秦孝公十三年，即公元前349年。

一件商鞅方升，一把商鞅戟，是“奖励耕战”的宪令。通过“奖励耕战”，商鞅把秦国的农民变成了战士。都说儒家以民为本，法家同样以民为本，而且更为彻底。只要多交粮食，多斩敌首，就予以奖励。“耕战”是获利的通衢，想要获利的就来耕战吧，国家“奖利”耕战。法家从不忌讳言利，而且他们不像儒家那样，非给“利”穿上“仁义”两件外衣，而是任由利在君主与民之间裸奔。他们认为人性好利，毋需“假仁假义”，对道德表现了极端的冷漠和鄙视。

这是法家慈善的特征，所谓“慈善国家主义”抑或“慈善极权主义”，目的最终是国家或君主利益。都说秦国没有兵法，但秦国却最强大。国家强大不靠兵法，要靠国家全盘战争化。商鞅代表的国家慈善，服从于国家的绝对意志，是一种“强权施利”的表现，慈善政治化，充满了血腥和道德冷漠感。

在中国传统政治文化里，慈善，通常都是政府行为，是要回报的。政治上的回报是购买民心，因此，慈善是一门政治艺术，不是社会目的。以民为本是一种政治策略，施仁政以来远民，是达到政治目的的一种手段。

“强权施利”，慈善政治化，也是一种剥夺，它剥夺了受惠者的自由选择权与尊严。其实，慈善不是施善者的需要，而是接受施善者的需要。换句话说，慈善不是我个人的需要，是社会的需要。这是壹基金倡导人李连杰说的。这才是纯粹的慈善，是现代慈善观念。同样，慈善也不是政府的形象工程，它是社会的需要。

8. 力的较量

我国先秦之士，春秋以美，战国以力，各有各的标志。

春秋之士尚艺，游于礼、乐、射、御、书、数，六艺习于一身。《说文》解释：“士，事也。”“事”是文武之事，“士”要文武双全。这样的“士”，是美的战士，是“赳赳武夫，王之爪牙”。还会动辄吟诗。有时直抒胸臆，感受到了痛苦，就叹息“我心伤悲”；渴了饿了，就直说“载渴载饥”。有时不想直说，便借物起兴，抒发美感：“杨柳依依，雨雪霏霏。”

逝者如斯，来者异矣。与春秋之士不同，战国之士崇尚力与智，文武之道开始分化，分出战士和策士。

武力与智力，“二力”风行，取代仁和义、德和礼，鼓舞人性随风“裸奔”，做了战国时代的发动机。法家“尚力”直白浅显，商鞅变法，思想变物质，将法家思想之“力”，变为耕力与战力，使全民皆为耕战之士。耕战合一，打开了农民上升为武士的通道。战争，从此不再是贵族的特权，变成了以农民为主体的全民战争，农民可以通过军功之路成为新贵。军功，激活了农民的耕战力。

谁能把农民动员起来，成为战士，谁就能创造历史。随之而来的，便是传统贵族的战争礼仪，在战国毫无用武之地。让农民去行礼、吟诗，即便通过军功上升为贵族，也没有那份雅致。相反，他们无视贵族习气，以粗鄙的功利主义摧毁了贵族的雅致。战争不再展示文化，彰显礼仪，不再是在国际仲裁下的有限度的国家格斗，而是无限度的杀，是国与国之间你死我活的杀，战争全民化，变成了大屠杀。

宋襄公那种“不击未济之师”“不鼓不成列”“不擒二毛”的古典战争规则，在战国以后，被称为“蠢猪式的仁义”。而商鞅在秦国制造的耕战之士，则是新生代战争最有效的群体。还要学音乐吗？不需要，会唱军歌就行；还要游于六艺吗？不需要，只要多交军赋多斩敌首就行。

时代需要战士，也需要策士，纷纷策士，各以华丽之智，纵横天下。策士的命运，都在他们的舌头上。一部《战国策》，策士那多彩多姿的思，从舌苔上流出来，奔腾于中原大地，一舌之力，可以合六国之纵，也可以连两国之横，捭阖悉凭之。苏秦、张仪之舌，如若放在今天拍卖，该怎么估价？那“一言兴邦，一言丧邦”的舌头，岂止价值连城？让他们与雅典智者一起出场，像苏格拉底说的那样，向我们“出卖智慧”。只是一个将智慧卖给君王，一个将智慧卖给城邦公民，教会他们演讲或诉讼。他们都相信智慧就是金钱，一个是战国方式，一个是希腊格调。苏秦合纵成功，挂六国相印；而希腊智者普洛塔戈拉则在智力游戏中名利双收。

战国是一个产生兵法的时代，不是礼法，而是兵法，代表了当时的文化，孙武、孙膑、吴起都是兵法家。据说，美国人打伊拉克，速战速决，就是学了《孙子兵法》。如此说法，我们当然欢喜啦！不过，它同时也提醒我们，那个时代，诚如德国人雅斯贝斯所言，是人类文明的轴心期，全球通用的。

当代史学家雷海宗先生，好谈中国历史上的“兵”文化，喜言“力”，对于战国之“力”发出由衷的赞美，史学界也因之称这一流派为“战国策派。”战国策派认为，力是一切生物的原始密码，是生命的本能冲动，它与青春相伴，却与衰老无缘。汉字对于“力”的象形表现，也颇为动人。说文称：“力，筋也，象人筋之形。”生命力的曲线之美，何其舒展！汉字简约了筋之形，高扬了生命之线“力”。

力是文化原生态，也是社会发展原动力。汉字会意，种田以力为“男”人，有力为“劲”，少力为“劣”，生命的活力“动”字从“力”。“力”在战国泛滥，成“功”，被人称誉，全靠“力”。

战争是力的较量，战争的精神是尚力，战士的使命是追求力、释放力。在中国历史上，少有像战国时代这样尚力的世风了。有几件这个时代的出土文物，颇见当时“争于气力”的世风。

1965 年，山西侯马晋国遗址，出土了约 5000 余件盟书，盟书都是用毛笔写在玉石片上，多为朱书，少为墨书。字迹清楚的 656 件，统统被称为“侯马盟书”。有人对盟书的书法评价很高，称赞它用笔提按有致，舒展而有韵律，总而言之，就是有“力”。其中“赵鞅盟书”，除了它的书法之外，盟书内容更为有趣。朱书写道，晋国贵族赵尼失败后，其族属向胜利者赵鞅立誓，那是力的胜利。盟誓还是春秋时期的做法，到了战国时期就不时兴了，赵鞅盟书是个临界点，是战国时代就要到来的标志。

1972 年，湖南长沙马王堆汉墓被发掘，出土了帛书，《战国纵横家书》是其中一本，类似今本《战国策》，27 篇，1700 多字，其中 11 篇见于今本《战国策》和《史记》，文字大体相同，甚至更为详细，另 16 篇则为佚书，可为今本史料补正。原帛书未标书名，称帛书《战国策》或《战国纵横家书》，录策士言论，以苏秦为主，如《苏秦自献书燕王章》《苏秦使韩山献书燕王章》等。

上海博物馆藏有一把“商鞅戟”，上有铭文“十三年大良造鞅之造戟”十个字。“戟”为钩刺兵器，形似戈，三面有刃。“十三年”应为秦孝公十三年，即公元前349年。《史记·秦本纪》："孝公十年，卫鞅为大良造。""商鞅戟"与文字记载相符。秦无兵法，但最强大。国家强大，不能靠兵法，要靠国家全盘战争化。而商鞅戟就是标志，国家变成了战争机器，最终秦走向统一。秦所依赖的"力"，展现了历史进程的必然性，这必然性反映在文物上，很有"力"之美，那是战国才有的龙腾虎跃的美。

有一件文物称作"武士戏兽纹"铜镜，出土于湖北云梦睡虎地秦墓。铜镜上，武士挥剑，野兽奔腾，充满了动力！这是战国武士才有的美，一种"力"的自由舒展的美，一种"力"为万物之灵的美。有了这样的"力"，即使在专制制度下，也不会接受奴役。可惜的是，他们还没想好，就把"力"献给了统一天下的皇帝。

9. 速度的想象

把速度想象成飞

飞，是汉人对速度的想象；汉风崇尚飞的审美形式，现存汉物上，皆有线韵飞奔的感染张力。似乎一探手，就能触摸到汉人飞速过后的余热，滚烫着历史的空气。

掠过唐朝，它温暖了诗人的灵感。王昌龄脱口而出

“但使龙城飞将在，不教胡马度阴山”。诗出诗人之《出塞》豪气，典出公元前129年汉军对匈奴发起总攻，卫青、公孙敖等三路大军皆告捷，唯“飞将”骁骑将军李广运气不好，受伤为匈奴人生擒。求生也要兵法，他佯死，斜睨，见机纵身一跃，夺马逃回。于此，匈奴人称之为“飞将军”。飞回朝廷后，李广被问罪。可怜飞将军“廉颇老矣”，运去英雄不自由呀。

汉家的万里关山谁渡？从历史的地平线处一位美少年横空出世。霍去病是私生子，还是奴隶的私生子，这位水晶少年从未感到自己不幸。他是天生的战士，就是为反击匈奴而生。十八岁的少年英雄，肩着汉家使命，踩着年轻帝王的诗句“秋风起兮白云飞”，飞向大漠了。

从十七岁骠姚校尉到二十四岁骠骑大将军，他没有打过败仗，取胜的原因就是速度。当然不是回逃的速度，而是在沙漠上追逐匈奴的速度。沙漠人在自己的沙漠里无处藏身，只好向北迁徙。霍去病一直飞奔到狼居胥山，突然停下，豪迈地举行祭天礼，再飞奔，直到饮马贝加尔湖。

霍去病没学过兵法，所有兵法，他只懂一条，那就是速度——“兵贵神速”！用速度，驾驭时间和空间，就能主宰大漠，稳操胜券。

速度，要马快、箭快，人的反应更要像闪电一样快。闪电，凝时间于一瞬，聚空间于一点，那是神的鞭子，让大山后退，使大漠变小。要速度，就要放下包袱，生死是包袱，荣辱是包袱，胜负是包袱，功过是包袱。一个比白玉还白、比阳光还明亮的美少年，他没有包袱。时间对他而言，不是摆来摆去的钟摆，也不是周而复始的循环，而是一支不回头的离弦箭。汉家天子用了一国之力，将他射出去，他就只有一根筋，以最快的速度飞出阴山，飞向祁连山、焉支山，大漠上，速度之美才与他匹配。

马力助飞

在与匈奴的速度竞赛中，与少年英雄相匹配的坐骑与匈奴的矮种马当然不可同日而语，那是汉武帝唱着《天马歌》呼唤来的西域天马。

太一贡兮天马下，沾赤汗兮沫流赭。

骋容与兮跇万里，今安匹兮龙为友。

这首诗确实“略输文采”，但不输气派。真是天上地下，唯我独尊！他像个无神论者，让最高神来向他进贡天马。而且天马“经万里兮归有德”，与他这条真龙才是相称的朋友。汉武帝向西域要天马对付匈奴，要玉制定礼制，对付诸王封国。

为此，他鼓励战士们唱着《天马之歌》翻越不周山，说那里有仙草神葱。葱有神性，食之令人飘飘欲仙，勇气倍增，再放在胸口上，就是护身符，然后上战场。

葱在《山海经》里就有，传说是神农发现的，在食品类，属于最高级的奢侈品，就如同后世所谓燕窝、鱼翅。

对于葱的这般信仰，在古代世界里是普遍现象。古希腊、罗马，给士兵发口粮，葱必不可少，因为常吃葱能打胜仗。古埃及人死后，用葱陪葬。直至今天，许多埃及农民，诉讼时，都手拿一束葱，以示正义在手。

当战士们到了山顶，无草无木的冰山之顶，却有葱，他们就如同古罗马人见了印度香料和中国丝绸，为葱抓狂。从此，不周山就这样被易名为“葱岭”了。董仲舒说，名是圣人所发的天意，这一改名字，老天就要把天马、玉、葱送给汉人了，不尽财源滚滚来啦。

天马来了。天马，贵在四蹄，它们是速度的发动机。“无蹄即无马，无铁即无蹄。”霍去病在大漠与匈奴角逐时，得益于天马，还得益于马蹄“武装到铁”。马蹄有了铁掌，与肉蹄在沙漠上角逐，高下优劣立显。

文景之际，发明了蹄铁，这是一次有关战马的技术革命。《史记 · 平准书》说：天子为伐胡，盛养马。有数万匹马来长安，给马掌钉铁的工匠关中不足，要从旁郡调集。这是武帝时的盛况。

2004 年，西安南郊乐游原上发现了一座大型西汉壁画墓，画面上有骑猎和贵族女子骑马郊游的场景，色彩还那么鲜艳，据说马鞍、马镫清晰可见。如果这是汉朝的事实，恐怕汉人速度是世界第一。

林恩 · 怀特说：“只有极少数的发明像马镫这样简

单，却对历史产生如此催化剂的作用。”英国史家李约瑟说：“就像中国的火药在封建主义的最后阶段帮助摧毁了欧洲封建制度一样，中国的马镫在最初却帮助了欧洲封建制度的建立。”

虽然，目前对于马镫出现的年代还有争论，但汉代出现了马鞍与蹄铁是毫无疑问的。马蹄生风，是对速度的描述。汉人不仅给马蹄穿铁，为了表现皇家气派，还要给马蹄穿金，风吹祥瑞。这是汉人对马蹄的珍视和对速度的祈祷。甚至汉人铸金，也要铸成马蹄形；汉人镶玉也要往马蹄形金里镶玉。速度带来的平安与富贵叠累。

西汉驿站的主要交通工具，是那种有伞形华盖的马拉轺车，动力是马，马加速了汉帝国的强大。因此，马力成为动力的普世标准。

年轻的骠骑大将军骑着天马，迎着天命驰骋，速度之快，如一日数年，他的生命在透支速度中结束了。“草木摇落兮雁南归”。“霍去病”，是什么意思？他去得了病，却去不了命！

欢乐中的欢乐，是一见相知；悲哀中的悲哀，是别离。他死了，武帝悲之，仿祁连山之势为少年英雄造墓，让他陪伴在自己的墓旁。如今那天马足踏匈奴，守护在熟睡了的主人身旁。当它终于停下了四蹄，头颅却凸显起来，那么大，岁月风蚀过后，它更像个思想者，看它沉思的样子，还真有大山般的定力。静如处子，动如脱兔。那天马就是霍去病。

马踏飞燕

西方人给马插上翅膀，暗示马的速度如飞；汉人则让马踏飞燕，在天马行空中张开对速度想象的翅膀。三足腾空飞驰，一蹄踏在疾驰的飞燕身上，飞燕回首惊视的瞬间，预示着马的速度已超过了飞燕。可见汉人对速度的崇尚略胜西人一筹。

东汉人继续沉浸于西汉人的速度中驰骋想象，世风愈发崇尚飞扬的线条。马踏飞燕便是想象驰骋的绝品，是西汉以来速度审美之集大成者。

1969 年在甘肃省武威雷台发掘了一座东汉墓，墓主为“守张掖长张君”，约于东汉末年之际。据考证，张君就是张江，时贵为公族，亦为朝廷显宦，他的身份可能是列侯、将军、太守等，是东汉末驻河西走廊的重要军事长官。这是一对夫妻合葬墓，省却其他金银玉石等不说，仅从出土的 99 匹骑兵仪仗队和那件卓世的马踏飞燕，就足以看出墓主生前的显赫。

东汉时期的边患，不在北方的匈奴，倒是西北羌人时常骚扰凉州一带。天马便不再脚踏匈奴，而是足踏飞燕，驰骋在河西走廊。

这件文物出土时，有人称“铜奔马”，又有人称“马超龙雀”，龙雀是风神鸟。不管是燕还是风神鸟龙雀，都是速度的想象。

马高34．5厘米，长45厘米，重17．5公斤。仰首长啸，扬尾呼应，凌空蹈虚之际，在飞矢不动的瞬间，一只振翼飞燕恰好经过飞马的足下，时空屏息，唯有形式的轻灵与力的平衡，留下了审美的意境。而速度与重量的冲突，在浪漫的想象中生成一种审美的体验。

常书鸿先生主张“风神说”。马超龙雀，风神是给力的，而飞燕则是在被马一弹的瞬间，还未及不能承受飞马之重之际，天马已经飞奔而去。哪种解释更具有美学意义呐？

1971年9月，郭沫若陪同西哈努克亲王参观时，称之为“马踏飞燕”。

10．沉睡在历史深处的军队

他们沉睡在历史深处，站着睡、歪着睡，身首异处地睡。梦里黄昏的厮杀、黎明的号角，都不重要了，因为他们的王，永远睡在这里了。尽管他们还很年轻，但也必须睡在这里。

瞧，他们睡得安详自信、无挂无碍、幽妙酣肆，口水润湿了泥土，这是战士的睡。他们要为王睡上两千两百年。某一天，考古的锤声叮咚，一颗坚实的头颅，从尘封的光阴中托起。带着泥土的深邃、新鲜和纯粹的厚味，他醒了，肩着两千多年前的神态重生。

这是一双充满信念的手才能雕琢出来的表情。自由在雕匠的指尖上蔓延，希望则旋转在雕匠诙谐的眼球里。这是我们从兵马俑的表情上读出来的。它让我们想起电影《肖申克的救赎》，那些被判终身监禁的罪犯，在监狱的围墙里“被体制化”，在自由的幻灭中打发时光或者死去。而秦始皇这位年轻的专制帝王还没有来得及将人民的思想行动体制化就匆匆死去了，于是雕匠们就像电影里的那位主人公，身处绝地也绝不放弃自由的希望。

为什么雕琢曾经嗜杀成性而又庄严崇高的士兵？反正我也要和他们一样睡去，活着我走不出这座专制帝王的墓穴。士兵们是什么样我不知道，我只知道我自己、我的父兄、儿子、妻子、女儿和亲戚朋友们，就雕琢他们吧，他们才是历史的永恒。

看看那双眼睛，充满对天空的自由希望，而嘴唇对此则坚定不移。那些睡着的头颅，不像是在为第一个皇帝殉葬，嘴角上翘着“体制化”外的微笑。没办法，自由是人的天性，任谁都无法否定。人被体制化的矛盾和痛苦，正是天性的挣扎。雕匠们就像围墙里的罪犯，自知他们的肉体将和他们的作品一同被埋葬，于是他们将对生或自由的渴望都刻在陶俑的脸上了。任何一个专制的帝王，都想埋葬这种希望，将自由收藏在地下。但是两千多年前的这些被埋葬的生动的脸，却显示了自由是人类的恒定价值。对人之初来说，生和自由是一回事儿。

这些兵陶俑，每一张脸都代表着一位生动的个体，大概这就是他们的震撼力吧。

作为秦始皇的地下“御林军”，7000 多具陶兵马俑，1974 年他们的“苏醒”震惊了世界。不仅仅是为当时的陶艺制作水准，还为中国第一专制帝王之陵寝举世罕匹。兵马俑坑不过是这位帝王众多的陪葬坑之一。

秦始皇陵坐西朝东，方圆约 56 平方公里，以冢心为中，分地宫、内城、外城，象征皇城和宫城。

内外城垣间，仅陪葬坑就有 400 座，除兵马俑坑外，还有铜车马坑、马厩坑、珍禽异兽坑、石铠甲坑、百戏俑坑、文吏俑坑、青铜水禽坑以及各种附葬坑。此外还有寝殿、便殿、园寺吏舍、石料加工场等等，包罗万象，这是一个国家在为他殉葬。

据司马迁描述：始皇陵地宫幽深，地下泉水叠了三层，有机关运转，水银灌输其间，以示江河湖海及帝国版图，穹顶绘饰天文星宿，真可谓天地人大全了。始皇在位 36 年，修墓 36 载，役夫 70 万，工程用土取自渭河北岸的仲山、峻峨山。当两山被夷为平地时，一座帝欲冢便凭空托起一座大山。有人曾说：暴君的欲望是无穷无尽的坟墓，他要埋葬中华民族。帝欲冢至今矗立在那儿，洛阳铲还未触及他的神经末梢。仅仅兵马俑坑，便足以显示了中国专制帝王的煊赫，可与东方专制帝国的另一极埃及的金字塔相匹敌。随意调动役夫，任意索取时间，追求浩大奢华，正是东方专制集权的效率。

专制集权的行事作风，具有劳动力密集而成本低的特征。它最擅长的拿手好戏，就是不需要繁复的理性程序便能调动全天下的人力达到一己之目的。修水利，筑长城，造坟墓，统一六国，一切出发点都与君主的个人利益以及被绑架的“国家利益”挂钩，而不用考虑对某一个个体生命而言是否有意义。西方人因无法体验专制集权对人民的动员力以及由高压而产生的高效，所以，对矗立在眼前的接踵而来的无休止的巨大工程惊叹不已，甚至会感到不可思议，以至于产生埃及金字塔是外星人建造的联想。

只有集权的力量才能使全天下一致，才能发动广大人民群众，打一场人民战争，实现大一统。商鞅在秦国变法，最成功的就是把全民都变成了士兵。它在集权历史上的功绩，不仅仅是为秦始皇统一六国奠定了基础，更重要的是提供了集权军事化管理国家的模式。这种管理模式强调集体的力量，不允许个体强大，因为个体的强大需要自由的支撑，而自由则是瓦解专制集权体制的因子。

电影《英雄》给观众留下深刻印象的，恐怕是秦始皇统一六国的战争场景。黑压压的人海战术，还有连弩、排弩射出的箭矢铺天盖地，表明了导演张艺谋对专制权力的理解非常到位。中国春秋时发明了单弩，至于使用连弩或排弩，据史载是始于西汉李陵战于匈奴，而不是秦国。但张艺谋一定要在秦代使用这种排弩，也许是因为排弩之势能够更好地表现专制权力的密集和疏而不漏吧。

有一把秦国镶嵌云纹弩机为证。机身侧铸篆体铭文11字，记作弩于秦王政廿三年，这一年是公元前224年，还有三年秦始皇就统一中国了。上面还铸有主管官吏及制作工匠的姓名，典型的秦国风格。不过，这件文物却出土于长沙马王堆汉墓，也许是墓主收藏的？

11．品味市井宋

《清明上河图》里的市井风情

唐人长安，有一种大国格调，而《清明上河图》则将汴京市井化了。

宋人在信用社会里安居乐业，才有《清明上河图》里繁华而从容的世相，那是以消费为导向的小商品经济的卖场。

张择端在画《清明上河图》时，也许是坐在汴京闹市中心的某个角落，对市井百态细细写真。茶楼酒肆，店铺码头，每天都有他的身姿。他不画上层贵族的矜持，也不画富豪的奢华，而是专注于商铺的丰富以及各色人等的活动。

纸札铺、柏烛铺、刷牙铺、头巾铺、粉心铺、药铺、七宝铺、白衣铺、腰带铺、铁器铺、绒线铺、冠子铺、倾锡铺、光牌铺、云梯丝鞋铺、绦结铺、花朵铺、折叠扇铺、青蓖扇子铺、笼子铺、销金铺、头面铺、翠铺、金纸铺、漆铺、金银铺、犀皮铺、枕冠铺、珠子铺……共有410多行，如花团锦簇竞相开放，又似鸟鸣交喧、钟鼓悠扬。

据日本学者齐藤谦《拙堂文话·卷八》统计，《清明上河图》上，共有各色人物1643人，动物208头，比古典小说《三国演义》（1191人）、《红楼梦》（975人）、《水浒传》（787人）中任何一部描绘的人物都要多。但张择端笔下，却唯独没有胡人！东京汴梁可是当时著名的国际化大都市之一，当年的唐都长安，胡人可是络绎不绝，带来五花八门的贡物，走在长安大街上，活色生香。胡人牵马走来，诗人也在长安街上“春风得意马蹄疾，一日看尽长安花”。宋代诗人，则在汴梁城那雅训的市井气息里骑驴。马带有杀气，驴很温和，给市井带来诗意，因为驴是诗人的坐骑。

《清明上河图》展示了宋代消费主义的文化品味，商品经济在这里“柔情似水”，潜移默化，进入百姓日用里，被陶冶出了诗情画意。虽说是东京，皇都气象在这里反倒偃旗息鼓了，几乎就看不到有什么庄严肃穆的场景，画面上充满了自由活泼的市井气息，劳作奔忙的市民，使城市沸腾了！

有木匠、银匠、铁匠、桶匠、陶匠、画匠，有箍缚盘甑的、贩油的、织草鞋的、造扇的、弄蛇货药的、卖香的、磨镜的、鬻纸的、卖水的、卖蚊药的、卖粥的、卖鱼饭的、鬻香的、贩盐的、制通草花的、卖猪羊血羹的、卖花粉的、卖豆乳的、货姜的、贩锅饼饵蓼糤的。他们才是构成中国中世纪城市文明的基石、北宋都城汴京开封的一道城市文明的风景线。

中国的商品经济，从来就没有发展出重商主义，在重农抑商的笼罩下，迷失在消费主义的品味里。王安石变法，他的执拗比驴还驴，非要在中国的小商品经济里，搞前资本主义的重商主义。他反对消费经济，反对将国家财政放在消费领域，热衷于增强国力。

但市井消费主义比王安石更执拗，除了物质主义的消费外，他们还要在勾栏瓦肆里消费耳目之乐，而且是一种颇具规模的平民倾向。诸宫调吟出了那个时代的民间精神，整个社会能够容忍并认同在繁华上平添几许喜怒哀乐，那是对人性的自信，是市民社会成熟的态度。

所以，她们在“饲禽”时的微笑，是一副知足的表情；睡在“家国永安”的瓷枕上，做梦都是升平景象；演杂剧，要在“眼药酸”里插科打诨地找乐；两位女优艺技超群，颇有明星作态的范儿。如此居安思乐，宋人当然宁肯用白银和丝绸换来永久的“清明上河图”，也不想什么战争。

几年下来，也许张择端刚刚画完这幅市井长卷，北宋的万里江山便落入金人的手里，金人把开封的繁华悉数掳走，还不过瘾，干脆搬到开封坐江山了。这一切张择端都亲身经历了，他在1145年耳顺之际才故去。

一枚银锭的哀思

宋徽宗生日，京师京西北路提举学事司在天宁节时，向皇帝祝贺进奉银铤。正面汉字楷书阴文“京西北路提举学事司进奉崇宁肆年天宁节银每铤五十两”，三行二十四字。这枚银铤的出土地，却在内蒙巴林左旗辽上京临潢府汉城遗址。是宋进贡辽？还是金兵南下劫掠至此？一枚银铤，诉说了北宋末世以及货币的哀思。

哀思之余，还有一种欣喜，货币经济的发达，打开了宋代信用社会之端倪。宋初，四川人买一匹布要七八十斤重的铁钱，纸币就轻便多了。纸币风气首起四川，称“交子”。川话“交子”，有“合卷取钱”之意。交子在市井中不能流通，但有支票的信誉，类似后来的“引钱”，上藏标记，隐密码。有专营的“交子铺”，从中调理营利。成都“椒子街”，恐怕是“交子街”的假借。通常认为，交子是世界上最早的纸币，但严格说来，它与我们今天使用的纸币还有距离，相当于为交易提供担保的代币券。

南宋临安有“会子”出现，是可以流通的纸钞。“会子”初由东南地区的民间发行，绍兴三十年（1160年）官府始印。吴自牧《梦粱录》载：“造会纸局，在赤山湖滨。”官府的造币厂应该在西湖苏堤第一桥西南。“会子”以铜钱为本位，南宋共发行了十八界。

这时的商业，由市井消费走向海上贸易，大量铜钱外流，印钞当然比铸铜铁容易。南宋152年，纸币流通有100年之多，发行“会子”近14亿贯，按南宋1两黄金兑换35贯铜钱计算，等于发行了1600多吨黄金。这种纸币，先是传播到伊朗，后传到日本、高丽。600年以后，瑞典才出现纸币。

重商主义主要基于两点，一是国际贸易，一是国家战争，这两点都围绕着一个中心，那就是货币，尤其是金银币。宋代是中国货币经济发达时期，它发行了世界上最早的纸币，铜铁币并行，铸币量达到了历史最高峰，金银币通过海上国际贸易，重新回到了流通领域。

铜钱、银锭为宋代本位货币，还有银币。宋代钱币，无论种类之多、数量之大，还是质量之高、工艺之美，都远胜于汉唐时期。宋币铭文，多为名家及皇帝手笔，篆隶真行草俱全，还有古篆体、瘦金体。

宋钱成为当时周边各国最流行、最坚挺的硬通货，成为南海诸国争相储蓄的镇国库之宝物。在国际贸易中，如今日之美元，各国金银币皆与宋钱铜铁币挂钩，可见宋钱国际支付能力之强和国际信用之高。辽、金仿制宋币，可流通的还是宋钱，迄今为止，两国出土、存世最多的也是宋钱，它们最终败于宋朝，此为根源。直至今日，在日本、东南亚、阿拉伯和欧洲、非洲等地区，都有宋钱存世、出土。

不堪回首，徽宗朝从公元 1100 年起至 1125 年的 25 年间，大兴文化创意，将父亲留下来的当时占世界 70% 的财产挥霍一空，引发方腊起义。“花石纲”营造的道观延福宫以及集千花万树、千岩万壑、千兽万禽的艮岳，史载被京城居民拆屋为薪、凿石为驳、伐竹为篱了。

不久，大宋的一半江山给金人了，但是历史给予文明的使命还在继续，无论在谁的天下里。南渡后，张择端的市井文明没有破碎，不出几年，南宋都城临安的市井风情，便与汴京相像无几了，甚至连茶楼酒肆的名称都一样。西子湖畔，商女隔岸，犹唱繁华，为这座新兴皇城平添了一份有意味的表情。

四、入 冬

——留住文化的根

1. 中国出了个好皇帝

中国历史上，不乏雄才大略的皇帝，但称得上是好皇帝的，恐怕只有汉文帝。

秦始皇是千古一帝，但不是个好皇帝，他以天下之力，满足一己私欲，所以二世而亡，亡了以后，还被人骂，在历史上遗臭。

汉高祖刘邦，从民间起兵做了皇帝，这样的皇帝，本来应该很民本主义，可他却以无赖行之，他和吕雉两口子合谋，算计功臣不遗余力。

汉家天下里，汉武帝最贵气，打仗、花钱无敌。可他花的都是爷爷的积蓄，他爷爷就是汉文帝。唐太宗、宋太祖，让道德稍息，靠政变当皇帝。

汉惠帝很仁慈，可他还是个孩子。他无疑是个好孩子。却难以被称做是好皇帝。汉文帝是惠帝的弟弟，他像惠帝一样仁慈，可他能将仁慈化为仁政，所以他成了好皇帝。

好皇帝的标准是民本主义，而不是什么圣人革命的原理。圣人革命的目标是做圣王，圣王同好皇帝还不一样。圣王是理想性的终极追求，而好皇帝是功利性的现实评价。圣王的使命，是使他的臣民都成为圣人，如孟子所言“人皆可以为尧舜”，而好皇帝让人民休息。

圣王不光对自己要求高，对臣民要求也高。于皇帝而言，有了圣王理想，就有了发展方向；于臣民言之，有了圣人目标，就被圣化了。

大一统的精华，不光是统一天下，更要统一人民的思想和理想，皇帝要统一天下，可圣王还要统一人民的思想和理想，要求更高了。中国的皇帝，大凡有点理想的，都想当圣王，没有理想的，就什么都不想。想力所能及地做一个好皇帝而又能做的，真可谓少之又少。

汉文帝行黄老之治，没有把圣王太当一回事，人民当不当圣人，他不管，可人民过日子他要管。他要管，不是管人民，而是管自己。

管住自己的欲望，不要去打搅人民，这叫做无为而治。好在他是跟着母亲过惯了苦日子的人，节俭如家常便饭。可他一节俭，就能减少朝廷用度，就能对人民轻徭薄赋。

他本想修一座露台，一问，才知道要花费约百金，他说，这是十户中等人家的家产啊，停了吧。他珍惜寸缕，要求自己的夫人穿衣服不能衣角着地，帏帐不要刺绣，以朴素为美，以简约为美，这正是道家主张的。

秦始皇造陵墓，真有铺天盖地之势，可他却静悄悄的，陵墓很平常，依山下葬，不起坟丘，陪葬品也只用了点陶器，没用贵金属物品。

他还规定，送葬不准动用车马，不准陈列兵仗，戴孝用的白布，宽不得超过三寸，治丧期间，允许老百姓结婚、祭祀、饮酒、吃肉。

有人献千里马，他不要，还下了一纸《却千里马诏》：鸾旗在前，属车在后，吉行日五十里，师行日三十里。朕乘千里之马，独先安至?

他说，我出行，前有仪仗，后有侍从，好天气日行五十里，坏天气行三十里。你送给我千里马，让我一个人骑上它，先跑到哪里去呢?

诏书才三十字，就可见他不但朴实，而且有趣。这样的文字，是第一流的好文字，司马迁写《鸿门宴》也不过如此，不愧“文帝”之谥。

秦始皇以自我为中心，不仅让天下围着自己转，还让天道附体；而汉文帝却以民为本，把自己下放到民本主义里，从农民那里接地气。

他说，农民是天下根本，把祖上留下的田——“籍田”，让我来耕种吧，我要用田里的收入，来作为祭祀祖先的供品——“粢盛”。

按古礼，每年春天到来时，由天子亲自主持，行籍田礼。《说文》云：“籍田者，天子躬耕，使民如借，故谓之籍。”

耐人寻味的是那个“借”字，颇有点家与国区分的意思。籍田千亩，乃天子私田，天子不能以一人之力耕之，以民力耕之，故曰借民力也。

《月令》曰：“天子三推，三公五推，卿诸侯九推，庶人终亩。”这是行籍田礼的仪式，依据周礼，是意思意思、表示表示的象征性动动锄把儿。可汉文帝却是作为一项基本国策，身体力行之。为了供养祖先，他与皇后一起耕与织，向天下示范孝行和礼仪，教人民如何过日子。他说：“（我）亲率天下农耕以供粢盛，皇后亲桑以供祭服，其具礼仪。”还下令各地官府，春耕前要劝农，贫者贷给粮种和口粮。同时，将农田税由高祖时的十五税一，改为三十税一；人头税，由原来每人每年一百二十钱，改为收四十钱；徭役，由每人每年一次一个月，改为每三年一次一个月。

没有民主制度时，能有这样的好皇帝，那是人民的福气。对于汉文帝，我们不应要求过多，一个再好的皇帝，都不可能给人民带来民主制，圣王也不可能，这是由王权的本质决定的。他可以坚持民本主义，但不可能搞民主制，尽管他的民本主义不仅仅是主义，还是措施。

我们看他的诏书，可谓文如其人，至简至朴。《恤民诏》云：“方春和时，草木群生之物，皆有以自乐，而吾百姓，鳏寡孤独穷困之人，或阽于死亡，而莫之省忧，为民父母将何如？其议所以赈贷之。”

才数十字，便将天地之仁、以民为本道尽。其文，简明如《老子》，生动似《论语》，岂贾谊辈所能为？

再读其《除肉刑诏》：

盖有虞氏之时，画衣冠、异章服以为戮，而民不犯，何则？至治也。今法有肉刑三，而奸不止，其咎安在？非乃朕德薄而教不明欤？吾甚自愧，故夫训道不纯而愚民陷焉。《诗》曰："恺悌君子，民之父母。"今人有过，教未施而刑加焉，或欲改行为善，而道毋由也，朕甚怜之。夫刑至断支体、刻肌肤，终身不息，何其楚痛而不德也，岂称为民父母之意哉！其除肉刑。

由仁者之心，发为仁者之文，发以为政，则为仁政。然其仁政思想不出于儒家，而出于老子，此乃"法令滋彰，盗贼多有"之注也。老子曰："民不畏死，奈何以死惧之?"何况肉刑乎！

帝王，至高无上，天地不仁，他要担当。天上出日食了，那可不是小事，天象示警，天子要有反应，不同的帝王，反应当然不一样。

秦始皇向外反应，从不自我反省。听说东南有天子气，他便前往镇压；听说"亡秦者胡也"，他就派蒙恬率秦军三十万众去燕、赵之地修长城。这样过度反应，其实是不自信，不光殃及其民，还祸及其子孙。

可汉文帝却没有那样的反应。本来日食很容易使人联想起臣弑君或外寇入侵，他却自咎其身，下《日食引咎诏》，只涉及他一个人：

朕闻之，天生烝民，为之置君以养之，人主不德，布政不均，则天示之以灾，以诫不治……天下治乱，在朕一人。惟二三执政，犹吾股肱也。朕下不能理育群生，上以累三光之明，其不德大矣。令至，其悉思朕之过失，及知见思之所不及，丐以告朕。及举贤良方正能直言极谏者，以匡朕之不逮。

他说日食是因为他“不德”引起的，与他人无关，给臣民吃了定心丸，还乘机提拔一批贤良方正之士，来批评他的缺点，指出他的过错。

有没有引蛇出洞的意思？没有。他很自信，不需要这种阴谋，尽管这种阴谋《老子》里也有，而申韩之术里更是比比皆是，可他都不要。

为什么？因为他很仁慈，仁者如山，有着伟大的定力。当年，他就靠了伟大的定力，折服了周勃这样的猛士。如孟子所言啊，仁者无敌！

秦以申韩之术行君道同体，用老韩之学“以法为教，以吏为师”，而秦亡矣。可他却从来就不想以君道同体或圣人革命的方式去受天命、做圣王，相反，他认为做圣王的成本太高，在物质和精神两方面人民都受不了。

他不想受天命，只想接地气，受天命的事，他留给了孙子。

2. 酒在世说中还原人性的新语

酒在魏晋，是美的药引，发酵人生和人性。

人生在微醉中尽兴，人性在尽兴时获得丰满，多元造就了一个“世说新语”时代。一元破碎了，个性异彩纷呈，美属于个体，而非王朝。

三国以后，司马懿的后代建立了晋朝。这是一个缺少了英雄气概的王朝，阴谋横流。这一家族的遗传，缺了点英雄基因，但并不缺暗算英雄的本领。不过，它的丑陋反而作了一个时代的衬托，让那些大隐隐于酒缸里的文人英雄不朽。

南京市西善桥南朝墓葬出土的竹林七贤砖画，是东晋南朝人所留下的魏晋人的姿态，线条微醉，有一种酒韵之美。七贤的影子在“流觞”中，镌刻在画像砖上。嵇康、阮籍、山涛、王戎、向秀、刘伶、阮咸七位酒友，在银杏和松树下，坐卧俯仰人生，打开了中国文化的审美范式。然而，王权势如破竹，竹林岂能屏蔽？

因此，这一朝，英雄都很难受，不是去吃药，就是去喝酒。而忧愤如嵇康之打铁，必然成为司马氏的眼中钉。王权向他开刀时，年仅四十岁，那时他可没醉。

当初司马氏大管家钟会来看他，排场很大。而嵇康的谱摆得更大，在大树下打铁，和他一起打铁的是向秀，就是那个给《庄子》作注的向秀。接待钟会的只有刺耳的打铁声。钟会转身欲去，嵇康看准火候，问了一句：“何所闻而来，何所见而去？”钟会答一句“闻所闻而来，见所见而去”，就走了。

钟会听到了什么？又看到了什么？当然是嵇康一锤子砸下去的反骨，“非汤武而薄周孔”，明摆着否定司马王朝的合法性，是对司马家族釜底抽薪。从历史上看，改朝换代，几乎都要向“汤、武”看齐，以“革命”者自居，而嵇康“非汤武”就是反对汤武革命，当然就是“反革命”了，这是他的死因。

他不仅反革命，还反禅让，所以，非了汤武，还要“薄周孔”。孔子“祖述尧舜”，推崇尧舜行禅让之制；孔子“吾从周”，从的是周公还政于侄子周成王。

革命与禅让，是封建专制权力的两个合法性来源，一个被他“非”了，一个被他“薄”了，王权的合法性基础，就没处搁了，这使司马氏很难堪。司马氏的两手，一手革命，伐蜀伐吴，效法汤武，一手禅让，以“祖述尧舜”篡魏，都被嵇康看穿了。

所以，钟会听到了钢铁般自由意志的倾诉，看到了不合作士人的风姿。夕阳下，一曲奏罢，《广陵散》飘散了嵇康的英魂，随着英雄头颅落地，那连接心灵流于指尖的美妙古音于今绝矣！

阮籍与嵇康是不同的，“越名教而任自然”，是要有几分醉意的。醉了才知奥妙，醉里有乾坤，有经纬度。醉眼看江山，越看越难受，他突然一吼：“时无英雄，使竖子成名！”然后倒头便睡，竟然睡了六十天，这样的工夫，在今天，也算世界纪录。

睡时长短，要看醉之深浅，而醉之深浅，则基于洞明之深浅。醉眼风云看透，他睡了六十天，就如同死而复生，隔世一般，世事纷纭，都被他醉了。

烂醉，醉得像一摊泥，如一堆土，这谁都会。酒入愁肠，谁人不醉？但要醉出个经纬度来，那就真是酒令如军令，醉法如兵法了，要知彼知己，才能一醉方休的。山涛说：“叔夜之为人也，岩岩若孤松之独立。其醉也，巍峨若玉山之将崩。”是说他醉了也巍峨，如玉山崩也，如山竹摇曳中锋芒毕露，醺醉里桀骜耸立，酒气上扬，灵魂飞升。死在这种美的形式中，是中国式酒神风采。自由飘逸原本就是酒的内涵，在魏晋演绎成名士风度，魏晋名士亦因酒而有一种不同于任何时代名士的悲剧感。

竹林七贤前有曹操开“悲哉酒之为气”之先，他对酒当歌，“慨当以慷，忧思难忘；何以解忧，唯有杜康”，可谓魏晋名士鼻祖。后有陶渊明，他在酒里漉出名士的悲喜剧，还是很成功的。

名士刮风，士林风靡，留下一道魏晋风景线。陶渊明离开竹林，直奔田园，采菊东篱，戴月荷锄，耕耘独立精神之苗、自由思想之树。

晚明画家陈洪绶作《归去来图》，写陶渊明高逸生活中的十一个情节，规劝老友周亮工大可不必折腰清朝，不如学陶翁挂印归去。用心良苦，画品绝顶。线条拙如古篆，线韵爽朗雄辩，有石之骨，风之韵，内蕴筋力，别有怀抱。画题更是玄妙通达，诸如“贳酒”题“有钱不守，吾媚吾口”，写得太好了！喝酒喝到这个份儿上，高妙无以复加矣。为了“吾媚吾口”，他亲自

“漉酒”，以衣襟为滤布。所谓“衣则我累，釉则我醉”。如此淡定平常，反倒超拔了“玉碎”的境界，而热肠滚动流香，那是大丈夫不为瓦全的酿。酒过江山之后，一阵农家轻风掠过，陈老莲的朴墨里，便漫溢了陶翁的田园酒风。酒是后盾，支持陶翁可以“糊口而来，折腰则去”。居乱世只能如此出处啊。

酒神精神就是自由精神，挣脱“名教礼义”的枷锁，醉里自有一番乾坤。乾坤之大，不仅在中原，在江南，还在甘肃嘉峪关西晋墓砖上。砖上彩绘时人生产、生活、狩猎、饮酒的场面，线条粗稚、自由、奔放，仿佛酒神在歌唱。那样的欢乐颂，没有走向上帝，而是走向百姓日用。

商朝酒池肉林，周朝酒诰戒勉。文字出现以前，中国就有酒了。但自从有文字以后，酒被载在文字上，似乎与政治再也分不开了。它像女人一样被政治融化为祸水。

有件东汉酿酒画像砖，不知是百姓日用，还是官家酒坊，忙忙碌碌，是酿造皇家的天醇、达官的浆，还是街巷的辣喉、酒斗下的缸？

管它，终是酿成春夏秋冬酒，醉了东西南北方。稀里糊涂中睡去，在造假说谎稀松平常见怪不怪的年代，多掺白水江湖酒，顶多是淡出鸟来的平庸；少赚黄边风月钱，还算是有点德性。酒水酒水，酒就是水勾兑出来的，只要远离黄边风月，不与肉林构成一对酒池佳偶，就不会有亡兆，那已是勾兑酒德的无量了。汉语奇特，在许多江南方言里，黄亡同音，怎么办？

世说新语世相，林林总总，只说酒一种。酒与人性的心语缠绵，那是酒德的蒸腾；酒与“黄亡”暧昧，那是酒的不幸。

3. 上海四马路上的《时务报》

近代以来，无数报馆、书馆、印刷所，都在上海四马路一带扎堆。四马路，总长不到三里，但它是奇迹，我国近代文化产业就在这里兴起。

1872年，英商美查在此创办中文报纸《申江新报》，即《申报》。从此，四海报人、笔士，他们多是落第举子，接踵而来，聚集于此，竟然开了一百多家私营书报馆，呼风唤雨。有史以来，中国文人何尝有过这般盛世？

上海四大报纸，《申报》、《新闻报》、《时报》、《神州日报》在此印发，我国三大书局——中华书局、商务印书馆、世界书局也在这里问世。

这里出的书，不仅有《四部备要》和《古今图书集成》等古籍，还有严复翻译的《天演论》及林纾翻译的《茶花女》，可谓古今兼收，中西合璧。

这里是中国文化产业化基地，也是近代文人自由化基地。有了这样的基地，文人何必“应帝王”？在四马路上，他们有自由选择的机会，那些自由撰稿人从全国各地跑到上海四马路来了。于是，维新之风骤起，吹皱了四马路上的一池春水。

1895 年，康有为“公车上书”未果，写了一本《公车上书记》，拿到四马路来出版了。书出版后，由四马路古香阁书庄经销。为了推销此书，经销商在《申报》上刊登过六次广告。一条小广告，夹在卖“参茸海狗肾兴阳种子补身酒”和“参茸海狗肾扶阳种子丸”中间，不显眼，似乎救国没有补肾重要。

这在当时堪称盛举，可书却卖得不好，不久就打折销售。开始，一本书定价两角，打折销售时，大本四分，小本二分。经销者赔了，可康有为作为政治明星却升起来了，这要归功于四马路上的文化产业。

乘《公车上书记》发行东风，康有为在上海设立了“强学会”。

上海“强学会”就设在四马路上。“强学会”初起时，朝野震动，天下响应，连李鸿章也捐银三千两，要求入会，居然都被拒绝。

由于“强学会”有明显党争色彩，被保守派官僚攻击，于是乎被禁，梁启超在北京主笔的“强学会”机关报《中外纪闻》，也随即被封。

上海“强学会”和《中外纪闻》关闭时，有余款一千二百元。

黄遵宪与汪康年商量，决定用余款创办《时务报》。于是，黄遵宪又捐了一千元，邹凌翰捐五百元。黄、汪二人一起邀梁启超南下，梁遂于 1896 年 3 月由京城南下，到了上海，就在四马路住下，住在跑马厅附近的梅福里。

报馆仍用“强学会”旧址，在四马路的望平街上，公推汪康年为经理，梁启超任主笔，栏目有论说、谕折、京外近事、中外杂志、域外报译等。报为旬刊，每期一册，二十多页，三万多字，用连史纸石印。

连史纸，始于元代，是中国最好的纸，有“寿纸千年”的美誉，所谓“妍妙辉光，皆世称也”。最初产于福建邵武，后来传到江西铅山一带。

也许是水土原因，铅山一带产的连史纸，后来者居上。选上好嫩竹，碱法蒸煮，漂白制浆……据说有七十二道工艺。纸质上佳，白如羊脂，润如岫玉，防虫耐热，历久不变。因此，元、明、清以来，典籍多用连史纸印，明刊《十七史》，用的就是连史纸。

西学东渐，主要靠纸媒。造纸术的故乡，虽然准备了连史纸，但印刷术的产地，雕版印刷却退出了，取而代之的是西方传来的石印技术。

石印技术，出现于 1796 年，是奥地利人施纳菲尔特（Alois Senefelder）发明的。大约于 19 世纪 30 年代，由传教士带到了广州。

石印技术，基于“油水不容”的原理，用油性墨，在石版上绘图、写字，再刷上薄薄的一层水，落到纸上，墨成图文，水归于白。石板，要质地细腻，打磨平滑，据说，也需要进口。

《南京条约》签订后的第二年，麦都思来到上海，开墨海书馆，印刷了《耶稣降世传》、《马太传福音注》等，为上海石版印刷先风。

随后，同文馆、点石斋、上海书局等也应运而生。姚公鹤《上海闲话》说："闻点石斋印第一获利之书为《康熙字典》，第一批印四万部，不数月而售罄；第二批印六万部，适逢科举子北上会试，道出沪上，率购五六部，以作自用及赠友之需，故又不数月即罄。"一部字典，数月之间销售十万部，点石斋获利颇丰，四马路上的书商们，遂纷纷效仿。连史纸与石印技术结合，文化产业风靡于世了。

到了 1896 年 8 月 9 日，《时务报》就正式与读者见面了。每期刊首，必有梁启超先生文章，长论《变法通议》连载二十一期，长达一年零三个月。

汪康年在上海，也算是四马路上老报人了。梁启超一来上海，就听他喋喋不休地谈论"状元夫人"，这也是"时务"，四马路上的时尚文化。

"状元夫人"就是后来大名鼎鼎赛金花，其时名曹梦兰。梦兰书寓的牌子虽然挂在二马路上，可它的文化底蕴还在四马路。四马路"先生"和"校书"，哪个不谈"时务"？梦兰书寓就有《时务报》。

“时务”在花国变成了时尚，谈谈《变法通议》，不光取悦客人，充当红颜知己，而且还能显示香艳的妓女爱国主义，很迷你。四马路上，妓女谈时务，文人言时尚，互补矣。不久，谭嗣同从湖南北上进京，路经上海，来拜会梁启超。

汪康年建议，去梦兰书寓。谭嗣同父亲曾任湖北巡抚，与曹梦兰亡夫洪钧同事，且有私谊，也想见一见这位“状元夫人”，梁启超便附和之。梦兰闻知来者乃梁任公等人，便赶紧来与他们相认。众人见面。谭嗣同同她谈起父亲与洪钧往事，梦兰听了，心里酸楚。众人感慨之余，问她在德国的感受，她说：德国人团结。

可“团结”两字，谈何容易！“强学会”才兴起，就摆出一副分裂架势，将李鸿章都排除在外了，不为别的，就因为他是甲午战争的失败者。

“强学会”“分”了，《时务报》风行了不到一年，也“分”了。本来，《时务报》摆开架势，开足马力，可与《申报》竞争。那时，汪康年经营《时务报》，在鄂、湘、京、鲁和苏州、镇江以及各埠通商的电报局、矿务局、官书局、书院、漕河船帮，广设发行点。张之洞发《鄂督张饬全省官销〈时务报〉札》，给予支持，只数月，发行量就在一万二千份以上，最高达一万七千份。梁启超主笔《中外纪闻》时，在北京，也只发两三千册。只有在四马路上，时务能成为时尚，而时尚决定发行量。

《时务报》风行时，其中官销也不少。张之洞认为“该报识见正大，议论切要，足以增广见闻，激发志气”，便不断捐款，赞助《时务报》。还要《时务报》每期都寄送“湖北全省文武大小各衙门”。

起初，张之洞奉康有为、梁启超为座上宾，后来发现，他与康、梁径庭。虽然都想变法，但康是古为今用“改制”路线，而张之洞则是洋为中用的“西用”路线。变法未行，两条路线就先斗起来，《时务报》成了焦点。

《时务报》经理汪康年是张之洞幕僚，而主笔梁启超则是康有为的门生，因此，该报后台老板实际上是康、张二人，后台有分歧，梁与汪也难合。

《时务报》上，汪康年曾发表“民权”之文，张之洞劝诫：千万不可动笔，实做经理二字。要汪“常存君国之念，勿惑于邪说，勿误于迷途”。梁启超《知耻学会叙》一文发表，张之洞阅后以为“太悖谬”，命“速告湘省送报之人，此册千万勿送”。梁极愤慨，以为张拥资自居，视其为佣工。遂愤而出走，从五十五册以后，《时务报》就再也没有他的文章了。

4. 天国之魂石达开的悲剧

太平天国运动中，令人怀念的，不是洪秀全、杨秀清，而是石达开。

历代农民起义，不乏洪、杨一类人物，作为最高领袖，他们有的是权谋和帝王思想，能忽悠和驾驭民众，使民众甘愿为他们献身。他们的身影，覆盖了整个运动；他们的话语，决定了运动的方向。但他们却不是运动的灵魂。

郭沫若作《甲申三百年祭》，他祭的不是李自成，而是李岩，是李岩成了明朝末年那场民众运动的灵魂。灵魂，要有悲剧性，李岩之死，是为运动献身，其身心之悲苦，足以感动后人。石达开更是如此，作为天王的叛逆者，他的命运，是一出更为壮丽的悲剧，是由伟大的民众运动造就出来的深刻悲剧。

石达开是当之无愧的太平天国运动之魂，正是有了石达开，我们才从这场血雨腥风的运动中，看到了真善美的存在。

天国悲剧，从石达开出走开始。他为什么要出走呢？他的悲剧，是命运悲剧，也是性格悲剧，他是命中注定要与王权决裂的，不管是清王朝的王权还是天国的王权，他都要决裂，这由他的性格即自由意志所决定，这就是命。

石达开为什么要出走

战场上，石达开是曾国藩的苦手。

本来两人用兵，一善用正，一善出奇，各有千秋。可曾国藩自出兵以来，只要遇到石达开，便一败再败。

他与石达开第一次交手，是在湖口。那时，曾国藩率湘军水师势如破竹，直扑湖口。石达开则以大船载沙石，沉堵航道，于湖口西岸扼一隘口，湘军水师突入，被石氏堵塞隘口，分割在外江和内湖，分别击之。曾国藩因座船被夺，文牍俱失，愤而投江，被左右救起，棹入陆营。此后，石氏已占江西大部，曾氏被困于南昌，却不动如山。

恰于此际，东王杨秀清飞檄石达开，命其东返，谋解天京之围。石达开奉命，班师回朝，行前仰天长叹：放虎归山，后患无穷矣！

有人说，看曾国藩用兵，不过尔尔，先败于湖口，再败于九江，今又被困于南昌，何必多虑呢？石达开叹曰：用兵非其所长，然其将将，无可匹者。

真所谓英雄相惜也。曾氏治军凝然，石氏用兵潇洒，皆一时之帅才。两人风神各异，自不待言，然行为亦有相似，却被人忽略了。

两人都曾负气出走，可君臣际遇不一样，结局当然也就不同了。比较一下两对君臣的关系。先来看曾国藩和咸丰帝。

曾国藩以丁忧为由，说走就走，虽是守制惯例，但尚未请示就放下军机，这不是小问题。皇上没有因此责他，反而赏了他三个月的假，示以小恩。

可他一提到要实权，皇上就毫不含糊地批准他回家，给他卸了磨，却还留着他这条驴，让他这条驴在家守制，成全他做一头名教之驴。

他有一肚皮官司堆积如山，可他还是忍。君臣之间心照不宣，来往的上谕和奏折，讲的都是面子上的大道理，将那些肚皮官司泡了一坛子酸菜汁，放在一边儿发酵。

他打着名教的旗帜，要理学的面子，皇上就给他搞面子工程建设，尽量照顾他的面子。他呢，也很能体贴皇上的用心，因此，他们没有闹翻。

他知道，湘军是一支体制外的力量，要朝廷接纳它很难，将它纳入朝廷的榫卯也很难，朝廷如何接纳它是皇上的事，怎样将它纳入朝廷是他自己的事。这就要磨合，在磨合期内，要搞面子工程建设。

石达开与洪秀全之间的关系，就不是面子问题，而是骨子问题。天王在天京滥砍滥伐，面子早已千疮百孔，不值一提，一刀刀都砍在骨子里。

石氏出走，起初非有战略远图，亦无既定政治目标，只是一时率性，如浪子远游。他在天京主政，可人身并不自由，以讲道为由出了南门，立马就走。

由铜井渡江，前往安庆。他在安庆驻留了三个多月，看透了一切。洪秀全这才慌了，罢免兄长安王洪仁发、福王洪仁达，派人送来“义王金牌”，邀他回京主政。

可石达开不信。一来不信洪秀全所谓“诚意”，二来反对洪只守天京。天王两次调他回京，他都无条件遵命，结果葬送了他的西征。

这次，他提出了折中方案：赴援江西，进取浙江，配合天京作战。他虽然对洪不满，但还不想与洪闹翻，因为，他还要维护太平天国政权。此时，他已深知洪为人阴险，起义诸王，如今只剩下他俩，要么他取代洪，否则洪必灭他。现在一切都水落石出，唯有他知根知底。

那些死去的人，死到临头，都不知早已被洪算计，而他知。洪秀全的算计，早在金田起义之前就已开始。那时，洪本来是去投靠冯云山，可他却利用冯云山入狱，起用了萧朝贵和杨秀清，用巫术将冯排挤。

萧最早看透了洪，难免恶言恶语，金田起义时，洪又与杨秀清合作，将萧朝贵排挤，所以永安建制时，原来五王共和，改为皆受东王节制。

冯、萧二王力战而死，看似偶然，实亦欲以死明志。洪、杨合作，从表面上看，杨飞扬跋扈，占尽上风，实则洪已阴结北王韦昌辉、翼王石达开，握有绝对优势，却以忍辱蛊惑杨的野心，并煽动韦、石二人。

韦与杨有私仇，一有天王指令，就下杀手，洪佯装不知，待韦杀够了人，就以石氏来号召，再将韦杀掉，看似平民愤，其实是杀人灭口。

一个文不得、武不得的家伙，竟然一步步走向专制。第一步，依靠杨、萧二人，不惜以巫术确认其教权的合法性。

天国初期，教权由天父、天兄、天王三权分立，而以天王代理；政权乃五王共和，冯、杨、萧、韦、石都有自己一份实力，而洪没有，故政教分离。因此，洪地位虽高，而实力却有限，没有实力，哪来实权？

第二步，洪欲从教权进入政权，便拉拢杨秀清，实施政教合一，先从教权内排除萧朝贵，使教权三权分立，政权从五王共和同归于二王分治。

在二王分治的格局里，洪成了宗教领袖和国家元首，取得了名义上的最高领导权，而杨在教权上保留了代天父立言的身份，在政权上节制诸王。

这就是为什么太平天国政权自有平山登基之后，还要有永安建制。平山登基，确立了三权分立和五王共和，而永安建制则以二王分治打破了这一格局。

平山登基以三权分立排挤了冯云山，永安建制以二王分治排挤了萧朝贵，此二人，一为洪秀全老友，一为杨秀清老友，洪杨合谋排挤了老朋友。

本来，二王分治，一掌教，一执政，也能共和。可政教合一后，权力交叉。洪执掌教权，杨却能代天父立言；杨执掌政权，却须奉洪为天王。

两人分庭抗礼，而天王示弱，东王用强。东王不仅在政权上将天王挂起来，在教权上，还常以天父下凡占据上风，甚至以天父名义棍责天王。

谁要天王当年接受了天父下凡所赋予他的权力合法性？有一利，就有一弊，偷吃了一回天父的禁果，从此就要忍受天父的折磨。他好难过，却忍着。

而动不动就拿天父来演戏的东王，其本来面目日渐暴露，此术久用必败，何况用来作恶！天王用弱，获得普遍同情；东王用强，日久失人心。

翼王东征，安定了东南半壁。东王伸手来要最高权力——逼天王封他万岁，连名义都要拿走。二王分治已经走到了尽头，该出手时就出手！

东王一味用强，却不知天王早已安排妥当。东王自以为握有军政大权，可西征以后，兵权都归了翼王，有了翼王声援，谁敢向天王下手？

石达开与冯云山相知，当年，他率领自家宗族起义，立马投奔冯云山。石达开有实力，且多智，少年英雄，风云际会，给太平天国运动带来青春气息。

他一味打仗，不问政治，对天父下凡之类的鬼把戏从来就不感兴趣，却认定冯、洪一体，冯不在了，就跟洪走，天京事变，他也有预谋。

可天王知道，让他去诛杀东王，他肯定下不了手，他讲义气，是性情中人，不喜欢这样的阴谋。可天王有了保护者还不够，他还需要杀手。于是，天王跟北王结成盟友。亏了天王有眼力，一眼就能看透。同在东王屋檐下，一起低过头，阴谋，眼神就能交流，只要握一握手。

韦昌辉动手了！原以为，杀个把人是小手术，没想到是恶性肿瘤，一刀下去，癌细胞就扩散了。跟着，一刀接一刀，越杀越收不住了。

洪与韦、石单线联系，他既没有制止韦的杀戮，也没有通知韦，要让石回来安定大局，他这样安排，使韦、石相疑，杀戮蔓延石的家室。

于是，天国将士无不以为韦氏罪大恶极，人人皆欲杀之。

翼王举兵，而天王诛之，韦氏死不瞑目矣。天王躲在深宫里，可怜似汉献帝，韦氏替他开了劫，他以数万天国将士做劫材，以打劫自娱。此劫无他，不过想做王而已。他一开劫，就找到了做王的感觉，因此，他要把打劫进行到底，打出一个真“秀全”——“禾乃人王”——我才是真命天子。

他以韦杀杨，以石诛韦，三下五除二，原来五个王，如今只剩下翼王了。是与翼王分治，还是由他专制？当然要专制，翼王成了绊脚石。不专制，做王还有什么意思？赤手空拳，熬了这么多年，终于熬到了这一天，他要扬眉吐气做真王了，可偏偏还留着翼王这么根刺。

他决定，不管这根刺有多粗，有多硬，他都要拔掉。石达开当然也明白自己的处境，与洪合作，要么等死，要么取而代之。他既不想等死，也不想取而代之，怎么办？唯一的办法——走！

石达开出走以后

石达开出走以后，在江西、浙江、福建三省流动作战，穿州过府，飘忽不定，时而浙江报警，忽而福建告急。可他在江西，却没有占到便宜，几个基本点，都被湘军围定，此次来争江西，他已落了后手，连清将福兴那样平庸的家伙，都算准了他“必先窜回江右”。以皖制赣，本应力争九江，那时，九江被湘军围困，成了一座孤城。守将林启荣是他的老部下，他为什么不去救？救了，可兵至湖口就掉头。

李续宜率湘军迎击，他掉头就走。既来之，何以又要走？一来，湘军重兵在此，他的本钱不想在一次决战中就拚掉。二来，他将大部队都留下了，只带了数千人马从安庆出发，往江西去集合旧部，以数千人马援九江，只能虚晃一枪，示形于敌，欲使湘军北趋。

而他则转道南下。当时，他的重镇临江府（今樟树市）与吉安府也被湘军围困，那些日夜盼望援军的血战将士都是他的嫡系，焉有不救之理？

救此两地，再攻南昌，则九江之围自解，前次西征用兵，就是如此。自从临江、吉安两府被困，他在江西的大本营已向抚州转移。

因此，进援临、吉二府，须先至抚州，而后救之。他在景德镇集合旧部，大会诸将，分兵南进，自率一军沿乐平、万年、安仁（今余江县）、东乡一路南下，在东乡击溃湘军，然后进驻抚州。

在抚州，他本有建设政权的想法，曾征各县童生应府试。他原以为湘军用兵仍偏重在九江、安庆一线，他南下用兵，乃避实就虚，从容赴敌，不会遇到太大的阻力，谁知湘军有备，没给他什么机会。

曾国藩虽已丁忧回籍，但他早已在江西做好了准备，乘石氏回师，他及时出击，抢占战略要地。待石氏回来再战江西时，就碰了硬钉子。

当年，石达开乘虚而入，转战江西，所过州县，无不望风披靡，而今他每据一处皆需力战，杀人一千，自损八百，如此打下去，即使每战都胜，他的军队也要被消耗殆尽，何况他遇到了劲敌，陆战稍占上风，水战处于劣势。

没有水师，要救临江与吉安两城，谈何容易！两城均在赣江之西，要想赴援，必须渡江，而江面有湘军水师炮船游弋。他在丰城抢渡不成，挥军沿江南下，七天之中，行军二百里，经由新干、峡江，直到吉水，仍难如愿。

难救临、吉二府，他又瞄准了浙、闽两地。当湘军全力防他进取临、吉二府时，他却一转身，杀奔浙江而去，以江西战闽浙，他得了先机。衢州一战，将东南大局搅翻，以此冲击闽浙赣，三省震撼。

石达开战衢州以牵制三省清军，然后分兵掠浙东之地，补充财力。当湘军于铅山河口镇聚齐，欲大举援浙时，他又一转身，率军潜入闽地。

曾国藩督师入闽，此时，其弟曾国荃攻克吉安府城，宣称赣省肃清。而石达开军却从福建进入赣南，迫使曾国藩也从铅山移师建昌。就这样，他率军在闽浙赣一带游击，战江西虽然未占上风，却以江西之战，扯住了曾国藩的后腿，将湘军主力拖在赣南，难以向皖南出击。

这就使得陈玉成、李秀成等能从容退敌，于皖北庐州三河镇全歼湘军劲旅。不久，那惊天的噩耗就传到了曾国藩的耳朵里：李续宜胞兄李续宾战死！他的弟弟曾国华也战死，湘军兵勇六千人全部战死……

人格的悲剧和命运的悲剧

石达开本想在闽浙赣边界建立根据地。如此，则进可以猎取江西；退可以牵制江西。可他的愿望没能实现，原因是，天王调走了辅王杨辅清。杨辅清带他的部队走了，去接受天王新任命。石顿成孤军。

兵力不足，只好游击，他的战略却很有效，把湘军主力牵制在赣南地区。而杨辅清部，则从福建邵武出击，越铁牛关，挥师北上，扬长而去。杨辅清一路，攻克安仁，由万年入饶州境，屯踞景德镇。

石达开一路，先是游击于新城（今黎川）、建昌（今南城），后又转入赣州、南安（今大余），因疾疫大作，移师湘赣边，乘虚入湘境。

曾国藩急忙分兵，一路攻景德镇，一路救湖南宝庆（今邵阳），湘军的战线又被拉开了，于是，陈玉成乘势席卷皖北，而李秀成则大举经营江浙。

石达开孤军远征，充满了悲情，他离弃了天王，却放不下天国使命，虽自领一军，却未自立门户，而是以高度想象力的运动战，呼应天京。

退出湖南，他游击于湘桂边，一退再退，回到起义的原点。抚今追昔，感慨何止万端！当年兄弟，几人还能回来？可他回来了！也只有他能回来，回到故土。他哭！

他的故土贫瘠，部队给养成了问题，多灾多难的故土，一再经受血与火的洗礼，再也挤不出乳汁喂养子弟。部队怀念江西，很多人想回去。他不留，挥一挥手，那是无言的问候，然后分道扬镳。

他继续前行，到四川去，那里是目的地，最适宜割据，可他不在意。奔他而来者，都说他有天日之表，龙凤之姿，跟他打天下，值！

可他不动心，抱定了起义时的宗旨，帝王算什么东西！可天王变了，东王变了，北王也变了，一变就翻脸。唯有他还没变，他要证明给天王看。他看透了天王，可天王却看不懂他——用帝王的狗眼。

这世上有比帝王更重要的东西，是人性，人的真性情。他要让天王看看，什么是人性，什么是人的真性情。挽救天国不靠王权，要靠人性。

他入川了，一支疲惫不堪的军队又意气风发了。不用攻城略地，只要他往四川一站，清兵从上到下就战栗。他坚信，只要他还在，天国就不倒。

皇帝急了，要调曾国藩入川。曾国藩都到宜昌了，一想，不对啊，我为什么要跟着他去入川？不仅我不能去，连左宗棠也不要去，回江西！果然，石达开一入川，天京方面就发动了第二次西征。

而且天京方面对于他的入川计划，早就知道。还在入川前，太平军占领苏州后不久，艾约瑟等传教士赴苏州谒见忠王李秀成以后，说道："至于太平军将来是否成功的问题，我们完全不能说什么。一个首领曾说过，石达开率领的太平军正在征服四川，这个省实际上已在他们掌握中。"

这位首领，当然就是忠王李秀成了。这一说法，出自《华北捷报》第519期1860/7/7刊载的《艾约瑟等五名传教士赴苏州谒见忠王的经过和观感》。

一个月以后，该报又发表《艾约瑟等五名传教士赴苏州谒见干王和忠王的经过》一文，说："据探明，翼王石达开仍旧与运动相连结。"这是事实。

但石达开把运动与天王分开了，他忠于运动，却不再忠于天王。

史式先生著《石达开远征始末》系列，也强调了这一点。从江西到浙江，从福建到湖南，石达开的作战始终属于太平天国全局战略的一部分。

平心而论，此言甚是，可语焉未详。石达开从天京出走时，并非战略所驱使，而是被天生的"独立之精神，自由之思想"引导着，他反专制！

在安庆，他的战略目标指向江西，拟以江西战湖广，基本上还是西征时的老路子。不过，他留了一手，如战江西不下，则以江西战闽浙。这一战略构想成了天国后期战略的框架，陈玉成、李秀成用兵，便在这一框架内进行。此二人者，皆一时名将，而均非统帅才。

驰援赣西未果，即欲于闽浙赣一带立足，而杨辅清提兵北上，石达开以孤军难以自立，且军中疾疫，故转战赣南，于南安决策时，始提出“谋蜀”。

以饥疲之卒、无饷之师而欲“谋蜀”，明知不可为而为之，乃悲剧之英雄矣。“谋蜀”之难，难在战线太长，无奇可用，而其妙处正在无奇之奇。

石氏用兵，改弦易辙，一改其神出之本色，一举一动皆张声势，唯恐湘军不知，何也？欲以偏师钓湘军，支撑安庆、天京，力挽天国颓势。

战衢州，屯兵于城下，久战不退，使闽浙赣三省清军辐辏，方离去。围宝庆、桂林也是如此，看似一次又一次错失良机，实则有意钓湘军矣。

他知道，只要他在那里，湘军就不能不来，湘军一来，安庆、天京之围自然就缓解。他就是要在那里等湘军来，湘军不来不走，一来就走。

就这样，他将骆秉章钓到四川来了，连曾国藩也差点被他钓来。

其他湘军，如萧启江部、张运兰部，这些江西战场的主力，都被调来了，致使曾国藩与官文、胡林翼等所拟“四路图皖”计划未能实施。

于是，朝廷指示：要先除西南之患，然后全力东征。这才是他“谋蜀”的目的。他坚信，只要他不倒，天国就不会亡。可他倒了呢？那就听天由命吧。人算不如天算，他在大渡河边，真的倒了。

大渡河乃岷江支流，两岸高山耸立，陡峭险峻，河道急流汹涌，险滩密布，人称天险。他来之前，河水还浅，洪水未至，他还有机会过河。

可是，太平军到达大渡河边的当天夜里，他的妻子生了儿子，高兴之余，他传令部队庆祝三天，没有立即过河。没想到，山洪突发，河水暴涨。

强渡几次，未能成功，数十万清军挡不住他，河水挡住了他。

试想一下，如他强渡成功，进入雅安境内，控制了那条著名的西南贸易通道——茶马古道，那他就财源滚滚，不愁无饷了。此为“谋蜀”第一步。

然后，取成都，握全蜀，顺流而下，与下游合势攻武昌，太辉煌！

可就差这一步，他算准了清军动向，却没算到河水暴涨。

就这一步之差，使他倒下，真是“天亡我，非战之罪也”！

他自沉妻儿于大渡河中，临江悲叹“大江横我前，临流曷能渡”。

他两次西征，第一次在东南半壁，虽成功，却不稀奇，因为兵书史册里不乏战例，朱元璋就是他的先驱；而第二次西征却远涉西南之域，后来红军沿他的路线长征，称开天辟地第一回，是以成败论之。

在军事上，不敢说他是红军的导师，但他的确是红军的先驱。游击于闽浙赣和湘赣边，试图建立根据地，他没能做到的，红军却做到了。远征亦如此，他以一步之差倒下，而红军却跨越了这一步。

记得有位历史学家说过，重要的历史事件，往往会出现两次，第一次是悲剧，第二次是喜剧。悲剧虽然失败，但有着更高的审美价值，令人叹息。

他的悲剧，是人格悲剧，也是命运悲剧，以人格悲剧——“出走”始，以命运悲剧——“洪水”止。为了拯救将士，他一人去接受凌迟……

5. 儒教骑士辜鸿铭

晚清社会，有一位来自西方，精通西学，却以儒教安身立命的人，他就是辜鸿铭。他脑后留着一根辫子，形似阿 Q 的 Q 字。国人目之为“怪”。称誉者，称其为“怪杰”；诋毁者，抑其为“怪物”。他的形象，除了脑后那根辫子，很有点像八大山人画的鸟，高视阔步，白眼朝天。如果将鲁迅笔下的“乌头先生”的绰号，从顾颉刚身上移植到他的头上，肯定更加惟妙惟肖，只是味道有些不一样。

学者把他当做笑料，茶余饭后，随便谈谈，就把他解构了。他的思想，对不起，不能力解，没兴趣，那是西方学人的话题，何况他不用中文写作。但辜鸿铭的琐事，就像剥了花生皮的花生米，一粒一粒，放在嘴里咀嚼，有谈资的浓香味。

什么茶壶啊，茶杯啊，小脚啊，还有皇帝，这些都是辜鸿铭的经典话题。中国人哪能没有皇帝？皇帝皇帝，天经地义，没有皇帝，那还算什么中国人！他嘻嘻哈哈，东拉西扯，一下就抓住了中国文化的本质：沉淀在中国人血液里的王权主义。

大家都在骂皇帝，可又都自命为中国人，中国人是不是皇帝的土壤？这样的中国人，是不是有毛病？他实在瞧不上眼。

他坚信自己是真正的中国人，因此，他赞美皇帝，情不自禁，就要弯下双膝，五体投地，可惜，那时已没有了皇帝。如果还有皇帝，他会怎样呢？有人说，也许他的膝盖比谁都硬，比谁都直。

这就是辜鸿铭，他认为，这就是仁义。中国文化，一要有皇帝，二要有仁义，而他就是中国文化的代表。

俄国的托尔斯泰曾与他通信，英国的毛姆专程来拜访过他，印度的泰戈尔同他交流思想，甘地称他是一个“可敬的中国人”。在德国和日本，他的名字更是风靡一时，“辜鸿铭研究会”也一度应运而生。

当时，能享此殊荣者，可有几人？谓之绝无仅有，可能有些过分，说他凤毛麟角，这么比喻一下，还算差不多。蔡元培办学，兼容并包，把他请到北大，请他教英语，讲中国文化。

可是，在国内，能了解他的人并不多。他的著作多用英文写成，他的英语写作能力连林语堂也叹服，誉为“中国第一”。不仅在中国，即使在以英语为母语的国家，他的英语写作也让老外瞠目结舌，大跌眼镜。

1914 年 6 月，他在英文报纸《中国评论》上发表一篇论文，中文名为《春秋大义》，英文名为 The Spirit of the Chinese People，直译作《中国人的精神》。这是他在北京东方学会上宣讲的论文。1915 年，该文和《中国妇女》等文章一起编成论文集，由北京每日新闻社首版。书一出版，即不胫而走，驰誉世界。

从今天来看，它仍然给人以新鲜感。不过，严格来说，它不是一部规范的学术著作，缺少实证分析，缺乏概念与范畴。他说，自己是用心写的，不是用脑写的。心的思维是直觉的，脑的思维是逻辑的。他自命为中国人，自己往中国人的思维圈圈里钻，有意将他的西方学养搁到一边。

在这篇文章中，他指出，儒学取代宗教，造就了一种真正的中国人，即有着赤子之心和成年人的智慧、过着心灵生活的这样一种人；它也决定了中国历史的一个最美妙的特质：既历史悠久，而又永葆青春。

儒学能取代宗教，证明它具有宗教的功能，辜氏认为，儒教对于全能皇权的绝对信仰和忠诚，给予了中国人民安全感和永恒感，它构成中国文明的真正基础。所谓“春秋大义”，无非“忠君”而已。他想给中国人找一个信仰，确立一个宗教。

东西方文明的基础是如此不同，西方文明以对上帝的信仰为基础，中国文明则以忠君为基础。正如信仰上帝需要教堂，忠君也需要教堂。儒教不专设教堂，儒教的教堂，是学校，是家庭；儒教的培养目标是君子。儒教的教育方针，即君子之道，其实只包含了两项内容：一是忠于君主，二是孝顺父母。

辜氏义无反顾，要用这君子之道，复兴中国文化，拯救西方文明。他从世界主义立场出发，反对中国西化。他批判西方文明，不遗余力，这一点，与托尔斯泰等人相似，他们有着共同话语。他认为，托氏对西方文明所持的观点过于消极，颇似中国古典时代的老子，而他则像孔子，要给世界文明找到一个真实的基础，为现代社会规划出一个正确的发展方向。

对此，他充满自信。他的努力，使他在西方获得了“哲人”的桂冠。在国内，他却显得不合时宜，与从民族主义立场出发、致力于国家现代化的新文化运动唱对台戏。于是乎唇枪舌剑，于是乎口诛笔伐，交战的结果，自然是辜氏落败。于是，他的思想被贴上倒行逆施的标签，被封存入库。

长期以来，他留给人们的，只是一堆关于辫子、纳妾、小脚癖的笑料，思想反而湮没无闻。

读中外文化史，笔者发现，一种文化衰落时，常有两类人物出现，一是喜剧性的，如唐·吉诃德；一是悲剧性的，如贾宝玉。晚清社会也有这样两类人物，他们的代表，悲剧性的是王国维，文化与他生命交融，文化衰落，他便以身殉之；喜剧性的，便是辜鸿铭，他眼见着安身立命的文化衰落了，便以“天降大任于斯人”的气魄，起而扭转乾坤，他不仅向世人阐述这种文化的特质，宣讲他的价值，而且他还要用已经没落了的思想，来拯救他认为早已衰落了的世界，并为世界文明提供一个新的思想基础。

历史的选择是残酷的，然而人类的良知却充满了温情。当唐·吉诃德手持长矛冲向风车的时候，我们微笑之余便肃然起敬，他的疯狂之举，让我们感受到了人类精神的崇高。对于倔犟而睿智的辜鸿铭老人，也当作如是观。

当这位老人拖着辫子，走上新文化运动的发源地——北京大学的讲坛时，引起学生一阵哄笑，他便猛喝一声：“摸摸你们的脑后，看看有没有辫子！”今天我们批评这位老人，要记住这声猛喝，先摸摸自己的脑后，看看有没有留着一根历史的辫子，然后再来放言高论。

6. 诗意地栖居历史

这两首长诗，整整写了十年。

终于付梓了，诗人的妻子默诵着诗行，眼中的晶莹拉长了逝去的岁月，逝者如斯之流水如柔软的胶片，将那十年的精神历程留底。

在南昌、天津和北京的时空置换中，我和他一样，一直被一种莫名的诗绪包裹着，就像暗夜里的清风，在他谋生间歇的喘息中，那诗绪就会随风而来，袅袅然伸展，恍若丝绸轻扬，在夜色的长空里，闪着褐色的光芒，漫卷天南地北，去触摸精神的地平线。

自由是人的本质。这并非妄断的断语，来自心灵与命运交汇时的碰撞，是人与生俱来的命题。然而历史的社会化过程，恰如一份异化的履历清单，人在为摆脱苦难的重重束缚中，与人的本质渐行渐远。

他，一直在寻找回归自由的出口……

1995 年的南昌，是一个固执与贫穷、脏乱与狡黠锻造的省会城市。几乎有一个月的时间，他每天闷在家里，写作第一首长诗《绿帽与夜壶》。

这突如其来的诗灵，大概就是他人生价值的启程原点吧。他把历史的沉重放在美轮美奂的诗行里，又以诗这种自由轻灵的文体，承载起历史的丰赡。古希腊的

《荷马史诗》，中国先民的《诗经》，作为史诗，它们是初民在遭遇历史变迁中人性觉醒的价值审美的典范。人类童贞时代所禀赋的自由本色，必定要抗争来自自然与社会的时空背景的双重压迫，结局却是衔着血咒的悲剧幽灵，在史之实和诗之美中一路淋漓，泣血低唱，告诉我们要拨冗见真，在繁华锦绣的背后，还有一部自由悲剧史。

也许下海以后对自由有种独特的感受，他的体验开始走向先民，走向史诗。

以史诗的形式抒写中国第一个流氓皇帝刘邦，这种冲动，就是在这个充满流氓无产者习气的城市萌发的。他对刘邦流氓气的提炼，击中了构成中国历史本质的命脉。

一个身无分文的小亭长，靠儒家革命理论的支撑，第一次演绎了“替天行道”的政权交替的血酬规则，戴着绿帽子的流氓皇帝，喷着酒气的高阳儒生，外加柔弱如水的蛇蝎美女，借英雄之手，建造了中国第一个儒家民本社会，从此形成中国专制帝工的成功套路，中国历史也从此断了古典英雄的脉系和香火，项羽、韩信连同他们的自由个性，随着鬼雄的魂魄俱往矣。在漫长的中世纪集权体制下，唯有岳飞这种忠君报国的儒家道德英雄，时常被王权拿来，赚取虚无的民族主义热泪。

大概有一年的时间，他的思想就像漂浮在南昌火炉上空的蒸笼，而他的心灵则如那炉膛里的干柴，字块就在缭绕的蒸汽和跳跃的烈焰中上下舞蹈，背景是铺满星辰的夜空。星辰是上帝的诗句，美丽中潜藏着冷峻的命意，而用热血铸就的星辰，则字字鲜活丰润，滚落为玉盘中的珠玑，纷纷落为花雨中的诗行，历史的激情终于换来了2474行诗的灿烂，《绿帽与夜壶》完成了！

1996年中秋，他来到天津，不单纯为生活，谋生中安放着一颗用世之心。

他思想，也审美，但不是那种躲在书斋里的文人学者。不受约束的个性，怂恿他在1992年下海了；使命的价值摄取，筛选着每一件小事，为的是列席并校正他用世的维度。他的道场在大脑里，也在每一件事里。在用世上，他是个思考者，用大脑工作；在思想中，他又是个实施者。当然在我看来，他的实施，多半是以少许的思想，润滑一下内在的自由冲动，虽然没赚多少钱，但确实做了不少事。我知道，他志不在此，然而当思想遭遇现实时，不用较量，胜负已然。好在思想与生活的压力互动，带来不少意外的收获，他在思想的痛苦与快乐中，愈益接近人的本质，愈益走向宽容与自由。

他的大部分思想如沉积的岩浆，贮存在火山口下，耐心地等待着喷突和燃烧的机运；他的情感带着季风的力量，拽曳着他的精力，偏向那不息的诗灵。

中国历史的演变，表现为政统与道统两股势力的交错。有一幅伏羲与女娲的交媾图，可以说是这两大势力的经典具象。新儒家以为，儒家的民本思想不仅本身含有民主的因素，同时作为道统又是制约和监督政统皇权的力量，其实它们是互为依存的，它的另一面还是维护权力合法性的依据。就像民主制下，三权分立和言论自由互为依存一样。

掀开历史的一角，他拿着帝王的绿帽子和夜壶，为道貌岸然的政统开祭。审视历史的第三只眼开启了，便欲罢不能，那目光就像被放逐的识途老马，顿悟宿命的安排，奔回家园，去逡巡道统的始基。

他开始写作长诗《天命如刀》，但没有完整的时间。

当时，他几乎天天往返于天津北京之间，有时甚至一天来回两三趟。显然，公司的事务占用了他几乎全部的时间和精力，有两三年，他都像在倒欧洲时差，每天凌晨两点左右睡觉。这种超负荷劳动强度的公司运作，即便有利润，也会在透支生命中消解！但是，中国特有的经济环境，使很多商业活动也一定是特定的方式。不过，无论如何，与写作《绿帽与夜壶》不同，他可以用电脑敲字了，诗的艺术水准虽然与铅字和效率无关，但是，毕竟他不用因修改而反复抄写了。这让他很幸福。

这首长诗的许多情景，是在车轮子轧马路时构思的，而诉诸文字排成精彩的诗句，则是在非常独特化的方式中完成的。他的心志非常坚强，任何环境，它都能让大脑立刻进入状态，所以无论是办公室抑或家里，只要有机会坐下来，五分钟、十分钟也行，他的思想便擎起那把天命之刀，去撬动中国文化的始基。这首长诗写得如此艰苦漫长，直到付梓，他还在打磨。

周公是一位非常了不起的政治家，可以说他发蒙了统治者的政治自觉意识。“我生不有命在天?”这是商纣王的绝命辞，唯有周公从中看到了天命的真意。在他手里，民意的幻影是一把双刃剑，一刃寒光闪烁以制约权力的滥施，一刃寒光内敛发出以民为本的政治温情。在政治的初妊期，周公也许是诚恳的。

然而代表民意和解释民意的话语特权，却将权力妖魔化为沟通民意与天命的巫觋，再戳上自封的胎记，那摇摆的臀部，宣示着无耻和霸道。贪婪的马脚已暴露，政治的魔术已绽破，对民众却一蒙就是上千年。而触动政治自觉的民意，则成为天命祭坛上任凭宰割的牺牲祭品，对于这些祭品来说，它们却从未有过个体自主的尊严，哪怕是一次咸鱼翻身。

孔子是真诚的，一生以“从周”为使命。春秋时代人性觉醒，个体之花含苞待放，有礼崩乐坏为证。周公为政立极，以民为本；孔子为人立极，以仁为本。行仁如礼，贯穿其中的是忠恕之道，行德政，做仁人，一套集权社会的标准走向成熟和精确，背离标准，就会有颠覆性的革命来临。看来孔子更关注为政问题，对人性和个体，他有种天命般的悲悯，但他不鼓励人性自由地伸展。也许他的智慧因成长的沧桑而过于老成，这一点他有点像老子，但他更恻隐，民可使由之，不可使知之，将个体消失在群体里，缘自他的仁者之心。而将“仁”作为周公民本政治的内核，才是他的终极关怀。

老子带着他不可言说的大道出关了，却留下了五千言的术道教世人圆滑。孔子的豁然可穿透天命，但他终究没有乘桴浮于海，他就像被天命启迪的老马，明知不可为而为之，奔车之上，辗转流徙，传播救俗之道。他奠基了道统，与政统并驾齐驱，他顶着素王的桂冠，昭示着别样的真理。他曾说“始作俑者无后”，果然那些把他作为“俑”而膜拜的历代君王，都在长河落日的历史夕照中化作一缕烟尘，而孔子留给我们的却是挥之不去的留恋。那是一种文化的乡愁、历史的迷茫、思想的踌躇、情感的依恋。既然我们没办法摆脱他的天命之魂，就返回求诸中国文化的“黄河之源”，去寻找真正的孔子文本。

在这首长诗里，他似乎找到了些什么。

“天命如刀”是他诗意历史的一种新体验。他不是诗人，也不是学者或者什么家，他只是在寻找人生的或生活中的价值。他喜欢诗词，喜欢历史，更喜欢德国古典哲学，《天命如刀》，整整1703行，在漂泊中完成。

我疲惫了，真想躺下来，

可腿却不听使唤，仍要不停奔走。

是命运给腿上紧了发条？

是腿有了意志，与思想分道扬镳？（《天命如刀》）

这迟悟的诗谶，真是我们的生活印证。

命运似乎为我们的家装上了两个轮子，于是我们的生活就注定了要拖着那迤逦蜿蜒的长长辙痕。当然，不安分的个性，灵动的思想，诗意的追求，是我们家大篷车的动力，我们搬家，几乎三年一轮回。他常讥笑我有游牧民族的血统，我却不在乎，迁徙的热情不减。长春、哈尔滨、南昌、天津、海口、北京都留下了我们家居生活的酸甜苦辣。但比孔子周游列国好多了，我们没有圣人的压力，不传道也不授业，只想适彼乐土。如今，我们暂居北京，真不知我们的下一站在哪儿。

正如他诗中所云："老马识途，带我去哪？天命在哪里，哪里就是家。"诗意历史是他所望的栖身之所。

他就是我的先生——刘刚。给没有见过他的各位朋友透露一个秘密：他的脸一点也不历史，圆圆胖胖的，没一点时间的雕塑感。

7. 留住文化的根

——从为王国维立碑到为柳如是立传

1929 年，中国精神的高岸轰然坍塌一隅。

1 月 19 日，梁任公因协和医院值班护士误标，死于手术医生之手。

3 月 15 日，任公先生好友，南开新私学创始人，用一生来"通中西之学，通古今之变，通文理之用"，用一生来信守"立国自由民主，立人忠孝仁义"的严范孙先生，亦病逝于天津。

随之而来的夏季，清华国学研究院，也在党国派来的清华大学新任校长罗家伦先生的演讲声中终结了。

6 月 3 日，是王国维绝命两周年纪念日，值此国学院谢幕时，清华师生请求为静安先生立碑于校园工字厅东南，盖由先生绝命后，众说纷纭，莫衷一是，清华人当有一个正式的表态。

碑之铭文，清华人敦请陈寅恪先生来作。寅恪先生椎心泣血，发为斯言：

士之读书治学，盖将以脱心志于俗谛之桎梏，真理因得以发扬。思想而不自由，毋宁死耳。斯古今仁圣所同殉之精义，夫岂庸鄙之敢望。先生以一死见其独立自由之意志，非所论于一人之恩怨，一姓之兴亡。

呜呼！……来世不可知者也，先生之著作，或有时而不章；先生之学说，或有时而可商。

惟此独立之精神，自由之思想，历千万祀，与天壤而同久，共三光而永光。

天何言哉？四时行焉，日月出焉……斯言一出，正本清源，蜚语顿息，非独为静安先生立一丰碑，实亦欲以静安先生为表率，为我们多灾多难的民族，立一文化个体性的精神丰碑。

静安先生临终前，留下绝命词：“五十之年，只欠一死，经此世变，义无再辱。”

“五十而知天命”，王国维和鲁迅，都预见了革命就要来临。鲁迅继《狂人日记》后，发表《阿 Q 正传》，从“救救孩子”到“我要革命”，前者是文化革命寓言，后者是社会革命传奇。

王国维作《殷周制度论》，大谈“殷周之际革命”，他多么希望即将到来的革命，是一场像文武周公那样的圣人革命，没想到他曾向往的革命，召唤出来的却是吃人或被人吃的阿 Q 们。

鲁迅作为“狂人”之一，没有逃避这场阿 Q 式革命。但他却像“狂人”一样，对革命保持了高度的警惕性：如何能在革命中既不吃人也不被人吃？如何能在国民革命中既批判国民性而又不成为“人民公敌”？如何在压倒一切的群众运动中前进而又不放弃自己的文化个体性？这便是鲁迅！

王国维太单纯，他应付不了如此复杂的革命，无法在吃人和被人吃之间生存。

当即将来临的革命不能寄托其文化理想，他将怎样的由希望而失望，由失望而绝望？如果他面对的革命不但不能寄托其文化理想，反而要毁灭其文化理想，你想想，他会怎样？

如果他为救世而来，那么他可能像耶稣那样，在群众的欢呼声中走上十字架，以一种广场式的献祭而死亡。如果他此生为求真理而来，当他费尽心血求来的真理，要毁灭他最心爱的理想时，你想想，他绝望之余还能怎样？唯有死亡！求真理者，不愿意死于群众，他愿意像真理一样，孤独而亡。

陈寅恪先生说："凡一种文化值衰落之时，为此文化所化之人，必感苦痛。"所化越深越痛苦，静安先生痛苦之深，非以一死不能解脱，而陈寅恪先生，虽然同感其苦，但他选择了不惧一死而担待着的活法儿。

他一肩担着自由思想，一肩担着独立精神，这样一副重担，面对中国社会转型风雨欲来，他怎能放得下来？

一种文化理想，当其受难时，必有殉之者如静安先生，亦当有守之者如寅恪先生。

《庄子》云："寿者多辱，久忧不死，何苦也！"如果静安先生未于两年前死去，梁任公未于数月前死去，假如他们都活到了清华国学院解散，都活到了国民党党化教育压顶之时，他们会生不如死。

记得梁任公在袁氏复辟帝制时曾说，哪怕四万万人都从了，只剩下他一人，他也要反对帝制！不为别的，只为四万万人争人格。我们相信，他对国民党训政及其党化教育也会如是说。

此二人者，静安之死为悲剧，任公之死如喜剧，唯寅恪先生，受尽折磨而死，有一种先知受难的人类情怀。

关于寅恪之死，梁宗岱夫人甘少苏在回忆录《宗岱和我》中说道："那时候，挨整的人及其家属都特别害怕高音喇叭，一听到高音喇叭声，就战战兢兢，因为红卫兵经常用高音喇叭通知开会，点人出来批斗游行；而出去一次也就是小死一场。历史系一级教师陈寅恪双目失明，他胆子小，一听见喇叭里喊他的名字，就浑身发抖，尿湿裤子。就这样，终于给吓死了。”这是从一个女人的眼里看到的，可她看懂了吗？本来精神就是精神的事，可一经此一弱女子这么一说，一代天骄就被说成了这样子。虽说伟大也要有人懂，精神层面的东西，小女人未必能懂，但寅恪临死前的惨状，还是被她说出来了。

寅恪非“寿者”，但“久忧不死，何苦也”却是冲着他说的。他怕死吗？怕死敢说“平生所学供埋骨，晚岁为诗欠砍头”？若怕死，他早就将自己肩上的两副担子都放下了，可他没放下！

有一阵子，只有他敢说不以马列为指导，敢说不要政治学习，而且还要毛、刘两位最高首脑为他担保。敢这么说的，普天之下，还有第二人吗？不管你什么主义，要做他的学生只有一条，那就是要有“自由之思想，独立之精神”，没有这一条，就不是他的学生，听他讲过课，跟他学习过，都不算。

静安先生可以死，而他不能，为什么？因为静安先生那不死的灵魂，还有他可以托付，而他尚无可以托付之人。一副皮囊虽不足惜，但那“与天壤而同久，共三光而永光”的灵魂——“自由之思想，独立之精神”，却不能无处安身。因此，他以煎熬着的残病之躯挺立着，超越了生理的极限，承载着人的本质——自由之思想，独立之精神！

他的坚守，并非到了临终前才开始，从1929年他为静安先生立碑文时就已开始。二十年以后，他有一个答复科学院的讲话，重申了他的主张，并解释了他当年撰写碑文时的真想法：

我的思想，我的主张，完全见于我所写的王国维纪念碑中。我当时是清华研究院导师，认为王国维是近世学术界最主要的人物，故撰文来昭示天下后世研究学问的人，特别是研究史学的人。我认为研究学术，最主要的，是要具有自由的意志和独立的精神。我所说的“俗谛”，在当时指三民主义而言。必须脱掉俗谛之桎梏，没有自由思想，没有独立精神，即不能发扬真理，即不能研究学术。所以我说：“惟此独立之精神，自由之思想，历千万祀，与天壤而同久，共三光而永光。”我认为王国维之死，不关与罗振玉之恩怨，不关满清之灭亡，其一死乃以见其独立自由之意志。独立精神和自由意志是必须争的，且须以生死力争。正如词文所示：“思想而不自由，毋宁死耳。斯古今仁圣所同殉之精义，夫岂庸鄙之敢望?”

他说，一切都是小事，唯“自由之思想，独立之精神”是大事，二十多年如一日，他就这样守望着，可他多么孤独！“一生负气成今日，四海无人对夕阳。”这“负气”二字，说尽伤心人情怀，因为担待，所以“负气”，没人同他一起担待，所以更加“负气”，“著书唯剩颂红妆”，就是“负气”。

《柳如是别传》即为“负气”之作，这一口气，从二十年前就提起来，他以口述，一字一句提起来，这么长的一口气，将自己的生命都用尽了。可有人看不懂，问：就为了这么个妓女？

这样问，还是在人与人之间，男人与女人之间，女人与女人之间，用了分别心，可先生从未这样自问，从为王国维立碑到为柳如是立传，他只问天地之心——“自由之思想，独立之精神”。

20 年代末，他为天地立心，是针对三民主义的党化教育；50 年代初，他为钱柳请命，是要提醒国人，三百年前，中国文化未亡于异族入侵，这一次，很可能会亡于自己的革命。他很清楚王国维临死前的那一番心情，也深知顾炎武说的“天下兴亡”，就是要守住文化，不能“亡天下”。黑云压城，文化革命又要来临，要留住文化的根，那根，就是天地之心——“自由之思想，独立之精神”。

这些年，他愈痛苦偏愈坚守！“七尺从天乞活埋”，他已经被活埋，他在人间炼狱里受尽煎熬而死，死而后已，当时亦只能如此。可他把文化的根，留在了《柳如是别传》里，留在了王国维的纪念碑里，这是中国士人最后的精神据点了。先生说：自从为王国维撰写碑文，“独立之精神，自由之思想”便一直是我的追求。你们去看，我的碑文已经流传出去，它不会被淹没的。

如今，那书在，就在案头上；那碑文也在，还在清华园里。陈寅恪先生的精神，还在吗？看看清华大学校训，想想“自由之思想，独立之精神”，所有的后生都应自勉，预备好做先生的弟子，像先生那样，把文化的根立在自己的骨头里。

图书在版编目（C I P）数据

一年景 / 李冬君编著. -- 太原：希望出版社，2013.1
（“沐心”文丛）
ISBN 978-7-5379-6165-3

Ⅰ. ①一… Ⅱ. ①李… Ⅲ. ①散文集—中国—当代 Ⅳ. ①I267

中国版本图书馆 CIP 数据核字(2012)第 265442 号

一年景

作　　者：李冬君
出 版 人：梁　萍
责任编辑：柴晓敏
复　　审：刘志屏
终　　审：孟绍勇

出 版 者：山西出版传媒集团·希望出版社
地　　址：太原市建设南路 21 号
邮　　编：030012
承 印 者：山西人民印刷有限责任公司
开　　本：889×1194　1/32
印　　张：10.75
版　　次：2013 年 1 月第 1 版
印　　次：2013 年 1 月第 1 次印刷
书　　号：ISBN 978-7-5379-6165-3
定　　价：27.00 元